孔庆东文集

独立韩秋

孔庆东 著

重庆出版集团 重庆出版社

图书在版编目（CIP）数据

独立韩秋 / 孔庆东著. —— 重庆：重庆出版社,2009.12
ISBN 978-7-229-01300-4

Ⅰ.①独… Ⅱ.①孔… Ⅲ.①随笔 – 作品集 – 中国 – 当代 Ⅳ.①I267.1

中国版本图书馆 CIP 数据核字(2009)第 185409 号

独立韩秋

DULI HANQIU

孔庆东 著

出 版 人：罗小卫
策　　划：人厚 华章同人
特约策划：贺鹏飞
责任编辑：陈建军
特约编辑：张诗扬
封面设计：灵动视线·张莹

重庆出版集团
重庆出版社 出版

（重庆长江二路 205 号）

三河市汇鑫印务有限公司　印刷
重庆出版集团图书发行公司 发行
邮购电话：010–85869375/76/77 转 810
E-MAIL：sales@alphabooks.com
全国新华书店经销

开本：640mm×960mm　1/16　印张：17.5 字数：220千
2009年12月第1版　2009年12月第1次印刷
定价：36.00元

如有印装质量问题，请致电023–68706683

目　录

叩叩芳心　　5

校园主路旁有一座雄鹰雕像高耸入云。据说那雄鹰每天俯视着下面来往的学生，它如果看到有一个处女，就会马上展翅飞走。可是多少年过去了，雄鹰还屹立在那里。

1

捋捋虎尾   57

如果站在街头大喊一声"朴昌范",肯定会有很多男人答应。如果喊"李万姬",则会有女人答应,因为韩国男人都很忙,每天都要"日理万机"。

画画美眉　131

韩剧中的女影星大都令人产生"惊艳"之感。哇！韩国女人真让人吐血耶！其实不然。而那些"假欧罗巴"式的美女，用咱们东北话说，是"咋整"出来的呢？告诉你，咋整？拿刀子硬整呗！

在韩国闹市以汉语高声乱骂，以为无人听懂。忽有一少女嫣然一笑曰："您是孔老师吧？我是在这儿的留学生，以前在电视上见过您。"顿时面红耳赤，不亦快哉！

自序：孔庆东十大罪状

前年及去岁，余客居韩国以避风沙。友人告以国内贤达有识之士仍不时撰文痛斥余之谬言逆行。余闻之甚惴惴，乃请友人网罗此类雄文高论遗余。余读之汗下如注，宿疾大愈。遂披襟秉烛，略归其类为十，赫然书之于壁，以改余过，以悔余罪焉。

1. 孔庆东惯于歌颂北大，而孔自身为北大人，故孔歌颂北大即歌颂自己，真无耻焉。孔辩解曰徐志摩亦曾歌颂康桥，然康桥为外国大学，不待徐之歌颂而自然伟大英明，岂区区北大可比耶？故曰孔真无耻焉。

2. 孔庆东曾大力吹捧陈平原温儒敏钱理群严家炎诸辈，经核查此辈皆孔之导师先贤。夫吹

1

捧自己导师，真腐败焉！大丈夫生天地间，当以欺师灭祖、打爹骂娘为壮举，三五导师又何足挂齿耶？况孔已毕业多年，犹斤斤巴结于导师，真腐败焉。

3. 孔庆东笔下所讥讽批判者，经考证皆非现任党和国家领导人。夫不敢批评现任党和国家领导人，即贪生怕死、抱残守缺、混淆黑白、颠倒是非之徒也，亦即"四人帮"之爪牙而地之帮凶也。孔若欲辩此诬，则须以实际行动表白也。

4. 孔庆东名满天下之《47楼207》一书号称幽默，而其中一半文章并不幽默甚至令人忧愁苦闷紧张严肃，此乃欺骗读者、以次充好、假冒伪劣、挂丰乳而卖肥臀也。当令其赔偿读者青春损失，还我"笑一笑十年少"之幸福乐趣也。

5. 孔庆东装疯卖傻之《空山疯语》一书名实极为不符。由首至尾读去，条理分明，思维连贯，并无一句"疯语"。且开篇曰"我不幽默"，随后却又恣意诙谐，嬉皮笑脸。此乃公然愚弄读者，翻云覆雨，以革命群众为阿斗焉。当令其公开登报更改书名为《满山和尚笑开怀》，以平民愤也。

6. 孔庆东歌颂北大，即是贬低其他院校，即是贵族精英意识，即是唯我独尊，即是藐视全国人民，即是文化法西斯，即是破坏教育界之安定团结与兄弟情谊，即是变相为北大当局拉拢优秀生源。故天下有识之士，须齐心合力，百般辱骂污损北大，以消除孔文之恶劣影响，方可挽狂澜于既倒，救万民于水火也。

7. 孔惯写无聊逗乐之所谓幽默文章，证明其必为学无专长、不学无术之徒矣。凡真正之学术大师，必不苟言笑，每发一语，众人须思之三年方悟，岂有一读之下即捧腹大笑者耶？一读即笑之文，其作者必浅薄无行也。孔辩解曰鲁迅之《阿Q正传》亦使人发笑，殊不知此恰为鲁迅之污点矣。倘鲁迅能学胡适吴宓曾国藩冈村宁次诸大师，终身使人不笑，则完人矣。

8. 孔文中出现过"狗日的"一类下流粗话，且有集体瞻仰少女裸浴之下流场面，足证孔之为人下流粗鄙之极。而如此下流粗鄙之辈竟为北大老师，岂能不误人子弟，教唆出三千流氓八百无赖乎！噫，北大危矣！吾中华民族危矣！

9. 查得孔氏之博士论文《超越雅俗》一书及其他若干学术文章，呆板枯燥，道貌岸然，并无所谓幽默。足见孔氏之"幽默"，并非出自天然本性，实乃矫揉造作、欺世盗名之赝品也。天下岂有一支笔写出两样文章者乎？除非彼乃人格分裂者也。学术打假，此其时矣。

10. 孔庆东身为党和国家辛苦培养之北大博士，竟将著作交与社会闲散书商出版，此必见利忘义、牟取暴利之举也。古人云近党者赤，近商者黑。孔之黑不辩自明矣。孔牟取暴利后仍布衣蔬食，居陋室，骑破车，又足见其虚伪矣。夫厚而无形，黑而无色，其孔庆东之谓欤！噫，微斯人，吾谁与归！

开题：走遍韩国

在一片不到十万平方公里的土地上，只有韩国，我去过的地方如此密集。我去过中国的 26 个省级地区，但是哪个省区也没有去过 5 个以上的城市。只有韩国，我几乎走遍了她的每一个角落，欣赏遍了她的每一寸肌肤。我去过的地方，许多韩国人也没有去过，甚至根本不知道。有时我去寻访一些不太著名的风景点，当我拿着地图找到一百米远近的时候，当地的居民竟然不知道这处名胜。我粗略统计了一下所去过的韩国地方，大体如下。

韩国一共有 9 个道（级别相当于中国的省），我全部去过：京畿，江原，忠北，忠南，全北，全南，庆北，庆南，济州。因此可以号称走遍"九州"。

韩国的大小城镇，我去过几十个。数量之多，分布之广，在韩国人中也罕遇敌手。

1个首都:汉城特别市,我住了两年,差不多走遍,可以吹牛说"了如指掌"。

6个广域市,去了5个:釜山,仁川,大邱(庆北道厅),大田(忠南道厅),光州(全南道厅)。其中仁川、大田、光州都去了三次。只有新兴的产业城市蔚山没去,算是故意留个念想。

其他普通市郡,去了至少30个:号称"韩国的西安"的千年古都庆州,庆州附近的大学城庆山,韩国儒学的大本营安东,号称韩国饮食之乡的全北道厅全州,拥有世界文化遗产华城的京畿道厅水原,号称山水甲天下的东海名城江陵,依山抱海的雪岳之城束草,韩民族发祥地之一的江华岛,自古与中国友好往来的百济故地益山,汉城西北卫星城一山,汉城东南卫星城果川,汉城西南卫星城安养,连接汉城与仁川的卫星城富川,韩国竹制品中心潭阳,韩国南部航空中心金海,韩国独立纪念馆所在地天安,著名方便面产地安城,旅游休闲胜地杨平,青少年活动营地平泽,西部小城唐津,西海休闲地泰安,冬季旅游胜地抱川,古战场高阳,板门店所在地坡州,韩国最大民俗村所在地龙仁,韩国点心生产中心镇川,耽罗古都济州,徐福留下"向西归去"手书的历史名城西归浦……

在韩国,到处是山。城市也是山,大学也是山。虽然每天都在山上行,但也特意去了韩国的名山十多处:第一名山雪岳山,第一高山汉拿山,五台山,无等山,鸡笼山,八公山,水落山,北汉山,汉城南山,庆州南山,峨嵯山,灵鹫山……

韩国岛屿也很多,除了济州岛、江华岛外,大的岛我还去过莞岛和甫吉岛。

韩国的大学我去过40多所,请参见《韩国大学一瞥》。

单就我所客居的首都汉城来说,我还没有遇到一个韩国人比我去过的地方更多。而且很多地方我不是乘车,我是用脚一步一步"抚摩"过去的。我认为只有这样,才能建立对一片土地的真正感情,达到对一个民族的真正了解。汉城的面积不小,大约相当于北京的四环路以内,但因为是山城,表面积就增大了,距离也显得远。汉城分为25个市区,我去过 22 个。

江北的 14 个区去过 13 个：中区，钟路区，西大门区，东大门区，城东区，城北区，龙山区，中浪区，广津区，麻浦区，恩平区，江北区，芦原区，只有道峰区没去；江南的 11 个区去过 9 个：江西区，江南区，阳川区，九老区，永登浦区，铜雀区，冠岳区，瑞草区，松坡区，只有江东区和衿川区没去。

汉城的 8 条地铁我全部乘过，而且在大约 100 多个站上下过车进行旅游等活动。我自学韩国语的发音，主要就是借助于地铁车站的韩、英、中文站名对照。

汉城的著名旅游观光点和其他有名无名的我认为有价值的"可去之处"，我去过大约 100 多处吧。比如：

五大宫：景福宫，昌德宫，昌庆宫，德寿宫，庆熙宫。

五大门：光化门，兴仁之门（东大门），崇礼门（南大门），大汉门，独立门。

著名塑像：李舜臣像，金庾信像，金九像。

著名购物地：东大门市场，南大门市场，鹭梁津市场，可乐洞市场，新村格兰德超市，E-Mart，黄鹤洞市场，明洞，九老工团，梨泰院，龙山，乐天公司，美都波公司，SK 公司，木洞时装街，文井洞时装街，新村，狎鸥亭，延禧洞，阿岘洞婚纱街……

著名宗教地：宗庙，曹溪寺，奉元寺，仁寺洞，坚志洞，普信阁，明洞天主堂，纯福音教堂，切头山殉教地，塞南特殉教地……

著名公园：塔洞公园，巴黎公园，南山公园，奥林匹克公园，儿童大公园，汉城大公园，宗庙公园，社稷坛公园，马罗尼埃公园，死六臣公园……

著名纪念馆：民俗博物馆，战争纪念馆，安重根纪念馆，梨花庄，地球村博物馆，梨大博物馆，农业博物馆……

著名学校：梨花女大，延世大学，汉城大学，东国大学，建国大学，檀国大学，成均馆大学，诚信女大，加图立大学，圣公会大学，圣洁大学，中央大学，庆熙大学，外国语大学，华侨小学……

著名饭店：朝鲜饭店，奥林匹克饭店，四季餐厅，星期五餐厅，兄弟排骨，名家包肉，绿屋，草堂，石兰……

著名游览地：汉城塔，63大厦，LG大厦，三星大厦，韩国贸易协会COEX，望远亭，汉城火车站，高速巴士站，南部巴士站，汝矣岛，石村湖，大学路，乐天世界，外国人墓地，百济古墓，芳荑古墓，北汉山，峨嵯山，水落山，青瓦台，中国大使馆……

著名文化场所：世宗文化会馆，教保书店，永丰书店，奥林匹克运动场，奥运村，显忠院，湖岩美术馆，艺术的殿堂，民俗表演场……

算了，举不胜举。我之所以不厌其烦地罗列这么多地名，目的有三：一是为了纪念自己在21世纪之初两年的生命历程，表达我对韩国这片多情土地的眷恋；二是为了含蓄地提醒某些闭门造车的学者，我不但读了韩国的五千年历史，而且走了韩国的三千里河山，教过上千名韩国学生，拥有百十个韩国朋友，所以，你在我面前没有谈论韩国的优势，趁早闭上你那不学无术的只会说英语的乌鸦嘴；三是希望跟今后去韩国的朋友比一比，我去过的那些地方，你都去过了吗？何当共饮马格力，却话汉江夜雨时。

叩叩芳心

校园主路旁有一座雄鹰雕像高耸入云。据说那雄鹰每天俯视着下面来往的学生，它如果看到有一个处女，就会马上展翅飞走。可是多少年过去了，雄鹰还屹立在那里。

魂断板门店

4月20日是谷雨，距离"路上行人欲断魂"的清明时节已经半个月了。然而一路上，每个中国人的"魂"都已经被勾起来。大家有的谈笑，有的假寐，有的发呆，其实都不过是掩饰和体味着内心深处那股复杂的滋味。板门店，曾经让6亿中国人扬眉吐气的一个小山村，就要进入我们的视野了。豪华大巴在一公里一公里地逼近"三八线"。我心中默念着一个相声里的台词："快来买，快来看啊，看一看我的纯毛线啊，不管是朝鲜半岛的三八线，还是王张江姚吴法宪，都比不上我的纯毛线啊！"三八线，不可一世的美国人第一次老老实实坐下来的地方，遥遥在望了。然而我们却是穿过"联合国军"的防区前往这条线的，这似乎包含着什么历史性的讽刺。一团心绪真是"剪不断，理还乱"，干脆不去剪和理，看完了再说，那感觉说不定要消化个几十年呢。

看见了铁丝网，大家兴奋起来。然而一直期待的紧张气氛却始终没有降临。虽说是一道又一道的关卡和检查，但跟履行坐地铁逛公园的手续也没什么分别。韩国士兵一个个奶气未脱，一看就是学生兵，我一个人可以对付俩。西洋士兵一个个吃得白胖粉嫩，好像是在夏威夷度假。我脱口说了一句："军容如此不整，北边打过来岂不是摧枯拉朽？"随后又吟了几句陆游的诗："和戎诏下十五年，将军不战空临边。朱门沉沉按歌舞，厩马肥死弓断弦……"然而转念一想，难道说我不喜欢这一片大好的和平景象么？分界线南北的人民本来不就该铸剑为锄，在这三八线上歌舞升平么？

终于踏上了那条线。站在八角亭上望去，韩国士兵摆开非常"威武"的雄姿：头戴钢盔，眼配墨镜，双脚呈"大"字撑开站立，双拳紧握斜伸在身体两侧，整个人好像一个世界的"界"字。不知是谁设计的这个姿势，的确很好看，可以作为"耀武扬威"这个成语的活注解。我和别人一样，也与这些士兵合了影，但总觉得这里面表演和夸张的成分多了些。因此我便觉得这些士兵颇有几分亲切，好像是我的学生或兄弟。我很想跟他们开一点玩笑，但又怕干扰了他们的工作，因为我知道，他们那样一动不动地"种"在那里，恐怕比中国天安门的国旗班卫士还要辛苦。

抬头看看对面，北边只有一座灰色的平顶楼，门前高高的台阶上背手站着一名头戴大檐帽的军人。那军人气度从容，不怒自威，浑身无一处紧张，但也无一处松懈，用一句武侠小说里的话，叫做"渊停岳峙"。他就一个人，俯瞰着这边所有的人，他的背后，是起伏的山野和辽远的蓝天。

看过了遣返战俘的"不归桥"和朝鲜高达160米的世界最大的国旗，我们上车返回。在参观纪念册上，我题写道："人类的伤痕"。我经常感到，不论南边和北边，都有一种"不平之气"。此刻，我多少能够理解这种"不平之气"了，一个被拦腰斩断的民族，哪里能够"心平气和"呢?

中午的燥热包围上来,忽有一缕凉风拂面而过。我意识到,那是北边吹来的风。空气,是任何边界都阻挡不住的,正像对自由的渴望和对亲人的思念。

（本文曾在中韩两国报刊网站发表,并被英国BBC电台播送,反响甚佳。）

板门店的枪声

来韩以前，不知道韩国电影已经达到了如此之高的水准。一天晚上，吃过冰激凌后，我请金恩惠等两位学生看电影，目的是为了让她俩给我当翻译。电影是赫赫有名的《JSA》，即《共同警备区》。这是根据朴上延的小说《非军事地区：DMZ》改编而成的。

三八线两侧，是联合国和朝鲜联合管辖的"共同警备区"。

一天深夜，朝鲜一方的哨所内传出了枪声。影片以哨所墙上弹孔的特写镜头为开端，叙述了对发生在板门店的神秘枪击案的一场复杂的调查。

联合国派来负责调查的主力官员，是一位漂亮的具有韩国血统的瑞士女军官苏菲。她根据南北双方幸存者的陈述报告进行了细致的分析，发现两份报告疑点甚多。

韩军的李秀赫班长，说他被绑架到"北韩"后，在艰难的逃跑过程中，向"北韩"军人开了枪。与此相反，"北韩"的生存者吴敬弼中士则说，南方首先越过军事分界线袭击他们。一粒消失的子弹壳就是这起命案的钥匙，可是两位当事人从此却一直缄口不言。在那神秘的"不归桥"，到底发生了什么事？

共同警备区是南北冷战的象征，它不仅是半岛南北的分界线，也是中美两国的分界线，是东方与西方的分界线，是两种人类理想的分界线。双方军人在相隔仅几步的距离内彼此面对面盯着站岗，真是"流泪眼观流泪眼，断肠人对断肠人"。板门店谈判和斧头冲突案（1976年）都发生于此。斧头冲突案后，美韩一方为纪念丧命的美军波尼帕斯大尉，便又称共同警备区为波尼帕斯基地。

守卫共同警备区的韩国部队是一种特殊部队。他们要先到美军服役，然后经过选拔而被派遣到此。共同警备区士兵虽然是韩国国籍，但名义上是联合国部队的成员。

因为南北双方隔桥对峙，所以他们每天都处于一级战备状态。可是军人也是有感情有良心的活人。不太长的时间内，他们就察觉到每天见面的"北韩"士兵也是同胞，也是有血有肉的活生生的青年人。

一个深夜，在巡逻中因撒尿而掉队的李班长踏上了一颗地雷。万分危急之时，经过那里的"北韩"军人吴中士救了他。从此，他把吴中士当做哥哥，二人产生了深厚的友情。他们忘记了休战的现实，李班长每夜冒着危险越过三八线。他们在"北韩"的哨所内一起喝酒，谈女人，交换礼品，还一起讨论故乡。多少个欢乐的夜晚，如同梦境一般。然而悲剧降临了，"北韩"军官的巡查，迫使他们卷入了预想不到的枪战。如果是在后方的城市或乡村，这样的友情是非常平凡的。可他们是边界上的哨兵，所以不得不用枪口对准了自己的兄弟。

在狭窄的空间里进行全方位摄影，摄影机往返交错地拍摄着哨所内部。场景紧张到令人屏息，同时使观众对于半岛南北分裂的现实深深叹息。观众和漂亮的苏菲都看出了，双方指挥官都知道这次枪战的内幕。

可是他们不愿意公布真相。李班长和吴中士也宁愿把真相埋藏在心里。但最后因为不能解脱的内疚和人道主义激情，李班长和他的部下都自杀了。朝鲜人民军战俘的女儿苏菲陷入了无底的悲哀。

本片导演宣布："我们不但利用神秘的电影结构造成让人紧张的气氛，而且以回忆的场景和幽默的穿插唤起被遗忘的人道主义。"然后电影在悲壮中结束。

朴导演对于电影视觉语言的遵循和突破，都表现出新一代韩国导演的才华。高达30亿韩元的拍摄费用，没有给影片带来负担而是带来了极大的收益。朴导演在尽情发挥了电影的娱乐功能之后，在结尾的镜头里利用一张照片浓缩了长达半个世纪的南北方分裂的悲剧。四名主人公在一个画面内由不同的角度互相对视着站岗值勤。南侧，一个西方女游客的帽子被风吹落到北侧，顿时一片紧张。粗犷的朝鲜人民军吴中士俯身拾起，微笑着递过来。那一刻，全世界的阳光都灿烂了。为了那一刻，我后来又看了一遍《JSA》，没用翻译。

（强烈建议中国文化部门引进此片，使人民体会分裂之苦、统一之甜。）

注：

关于"南韩"、"北韩"的称呼问题——通常所说的"南韩"、"北韩"，本来是朝鲜半岛上一个统一的国家。二战后在冷战体制下分裂为实际上的两国。它们的正式国名分别是"大韩民国"和"朝鲜人民民主主义共和国"，但是双方都认为自己的国名所指的领土包括整个朝鲜半岛（韩国叫韩半岛），即包括对方。所以单独指一方的时候，可以简称为韩国、朝鲜；而一般同时说二者的时候，要说"南韩"、"北韩"。这样的非正式称呼又准确、又客观。韩国人都是这么说的，而北朝鲜则说成"南朝鲜"、"北朝鲜"，道理相同。本书是从客居韩国的立场写的，所以用的是"南韩"、"北韩"。用南和北的说法，他们双方都能够接受，而正式的国名，他们却彼此都不接受，虽然他们同时加入了联合国，但一般不用正式国名互称，谈判时也只用"南北会谈"或"北南会谈"的提法。如果我们外国人假装"客观"，同时叫他们的正式国名，那恰好是他们最反感的，因为那等于是支持半岛"两国论"，等于永远反对他们的统一。就好像西方人把"中国"与"台湾"或"中华民国"并列给我们的感觉一样。我们宁肯听"海峡两岸"这样从民族文化角度出发的提法。所以，考虑到这些因素，在二者对举的上下文里，还是用"南韩"、"北韩"最为合适，(同样，"韩半岛"、"韩战"等提法也加上引号后部分保留。)这样才能突出朝鲜半岛南北双方人民的分裂之痛，表达我们支持统一的一片真诚。欧美等世界各国差不多都是这样用的。本书为了出版方面的慎重起见，多处使用了"南方"、"北方"一类的概念，在不是并列的情况下，也分别酌情使用了正式国名或简称，但作者的客观立场是一致的。特此说明。

特立独行的葵花

　　韩国古代文人曹伟写有一篇《葵亭记》，写他谪居时比较穷困，在几丈大的园中盖了一座小亭，园中别无他物，"只有葵数十根，翠茎嫩叶，动摇熏风而已，因名之曰葵亭"。有客问他为何不取松梅菊兰之类有德操寓意的美名，而偏以葵这种"软脆之物"命名。曹伟首先说正因为葵不为人所重，所以才适合于自己的处境，"以弃人而配贱物也"。然后他又说葵虽弃物，但有二德：一是"葵能向日随阳而倾，谓之忠可也"；二是"葵能卫足，谓之智可也"。而这忠与智，正是"人臣之节"也。

　　我读此文，首先想到了杜甫的"葵藿仰阳春"，然后就想到了"文革"时大为风光的向日葵文化。在杜甫那里，葵与藿混在一起，还具有类的性质。只是表示忠心的一个比喻，还没有赋予葵以单独的价值。到了曹伟这里，葵就独立出来，成为亭的名字，表示着一种虽被抛弃而仍然忠心不已的节操。但这里，仍透露出一种无奈，透露出这是因为做不成松梅菊兰而不得已的选择。然而到了"文革"时期，向日葵的价值却有超越松梅菊兰之势。那时最美丽的花就是向阳花，不但有大幅的宣传画，连床单桌布之类日常用品上也经常是满地向日葵。我上小学的美术课，第一课画红太阳，第二课就画向日葵。

不过，向日葵的实物，我是并不陌生的。东北地区的人爱吃瓜子，所以这种植物种得很多，连城市里也在楼前屋边到处种些。我和一些孩子夏天经常去"恭行天偷"。潜入园中，折下大花盘就跑，那时脑子里才不管他什么向阳不向阳呢。印象中那向日葵一点也不美，耷拉着脑袋，一折就断，的确是"软脆之物"。我们也知道它从早晨起就随着太阳转脖子，但是这种"仰脸相随"的形象并无什么美感，只觉得不过是任人践踏、任人攀折的贱物而已。

曹伟与杜甫，借葵之向日来表达自己的忠心，这在今天的一些正人君子看来，也许要批判为"奴性"和"暴君的帮凶"之类。但我以为，在那个时代，这恰是他们自由意志的体现，这和把自己比喻成"涧底松"、"篱边菊"、"墙角梅"具有同等的人性价值，或者说，这正是他们独立人格的表现。但若是把少数人的情趣强加到多数人的头上，则会适得其反。要人人都做向阳花，结果是人人乱扔瓜子皮。独立的人格必须自己去建立，既不能赐予，也不能克隆。争取民族独立可以大家一起去斗争，若是争取自己的人格独立也跟着一大群所谓"独立知识分子"吆五喝六，并且排斥和打击那些偏偏不愿"独立"的人的话，这首先就已经丧失了独立的意义。在一个人人要做十八棵青松的时代，青松的价值已经跟瓜子差不多。那么在一个号称独立崇拜个性的时代，我们是否应该尊重那些不要个性的葵藿们，给他们一些自由的空间呢？

（此文标题为发表于《信报》时，著名批评家骆爽先生所赐。有朋友看此文后，说梵高一定会喜欢的。）

真龙藏不住

　　浪迹江湖的我，今年被北京的风沙吹到了汉城。心想这也好，就算是被迫隐居，"勉从虎穴暂栖身"吧。——中国敬龙，韩国尚虎，可谓是一对"龙虎邻居"。寂寞无聊之际，忽有三韩侠士崔容晚、李政勋二君邀我同看李安的新作《卧虎藏龙》。此片在中国大陆尚未公映，故而洒家咧嘴一笑说："吾乃中国观看此片之第一人也！"

　　《卧虎藏龙》本是中国20世纪40年代武侠小说大师王度庐先生的力作。王度庐的代表作"鹤铁"系列共有5部：《鹤惊昆仑》，《宝剑金钗》，《剑气珠光》，《卧虎藏龙》，《铁骑银瓶》。这5部作品既连贯又独立，其最大的特点是不以神奇的武功和紧张的打斗取胜，而是通过武侠人物的爱情悲剧来透视人生，追问命运。王度庐在武侠小说史上的地位被公认为创造了"悲剧侠情"模式，

16

对后来的梁羽生、金庸产生了非常深刻的影响。

　　然而越是优秀的小说就越怕被搬上银幕。尤其是武侠小说，被香港的低能导演和弱智影星们摧残得面目全非。金庸先生毫不客气地说过，看到自己的小说被港台影视界拍成的片子后，"就像看到自己的孩子在挨打"。这里的原因就是，那些武侠影视抽空了武侠文化应有的人文精神，只剩下满足病态心理的血腥打斗和企图忘记奴隶身份的港台式的肉麻搞笑。这样的作品被批判、被蔑视、被遗忘，都是理所当然的。

　　相比之下，这部李安的《卧虎藏龙》，可以说是武侠电影史上的一次突破。影片抓住了"命运"的问题，抓住了"人应该怎样活"的问题。李慕白和俞秀莲终生相恋，但却不把他们的爱情变成现实。李慕白说："越是握紧拳头，手心就越是什么都没有；松开手，你才觉得拥有一切。"李慕白用生命教会了玉娇龙这个道理。玉娇龙和她的情人罗小虎也没有"终成眷属"，他们继续浪迹在无边的江湖上去寻找他们的梦。

　　抓住了这个"题眼"，别的问题自然迎刃而解。整个影片笼罩在抒情的基调里，笼罩在淡淡的银色的悲凉里。武打设计既具有惊心动魄的现场效果，又具有如梦如幻的优美意境。演员的表演内在、含蓄。周润发第一次学会了以"不表演"来表演，体现出一种真正男人的魅力。章子怡则把玉娇龙的娇凶结合的性格表现得淋漓尽致。即使那些搞笑的细节也符合故事自身的发展逻辑，没有节外生枝和鼻孔里插大葱的毛病。以"人性"为中心而不是以"打斗"为中心，决定了《卧虎藏龙》必定要在武侠电影史上大书一笔。

　　知道王度庐的人很少，但我早就确信他的名字必有大放光彩的一天。李安，周润发，章子怡，还有作曲的谭盾，演奏大提琴的马友友，他们都像影片中的英雄一样，是藏不住的真龙。是啊，这个世界，往哪儿藏啊！

　　（当时就跟韩国朋友和学生说，此片八成要获奥斯卡奖。果然言中后，学生皆以为奇，并有学生从网上翻译了此文，遂作为范文讲了一课。）

韩国人的革命精神

　　我住在梨花女子大学的国际馆，这里住着东西方许多国家的学者和教师，都是远离祖国，又大多不会韩语，因此生活上难免遇到许多困难。这些学者因为心情不大好，于是就经常批评韩国这野蛮那落后。我对韩国也有自己的意见，但是在"帝国主义"面前，我总觉得应该站在被压迫民族的立场说话。我就说，韩国虽然经济没有西方发达，文化没有中国深厚，但是韩国人的革命精神是目前世界上第一流的，这一点不但你们"帝国主义"要学习，就是我们"伟大的社会主义中国"也要学习。

　　韩国也曾有过文化灿烂的古代，但是韩国近代史的苦难深重是全世界罕见的。近乎半个世纪的日本统治之后，好不容易河山光复，整个半岛又被冷战体制拦腰切成两段。在特殊的历史条件下，韩国又经历了几十年的

18

军事独裁。盼望和平，盼望民主，盼望统一，可以说是韩国人念兹在兹、挥之不去的永恒情结。哪里有压迫，哪里就有反抗。一部韩国的苦难史，同时也是一部韩国人民的反抗史。他们用不屈的反抗，迎来了三韩大地的光复，又用前仆后继的起义、革命，结束了军事独裁，迈进了民主时代。我在光州的"5·18"墓地，望着那层层的墓碑说："韩国青年的鲜血，毕竟没有白流。"更为可贵的是今天，在经济高速增长、民主程度不断加深的同时，韩国人并没有抛弃他们的革命传统。在韩国的学术界，许多优秀的学者仍然保持着一腔革命情怀，思考着世界革命问题。而在中国、日本等国家，随着经济的繁荣，许多人忘记了革命乃是今天经济繁荣的乳娘，他们开始清算革命，咒骂革命。学术变成了一堆隔靴搔痒的废话，教授变成了一只摔不破的胶皮饭碗。正像中国的围棋和日本的围棋都越来越不如韩国围棋那样生气勃勃、那样充满昂扬的斗志一样，中国和日本的学术也越来越老气横秋，把卖弄材料和考据当做第一流的境界，而把学者的天职抛到了九霄云外。

谈到革命精神，最令人感兴趣的是韩国的大学生。我的几个朋友津津有味地向我介绍各种催泪弹的味道，而我这个自诩"老革命"的家伙竟然如听天书。韩国的大学生，真可以说是"不平则鸣"。他们的反抗，经验丰富，组织严密，既有爆发力，又有持久性。今年因为学费问题，各地高校都发起了旷日持久的学潮。大学生们占领办公重地，搭起帐篷连营，游行示威，演讲串联，大有不达目的誓不罢休的气概。延世大学已经率先获得了胜利。我到延世大学去看过他们的校庆演出，那简直就是一场革命彩排。在依山而建的露天剧场上，几万男女青年群情激愤，随着台上的指挥齐声呐喊，载歌载舞，每个人都把自己投入到那个巨大的集体之中。我们这些旁观者感到那不是几万人，而是一个人，一个巨大的生命在呼啸。中国有一首歌唱道："投入地爱一次，忘了自己。"然而现实的情形是，我们太注意自己了。为了自己极其卑微的生存，我们放弃了太多的真理。

如果说在革命年代，过于激情容易导致极"左"的话，那么在这个

"改良"年代，激情可以说是一种极其可贵的"保守"。丧失了革命精神，自由民主也好，经济发达也好，都是不可能顺利到来的。光州的朝鲜大学的教授们，赶走了控制学校的财团，实现了真正的教授治校。延世大学和高丽大学几十年来互不服气，每年都要举办两校大竞赛，使得彼此的革命"段位"节节攀升。连我所在的梨花女子大学这所被延世大学讽刺为"女子化妆学院"的专出贵夫人的学校，也终日"群雌粥粥"，她们的学生领袖把头发剃得几乎成了秃瓢，颇有刘和珍杨德群君当年之气概。这些具体的学潮当然有韩国自身的背景，不一定需要胡乱地"东施效颦"。但是这种革命的精神却是茫茫 21 世纪的指路明灯。在大部分韩国人还盲目崇拜美国的同时，韩国的清醒的知识分子不断揭露美国对韩国平民的杀戮，对韩国资源的掠夺，对韩国政治的控制和对南北统一大业的掣肘与破坏。韩国人民的革命精神，对穷凶极恶的美国和心怀叵测的日本都是一柄闪光的利剑，对于 21 世纪的世界和平必会产生积极的推动。认识到这一点，那么这种革命精神，理当成为亚洲人民的共同财富。

（此文发表后，韩国右派很不满意，左派则略有惭愧。）

仁爱的尹淮

韩国的《海东名臣录》记载，朝鲜时代的尹淮，年少时出门投宿，主人不许，他就坐在院子边上。主人的儿子拿了一颗大珍珠出来，掉落在院中，被一只白鹅吞下。主人找不到珍珠，就绑了尹淮去告官。尹淮也不分辩，只要求连鹅也一同绑去。次日，"珠从鹅后出"，真相大白。主人很惭愧，问他昨日为何不说，尹淮答道："若昨言之，则主人必剖鹅觅珠。故忍辱而待。"

尹淮处变不惊、受辱不辩的从容态度，是很令人叹服的。大有苏东坡所云"无故加之而不怒，卒然临之而不惊"的风范。我遇到的许多韩国朋友，听别人称赞韩国的优点时，眉开眼笑，和蔼亲善，而听到别人对韩国有一点点委婉的批评时，立刻脸布凝霜，反唇相讥，甚至拍案决眦，暴跳如雷。我的师兄高远东指出："韩人性

21

狭直而急竟。"我因此很少批评韩国，在韩国遇到再大的委屈也尽量牙掉了吞进肚，并且不时劝告初到韩国的中国人："千万别给韩国人提意见。"我开始时甚至怀疑，莫非韩国人自古就是这种火暴脾气？

但尹淮的故事使我认识到，古代的韩国人也是崇尚这种仁爱儒雅的大家之风的，连别人冤枉他盗窃都能忍受，这是何等的自信。今天的韩国人脾气暴躁，恐怕是与一部充满压迫和抗争的近代史更有直接密切的关系的。当一个民族洗刷了自己的屈辱，在世界上重新获得自己的尊严时，他们的脾气或许就会优雅起来吧。如尹淮这般胸襟宽宏之人，能够出现于韩国的昨天，自然也可以出现于韩国的明天。

（因为有了对韩国朋友这样的信心，我也敢于写些大胆批评韩国的文字了。）

韩国大学一瞥

客韩两载，走遍了南北西东，也到过了许多名城，静静地想一想，我去得最多的地方，还是大学。迄今为止，我已经去过韩国的大约40所大学。

汉城20多所：梨花女子大学，诚信女子大学，淑明女子大学，汉城女子大学，国立汉城大学，市立汉城大学，延世大学，高丽大学，韩国外国语大学，中央大学，东国大学，建国大学，檀国大学，成均馆大学，圣公会大学，韩国放送通信大学，庆熙大学，弘益大学，西江大学……

釜山的新罗大学，仁济大学，韩国海洋大学。

大田的忠南大学，又松大学。

大邱的岭南大学，庆北大学，庆山大学。

天安的天安外国语大学，檀国大学分校。

还有仁川的加图立大学，光州的朝鲜大学，江陵的江陵大学，安城的中央大学分校，安养的圣洁大学，抱川的大真大学，益山的圆光大学，唐津的新星大学，济州岛的汉拿大学等。

下面把这些大约40所大学分成几类略加介绍。

我所任教的是梨花女子大学，这是韩国人数最多的大学，也是世界上最大的女子大学，拥有2万左右女生。它不仅在韩国的女子大学中独占鳌头，在韩国全部大学的排名中，也是稳居前十名，据说曾经名列第四，仅次于汉大、延大、高大这三驾马车。现在虽有很多大学不服之，但排在七八名，还是没什么问题的。详情可以参看我即将问世的《身在女儿国》一文。除了梨大外，韩国还有许多女子大学。上面提到的另外几所女大，我都有朋友在那里任教。其中诚信女大跟淑明女大竞争二姐的位置。我一次去诚信女大时，那里的教授正在抗议校长。他们把校长的办公用具都给搬出来，在办公楼外面搭了帐篷，吃住在里面，日夜示威。我打听为什么抗议，朋友告诉我说，这位校长是淑明女大的校长的妹妹。教授们认为，凭什么姐姐当淑明的校长，而派妹妹来当诚信的校长，这不明摆着欺负人吗？一定要斗争，决不当尤三姐。

按照学校的声誉来排名的话，国立汉城大学的老大地位是举国公认的。但是汉大在亚洲的排名并不突出，有的说排在40多名，有的说排在80多名。汉大原来在市中心的大学路一带，一直是韩国的学术中心和学生运动中心。20世纪70年代中期，朴正熙政权为了消解学生运动的威力，故意把汉大迁到汉城最南郊的冠岳山麓。那里至今也不怎么热闹繁华，但一进校园就感觉到气象不凡，有一种王者的平静和舒缓。而大学路虽然缺少了汉大，却依然充满先锋文化气息，到处是咖啡馆、画廊和小剧场，街头公园经常有露天演出和美术活动，洋溢着浓郁的学院气息和蓬勃的青春激情。我在那一带会见过一些韩国最优秀的学者和艺术家，只是去过很多次仍然迷路。

中国俗话说，文无第一，武无第二。汉大以下，谁是二哥呢？延世大学与高丽大学互不服气。于是两校每年举办一度文化体育大竞赛，实际上等于一个盛大的大学节。只是延世大学叫做延高战，高丽大学叫做高延战。由于延世大学是我们梨花女大的邻居，相隔只有一条马路，仿佛是一个大学专门划出一块女子校区。来往密切，两校无猜，所以梨大的立场一般站在延大一边，我也多数情况下叫延高战。可是今年的延高战的决战，是高大的朋友请我去看的。在奥林匹克主运动场几万人天崩地裂的呐喊声中，我坐在高丽大学的队伍里。所以我只好叫高延战。可惜高丽大学竟然输了。当然胜负并不重要，两校的竞争主要在于加强彼此的交流和自身的凝聚力。当我回到梨大转述说周末去看了高延战时，学生立刻给我纠正，是延高战。我连忙承认错误。我知道，梨大许多学生的男朋友是延大的。我曾经问过学生喜欢延大还是高大。她们说高大的男生比较粗鲁，不如延大的温柔。其实我看还是近水楼台的缘故。如果梨大跟高大是邻居，那学生可能就会说高大的男生有男子汉气质了。

高大建立于 1905 年，有抗日爱国传统，以民族主义为校魂，号称"民族高大"，校徽是一头斑斓猛虎。以前的学生中多数是寒门子弟，能吃苦，讲义气，喜欢喝便宜的传统浊酒，在学生运动中敢于冲锋陷阵。他们在 2000 年的一次游行示威中，巨大的横幅上写着"造反有理"。不过近年来韩国大学的生源普遍趋向富家子弟，高大的这些特点已经不太明显了。我这次观看高延战，就觉得高大的学生反而不如延大的勇猛。倒是我认识的高大的几位朋友，的确是很讲义气的。

延大建立于 1885 年，比梨大早一年。跟梨大一样，也是个基督教大学。所以西化气息比较重，号称"民主延大"，校徽是一只振翅欲飞的雄鹰。校训是"自由"、"真理"。学生大多来自中产阶级，喜欢喝啤酒，具有自由气质，团队精神也非常强。宽敞的主路旁边有一座雄鹰雕像高耸入云。朋友给我讲了一个笑话，上面那只雄鹰每天俯视着下面来往的学生，它如果看到有一个处女，就会马上展翅飞去。可是多少年过去了，雄鹰还屹立在那里，永远展着翅，但就是飞不去。我听了马上想，这似乎是鲁迅笔下的乌鸦。延大中文专业的研究生给我留下了深刻的印象。他们思维敏锐，视野开阔，虽然号称西化，其实一样地忧国忧民。我积极鼓励一个梨大的本科毕业生去延大读中国现代文学研究生。我觉得延

25

大的中文专业是生气勃勃的。2000年夏天，我陪小说家余华去与延大学生座谈，学生们对余华作品的解析、对鲁迅和东亚问题的理解，都给余华带来了很大压力。我有一次在延大讲座后与一群教授学生一起去爬北汉山，在与他们的真诚交流中加深了我对韩国学界的了解和好感。

我所在的梨大位于汉城的西大门区。这一带共有四所大学：梨大、延大、弘益大学和西江大学。而骄傲的延大人不同意这种说法，他们认为只有一所大学，即延世大学。其他三校都算不得大学：梨大是女子化妆学院，弘益大学是美术学院，西江大学则是高中四年级。当然这是一种清高的玩笑，三校并不买账。有一条火车道穿过延大和梨大门前，在延大那边是从高空的天桥上穿过，到梨大这边是从深谷的桥洞中穿过。所以梨大人得意地说：哼，从他们头上过去的火车，只能从我们脚下过去。不过梨大人有个迷信，即当火车从脚下过去的时候，赶紧许个愿，就会实现。我在那里许了好几回愿，一个也没影。大概是管女不管男吧。或者只能实现这样的愿：让我找个延大的男朋友！我听过西江大学的教授的发言，也读过他们的文章，水平并不低于其他大学。至于弘益大学，美术专业是其王牌，不免掩盖了其他专业的光辉。地铁有弘益大学这一站，我专门去参观了一次。门前的小公园里正好有个小型美展，主题是同性恋，用女性的视角画出的男性肉体，散发出一种特殊的温柔，很有深度。校园里也弥漫着美术气氛，到处是雕塑、画布，学生的服饰也颇有个性，比起梨大和延大的中产阶级追求来，更像学生一些。弘大门前的毕加索街，鳞次栉比着充满异国情调和艺术气息的咖啡馆、俱乐部，它与梨大旁边的新村，加上大学路，号称汉城的三大青年街。

汉城有三所大学的名字都带有"国"字，即东国大学、建国大学、檀国大学，合称"三国大学"。我搞不清他们的排名，反正只要在汉城，即使不太有名的大学，对学生的吸引力也超过外地的有名大学。东国大学是佛教大学，我认识的几位教授，学问和待人都还蛮不错的，只有一个助教由于办事太不负责任，使我不愉快过。东国大学的樱花很出色，每年暮春三月，慕名前往者络绎于途。建国大学那里，我参加过一个大型国际学术研讨会，在汉江附近。校园的风景，既有新千年馆那样的宏伟建筑，也有传统的小桥流水，印象颇佳。檀国大学，我去讲演过两次，跟一些教授学生都建立了亲切的友谊。特别是黄炫国教授，他在台湾住过 11 年，对中国文化烂熟于心。能做一手地道的中国菜，喝茶很有品位，对待学生好像老大哥，在韩国教授中十分难得。我与他在台湾文学方面也很谈得来。

成均馆大学虽然不大，但却是韩国历史上最古老的大学，因为它的校史是从朝鲜时代的国子监开始算的。这样，1398 年是其创始年，到 1998 年，建了一座 600 周年纪念馆，在韩国傲视群雄。我说北京大学要是也这样算，那至少已经有两千年的历史了。成均馆大学重视传统文化，校园里保留着文庙，每年都隆重举行祭奠。大成殿和明伦堂的木头都开裂了，看来需要维修了。明伦堂前有两棵 400 多年的银杏，用许多绿漆铁柱支撑着，这是我在韩国看到的最古老的树。韩国凡是有木头的地方，差不多都被日本人烧光了。你到大部分旅游胜地，都会看到"烧毁于壬辰倭乱"的字样，日本人被韩国人永远地钉在了历史的耻辱柱上。另外朝鲜战争期间也烧毁不少，所以现在韩国虽然绿化很好，但二三十年的树就算是老树了。这里居然有 400 多年的树，虽然龙钟，却依然参天茂盛。我叔叔孔宪科有两句吟孔府古木的诗："两度绕天匝地火，劫余未改旧时姿。"用于此处也很贴切。我说这全是我家祖宗的功劳。因为日本人也拜孔子，杀到了文庙，或许暂时就不撒野了吧。另外，成均馆大学的博物馆藏品也比较丰富。2001 年中国大使馆组织的在韩学者和学生国庆联欢会，就举办在成均馆大学的 600 周年纪念馆。我们还到露天舞台去看成大学生表演的"四物"演奏和跆拳道。韩国是东亚地区最重视儒教传统的，所以成均馆大学的意义是不言而喻的。

韩国外国语大学紧邻着庆熙大学。这是韩国的最高外语学府，其中文科专业号称不逊于国立汉城大学。我多次去过外大，或者开会，或者访友。外大是韩国所有大学中对中国学者待遇最好的大学，与对待其他国家地区的学者没有等级差别，所以颇得中国学者的好感。这大概是外事工作比较多而获得的经验和素养造成的。那里的朴宰雨教授是韩国的中国现代文学学会的会长，他学问很好，待人热情，有实际的组织工作能力。他以前是民主运动的风云人物，现在做学问也善于理论联系实际。当我有一篇涉及韩国国民性的文章受到许多韩国人围攻时，朴宰雨教授说，这可以帮助我们认识韩国的国民性嘛。他当过外大的弘报课长，即宣传部长。一次到大邱开会，他与我住在一屋。夜里很晚才睡，次日一早，他又赶飞机去参加别的会去了。韩国的著名教授都是特别忙的。

不过外大的校园真让人不敢恭维，小得可怜。幸而外大背后的庆熙大学让外大借光不少，一些高中生看到外大的风景画片就报考了外大。来了才知道，那山上的漂亮的大楼都是后面的庆熙大学的。庆熙大学以韩医专业著名。韩国的"韩医"经我仔细观察，就是中医，从望闻问切，到针灸按摩；从丸散膏丹，到煎汤熬药；从本草纲目，到濒湖脉学；从阴阳太极，到五行生克，没有什么特殊的。如果非要说与中医有什么区别，那就是山东大夫跟河北大夫的区别。庆熙大学的医学博士毕业，就等于是大富豪专业毕业了。据说要嫁给一个医学博士，女方必须送给男方三把钥匙：一套豪宅的钥匙，一部名车的钥匙，一个银行保险箱的钥匙。因为这些"婚姻投资"男方很快就会赚回来的。我认识一位韩医的夫人，在大学里当老师，她说她一个月的工资，她丈夫一天就赚到了。庆熙大学的风景很美，外大的人也常去庆熙大学散步。北京大学韩国语专业的几个学生，被派到庆熙大学交流。我跟他们聚会过。以前庆熙大学的短训班也来过北大中文系，我带他们去过西安洛阳等地，不过那次也是他们的助教态度不逊，到处挑礼，不懂装懂，颇有几分不快。韩国大学的助教，都由研究生兼任，多数没有工作经验，往往看人下菜碟，既不懂"外事无小事"，又不敢无为而治，结果经常惹是生非，引发矛盾。助教的素质，严重影响着整个大学的形象。

圣公会大学当然是教会大学。这所大学虽小，却会聚了很多韩国的革命斗士。白元淡教授请我去讲演时，特意请我参观了他们的民主运动展览室。那里收藏了大量的文稿和实物，我看后十分感动，从心底吟出一句："为有牺牲多壮志，敢教日月换新天。"

韩国放送通信大学，并不是中国的广播电视大学，而是相当于中国的函授大学。可以说是韩国的"中央电大"。这是我去那里开了一次会才知道的。韩国没有专门的电视大学、电影学院。这类艺术人才都直接从综合大学里选拔。所以韩国的影视界学院人气不够，专业基础不厚。不过韩民族几乎人人能歌善舞，从来不怵镜头，具有天生的表演欲，所以也自有其随意的优点。另外"放送"一词包括了广播和电视，这是少有的比中文词汇还要精练的例子，我给学生举这个例子，来证明汉字不是中国的私产，汉字里凝聚着东亚人民共同的智慧，所以我们都应该学好汉字。

中央大学的名字很唬人，其实跟韩国的"中央"，没什么关系。人家就愿意叫"中央"这个名，就好像一部小说里地主孩子的乳名非要叫"皇上"一样。韩国朋友带我去中央大学参加一个全国性的反对全球化、反对新自由主义的盛大集会。我当时对这事并没有明确的立场，因为我觉得全球化也并不可怕。但是在会场上看到群情激奋的工农大众，看到他们演出的革命节目，我被"火热的生活"感染了。只有在资本主义的真实境况里，你才会明白社会主义的正义性，才会明白社会主义恰恰是保护千百万民众的人权的。

我还去过中央大学的分校。韩国不少大学都在小城市里设有分校。中央大学的分校在安城，韩国著名的生产方便面的地方。我的北大同事黄卉在那里任教。我们几个在汉城的朋友一起去那里玩。每次到汉城以外的大学，我都心想，大学就应该建在这样的地方。山清水秀，沃野平畴，狗吠教室外，鸡鸣讲台旁。我们走在仿佛无边的校园里，半天也遇不见一个人。在一个广场的地面上，画着许多揭露美军屠杀韩国人民的宣传画。我们又去挖野菜，一边挖一边背诵《诗经》里的"采采芣苢"。挖到一根又像人参又像萝卜的东西，回去后请教门卫。门卫说，这个你们没什么用，就留下了。吃了一顿丰盛的晚饭，打了一夜扑克。四周安静得仿佛千里之内都能听见扑克落在毯子上的声音。

汉城以外的大学，大多都是因开会或讲座而去的，匆匆看上一圈，印象不是很深刻。总的印象是，面积大，气派大，房子漂亮，设备先进。光州的朝鲜大学，大田的忠南大学，都是如此。凡是看到一群与众不同的漂亮建筑，十有八九是大学。这些大学多数是上世纪80年代经济发达以后大兴土木的，设计很讲究，务求变化，选址也都不错，几乎都在风水宝地，抬眼星垂平野阔，推窗月涌大江流。从空间上给人以"大"学之感。看了韩国的大学，就会认识到这是一个高度重视教育的国家。在许多大学的走廊上，看到一排排的电脑，学生在那里随便用，电脑比学生还多。我想起我自己在北京大学读书时，连椅子都没有学生多，学生经常为了争座位而打架，我也打过那样的架。北大是靠着"为椅子而打架"的苦学精神来推动祖国前进的脚步的。这固然是很宝贵的，但是如果硬件也好一点，多一些椅子，多一些电脑，多一些大楼，不是会更好么？当然这也难说。据说北大最好时在亚洲排名第七，倘若真的到了电脑比学生还多的那天，但愿不要排到第七十吧。

附：孔庆东近况

孔庆东：
在韩国梨花女子大学任教

（《中华读书报》2001 年 7 月 25 日消息）

受北大派遣，孔庆东这两年在韩国梨花女子大学任教，由于课程多而杂，在研究及写作方面暂无明确计划。他说："不过立足韩国以观中国和世界，亦颇可发人警醒。韩国身处中、俄、日、美四大巨头包围之下，每牵一发而动全球。然中国文化界对韩国所知甚微，韩国对中国更是盲人摸象，所以我想待年底回国后，出版一本谈韩国的东西，自信会略有一二价值。"

孔庆东正在继续研究现代小说和通俗小说，已经在韩国多次讲过金庸问题，引起韩国学术界较大重视，一些学者准备全面展开对金庸的研究，以期推动韩国大众文学的进展。另外，孔庆东又有新书《井底飞天》出版，他说，这是有意进行的一种"跨文体写作"，努力探索汉语符号的最大纵深。

韩国日记(一)

(第一学期)

2000年2月18日星期五　农历庚辰年正月十四

今天早上梦见一只白额吊睛大虫。6∶50华打来电话叫我起床。7∶30出发,8∶40到达韩国领事馆。排在第一号。但他们很不守时,9点10分多才开始工作,而且态度马虎而冷漠,不敢说比中国人更差,起码不比中国人更好。倒是守门的中国武警彬彬有礼,令人愉快。门前排队的多是年轻女子,都是办理与韩国人结婚的。但这些女子不但没有一个漂亮的,而且一个个精神萎靡,气质琐陋,好像一群下岗的女子。其中不少染了橘黄色的头发,精心的化妆下面掩盖不住皮肤的粗糙。不知跟她们结婚的是些什么韩国傻帽。排队的男性多是东北人,其中几个是去做生意的。我办完手续出来,看到周围的使馆一片死气沉沉,一座座二层小楼被围墙紧紧裹住,门窗紧闭,除了门前站着的武警，一个活人也看不见。假如我的农村亲戚来到这里，一定会问我："东啊，这疙瘩就是你们北京的那个秦城监狱吧？"西边不远处是法国学校，从 1991 年到 1996 年，我和华在这里看了不少好电影，还有一次崔健演唱会。想起在中学当老师的那几年，真是一段桃花源岁月。

10:40回到家中。给黄卉和王丽丽打电话，记下了她们在韩国的电话。中午热了米饭和酸菜粉，倒上鸡汤，胡乱吃了一大盆。华来电话，说下午和明天都不上班。我小睡一会也没睡好，孟繁华电话催稿，文化月刊的李开南约稿，电视台约做节目。想起毛嘉约的文章还没写，起来写了一篇《国民党是台湾祸根》。但今天的 E-mail 总是发不出去。傍晚华电话说阿蛮还睡着没起，她决定明天再带着阿蛮回来。我到冰箱里翻了翻，在暖气上热了三个馒头和一袋奶，扒了好大一棵葱，切了半个萝卜头，一碗蒜蓉辣酱，半块腐乳，十来片火腿肠，加上一些泡菜和腌黄瓜，吃了个无比快活也么哥。北大一位老师电话，为上海的中学生报约稿。临走之前事情太多，睡梦里也不得安闲，怪不得我经常唱"为黎民哪，无一日心不愁烦"。看来，只好快快跑到韩国去避难了。到韩国以后，啥鸟会也不开了，啥鸟人也不见了，啥鸟文章也不写了，啥鸟节目也不做了，吃他娘，睡他娘，天塌下来管他娘。阿Q想着想着，便呼呼睡去了。我也要早些睡，明天一早，还要去北京站接俺娘哩。

22：20：53

2000 年 2 月 19 日星期六　农历庚辰年正月十五

今天是 21 世纪的第一个元宵节，天刚一黑，外面就鞭炮声连天。我住在禁放区的最边缘，北京市区的最北端，这似乎是颇有象征意义的。

早上 7：30，华打电话叫我起床。8：00 出发去接母亲，回来时 11 点多，华和阿蛮也已经回来了。母亲带了元宵大米烧鸡和豆制品等许多吃的，午饭后华给民大送去一部分。午睡起来打电话询问机票事宜，把昨天的 E-mail 发出去。晚饭时问了母亲一些哈尔滨的事情，那边的亲戚多数景况不大好，总之是干社会主义的受穷，干资本主义的受益。林卓捎来三本鲁迅的书和一封信，说很想念我。我对广大的无产阶级空有一腔同情，却帮不上他们实际的忙，这使我很惭愧。我现在觉得，光有易卜生说的"救出自己"是远远不够的。如果只满足于"救出自己"而不关心民众和社会，那是十分可耻的。我理解鲁迅和毛泽东为什么要离开虚伪腐败的大学校园了。我现在身在大学校园，但是不能忘了为无产阶级说话，不能忘了为无产阶级的解放而奋斗终生。布鲁诺说："未来的世纪会理解我。"我要有这样的信念，把一切误解和嘲笑像蛛丝一样轻轻拂去。

今晚22点多，将有英国BBC电台的电话采访。我要利用这个帝国主义的媒体，发出我共产党员的声音。正像杨子荣唱的："披荆棘，战斗在，敌人心脏。"

20：57：00

2000年2月21日星期一　农历庚辰年正月十七

早上被电话叫醒，是一个崇拜者叫胡源，贵州师大的女生。1998年底我们黑马南下到贵阳时，她一直陪着我们，还非要请我们吃早饭。是个很朴实、很漂亮、很有个性的姑娘。我还拆过她的名字，叫她"古月水原"。她说她的同学很嫉妒，说她们班的两个才女非常非常喜欢我。她现在广州打工，说是从余杰那里问到了我的电话。我说马上要去韩国，不能去广州见她。我问了她的地址，准备给她寄一本《空山疯语》。这样的读者是应该好好尊重的，从事文字工作的人，心里没有读者，那就是骗子。许多这样的好读者，温暖了我的心，使我增添了与黑暗战斗的勇气，正像杨子荣唱的："为人民战恶魔，我志壮力强。"

然后询问机票的事，27日的没有座位了，便在伦德公司订了28日的，1600元。然后给教育部考试中心打电话，说不能参加3月份的高考命题会了。然后就写日记。

昨天程光炜电话催稿，说就只剩下我这本了。于是加紧编书稿，一直弄到夜里，把两本书的篇目大体确定下来，今天还要再调整调整。李扬电话说有东西请我带到韩国，过几天送来。昨晚吃了母亲带来的黏豆包。华去取了点美元给我带到韩国用。今天下午要去北大一趟。烦恼人生，充满乐趣。

10：18：22

2000年2月22日星期二　农历庚辰年正月十八

早上起来给伦德公司打电话，定于下午去取机票。做了香功，觉得神清气爽。上海张小红电话，通知3月1日开左联纪念会，但是我去不了啦。

昨天下午去系里取邮件，咨询电脑电池的事。在中关村买了一双皮鞋，一面镜子，一对乒乓球拍，8个5号电池。晚上回来喝酒吃饺子，教阿蛮打乒乓球。给周兵打电话问稿费事，他们还没有把稿费寄给我。毛嘉电话，说把我的《十大杰出青年》复印了许多份发给同事，大家经常引为笑谈。又说我批评国民党的稿子不能用，我说我知道你们英国人的虚伪，又要煽风点火，又要假装局外人，那就给你写个文化问题的吧。对待帝国主义就像对待驴子，又要打，又要拉。和阿蛮一起看《城南旧事》，阿蛮已经可以受这样的教育了，这部电影也确实是百看不厌。严家炎老师电话问我关于《审视中学语文》的事，说有关领导询问了他，问我们有没有反动言论。我给严老师作了详细解释。华在旁边说："严老师真是个好老师。"又给华讲了半天要关心人、尊重人的道理。洪子诚老师电话，问我上次说的他的《当代文学史》中的错误，我根据自己所记，一一告诉他。华说，你们这些北大的学者，一个比一个认真，真是佩服你们，可是现在谁还像你们这样啊？我说，那就更应该坚持认真精神。不认真，就别当读书人。华说，你们认真，别人也不赞美和感谢你们，只有我能够理解你们。我说，别臭美了，又趁机吹嘘自己。跑了一天比较困，翻了翻胡士莹的《话本小说概论》，就睡去了。

11：14：30

2000 年 2 月 24 日星期四　农历庚辰年正月二十

昨天事情颇多。上午编完书稿，通知了程光炜和孟繁华。给周兵打电话问了稿费。打通了李永海的电话。下午中央电视台的王旺桂来接我去他们经济信息部讲武侠，这是他们"信息咖啡时间"第一次活动。回来堵车。晚上一个网站要与我签约，我向尚红科问了莲子人等的电话。余杰和摩罗都从广东回来了，打来了电话。21 点多，美国的"自由亚洲"电台电话采访我，主要是我的写作问题。教华上网。与孟繁华和旷新年约定今天去旷新年处。政法大学请我去讲座，但是没有时间了。睡前仍读《话本小说概论》。好，该出发了。

09：39：04

2000 年 2 月 28 日星期一　农历庚辰年正月二十四

24 日中午去旷新年家，申正浩、张福民在。一会又去了李书磊、杜玲玲夫妇，孟繁华最后去。大家喝了 12 瓶啤酒，畅谈了一番革命思想。我下午 3 点半才匆匆出发，接近 5 点才赶到领事馆，门卫说 4 点半就不让进去了。我说堵车了，请通融一下，便进去取了签证。

25 日上午李朝应来代表博库公司与我签了《47 楼 207》和《空山疯语》的电子版合同，当场付款，中午在"小东北餐厅"吃饭。下午去系里，收到了周兵他们寄来的 5000 元，到周燕处补填项目申报表，温儒敏与我谈了半天，主要是中国教育报批判我编的《审视中学语文》一书的事情，让我不要有压力，说他替我顶着。温儒敏是个好人。买了一张 Win98 光盘。

26 日傍晚去吴晓东家拿他们夫妇的存折，龙清涛打电话到他们家，说要给我饯行，我们三家五人便去了"渝味村"。陈平原和一群弟子也去，但是没有位置了，我们建议他们去了隔壁，他们是为夏晓虹老师接风的。

26 日是电脑病毒高危日，我使用了，结果 27 日电脑出了问题。请赵子强帮我修了一下午。龙清涛要我带中药到韩国给他的朋友，晚上就留他们在我家吃馅饼。夜里 10 点多，尚红科才送来 5000 元，我把信恒的《生命特色》给他看。夜里王长江打电话来，又指导了我一些电脑的问题。后半夜才睡。

　　今天 6 点多起。阿蛮也早起了，让我抱了一会，我嘱咐了他们几句。7：20 司机敲门。在西三旗环岛堵车达半小时。近 9 点到机场，请司机等华 15 分钟，因为她还要回去上班。登机后起飞迟了 40 分钟。机上的小姐对我很好，帮我填写入境卡，叫我孔老师。下飞机后出关很慢。接我的是延世大学的成谨济和梨花的申夏闰及一个研究生，也姓申。到梨花，今天恰好是她们的毕业典礼，十分热闹好看。我住国际馆 217。他们带我出去吃了烤牛肉，然后成谨济开车回去，二申带我去中文系，见钟，又见院长，填很多表格。晚上钟请我吃牛肉汤。送我回来。整理东西，给华打电话，阿蛮抢着接。整理课表，一周有 5 种课，共 9 次，15 小时。在楼里转了转，洗澡，准备睡觉。

　　上帝保佑！

23：29：42

2000 年 3 月 1 日星期三　农历庚辰年正月二十六

　　早上 8：30 起，吃的是昨天买的点心。打电话给龙清涛的朋友孙佑京，请她来取龙清涛带给她的东西。写了一点《鲁迅与胡适的精神创伤》。下午 1 点多，孙佑京来到梨花，在后门见面。她带我去前门外吃西餐，后又来了咸映朱。然后在前门外逛了逛。晚上出去买了方便面，果然如孙佑京所说的好吃。明天的事情还没准备。看上帝的吧！

23：04：46

2000 年 3 月 2 日星期四　农历庚辰年正月二十七

　　早上空腹去体检，验尿、抽血，我对成恩利说："我的血流在了韩国。"回来休息，又要我去办户头。已经 12 点多，匆匆吃了一袋面包，就去上课。学生很差，又比较拘谨，教室里没有粉笔，我自己去取。下课后去系里，见到毛海燕，借给我 20 万。明天李知熙带我去办入境手续。回来问上课事情。认识两个三年级学生：李高恩、南瑠璃。晚饭前去看明天的教室和我的研究室。吃完晚饭在食堂遇到申夏闰和钟，我说要租房子，他们好像不大愿意帮忙。钟说明天再说。出去逛街，买了方便面回来吃。上帝奶奶的！

23：40：53

2000 年 3 月 4 日星期六　农历庚辰年正月二十九

昨天上了 3 门课，中午在学生食堂吃饭，很差，米饭上面浇些辣酱，撒些蔬菜叶子，就卖 1500 元，合人民币 10 元，好像牢狱的伙食，但是韩国人却吃得兴高采烈，个个仿佛饿了三天的兔子似的，还互相推让一番，韩国人真能吃苦，我应该学习他们。下午找钟说房子事。把吴晓东的东西给毛海燕。晚上申夏闰和毛海燕带我去前门外吃饭并看房子，但是没有空房。有一处有空房，但是只租给女人，我不禁想起了西林的《压迫》。田炳锡来电话说星期天来带我去他家。夜里打潜水艇游戏，过了 137 关，共 81 万多分，所以很晚才睡。给家里打电话，告诉了我的电话。

今天 9 点才起。打电话给李英姬，但是打不通。下午小睡后去逛街，买了方便面回来和面包以及我带来的风干肠一起吃。不能把这一年荒废过去。奶奶个舅子！

24：18：36①

2000 年 3 月 7 日星期二　农历庚辰年二月初二

今天是"二月二，龙抬头"。早上洗了衬衫，中午在教师食堂吃饭，2800 元。时事课讲《北京晚报》3 月 3 日上的《异国女友》的报道，学生很感兴趣。之前在休息室读完了琼瑶的《石榴花》，她的武侠小说很

---

①本人以睡前为完整之一天——作者注。

38

有特点。下午的研究生课讲现代小说的背景和鲁迅。晚上在屋里玩电脑。给大使馆的安玉祥打了电话。要注意计划生活。

23：24：43

2000年3月9日星期四　农历庚辰年二月初四

昨晚没写日记。今天只有1堂课。读完了琼瑶的《湮没的传奇》，做了笔记。晚上毛海燕电话说明天下午去看房子。下午吃方便面之前看了一会日本电视的围棋节目，是24届棋圣战，赵治勋败给王立诚。晚上又在编造部队建制，这么大了，还像小孩一样。对韩国有了一些感受。萨满保佑！

23：14：03

2000年3月12日星期日　农历庚辰年二月初七

昨天上午写了一篇文章《沉默的宣传员》，然后就没干什么正事。田炳锡夫妇打电话来说手机事，我说等搬家以后再说。刚才田炳锡又打电话来问有关中国政治的事，他在备时事汉语课。昨天早上成功打电话来采访，电话上说不了什么。今天晚上去地铁新村站附近逛了逛，买了方便面回来。平和自然。

23：48：01

2000年3月14日星期二　农历庚辰年二月初九

几天来情况总是发生变化。昨天定好的房子因为申夏闰礼拜六没有联系，房主便租给了别人。晚上与申夏闰又去看约好的另一处，还是那个房主，但是这一处的住客还没有搬走。于是又定了一个很小的房间。晚上给华打了电话。田炳锡打电话问朱自清和秦淮河的事情。毛海燕打电话问房子事。去了一趟新村地铁超市，买了饮料和面包等。

今天上午毛海燕和梁菲又说想帮助我另外找一处。我说不麻烦了。但是傍晚她们打电话说学校的政策变了，不再给提供押金，而按月的房

39

租又比较贵。我说希望申夏闰找钟再努力一下。不行只好听天由命了。晚上与毛海燕和梁菲去吃包肉，她俩都十分怀念中国的饭菜。

下午小说课后，看见学部楼前学生在示威，问了研究生，原来是为了学费太贵在抗议。我看了一会，很有意思。

韩国就是这样。靠上帝保佑吧！

20：38：12

2000 年 3 月 20 日星期一　农历庚辰年二月十五

昨天毛海燕电话说"不动产"那边没有与房主谈好，房主不同意租期不满一年。我让毛海燕别着急。田炳锡也打电话来询问，并告诉我陈水扁当选了台湾"总统"。我打了几次电话，终于曹淑子接了电话，说星期二再跟我联系。晚上金贞淑打电话叫我一块下去吃晚饭。晚上去新村逛了一圈。下午隔壁有人说话，没睡好。对韩国的印象在不断加深。阿弥陀佛！

09：48：20

2000 年 3 月 21 日星期二　农历庚辰年二月十六

昨天基本汉语课后，李草原说李奎林是她的朋友，说我给了李奎林生日贺卡，她也要，她的生日是 23 号。下午课后到楼下摆弄电脑，在新浪网上建立了一个信箱，给家里发了一封信，不知能否收到。请申夏闰帮我联系换一个房间，回答是要等下周。催问了工作证的事情，说是还要过两个星期。中午遇见钟和吕承娟，一起午餐。晚上把从中国带来的风干肠最后吃完了。现在还没有他们的电话。韩国人确实如日本人所说，是"天天撒谎的人"吗？

上帝保佑不是吧！

09：51：38

2000 年 3 月 22 日星期三　农历庚辰年二月十七

昨晚给曹淑子打电话,她说委托给另一个助教了。今天一大早那个叫江庆姬的助教打电话说,陈晓兰房间里的东西都是东国大学的,不能给我。我说有很多是北京大学的老师的,请他们再查一查。某些人的恶劣真是到了无耻的地步。

昨天研究生的课上讲完了《狂人日记》和我的《伟大的二重性格》。到电脑室去上了一会网。晚上金贞淑打电话来说了一会。李海英来帮助我弄电视什么的,她帮我买了菜票。后来她介绍的金智慧也来了,聊到11点多,她们急忙回去,因为学生宿舍11点要点名。我就算是来劳改和忆苦思甜吧。皇天在上!

09:03:38

2000 年 3 月 23 日星期四　农历庚辰年二月十八

早上起来,发现外面下着小雨,这是来韩国后的第一场雨。韩国的雨和雪都见过了。

昨天收到了华发来的邮件。上午回了一封,下午处理了一大堆。晚上去超市买了方便面和面包。李海英打电话说在宿舍上网要买他们的网卡,需10万元。韩国人真是锱铢必较。其实我是什么样的生活都能过。不要被某些人的恶劣所打扰。韩国的上帝啊!

09:45:23

2000 年 3 月 26 日星期日　农历庚辰年二月廿一

周四周五都在忙于上网,但是速度太慢。金善卿请我教她中国人表示数字的手法。周五没有去看话剧,因为周六金智慧带我去看。表演很不错,但是发音不正确。演完她们拉我合影。然后金智慧带我去后门外的"绿屋"吃点心。昨天傍晚发现屋里有字条和钥匙,原来是让我搬家了。我便自己搬到了这里——514房间。晚上金老师又告诉我学习室的

41

电脑可以转换成中文。我忙了一夜，实在太慢。凌晨回来睡觉。上午又去发信到中午。下午睡了一会。今晚还要去发信。昨晚告诉了金老师搬家，她就在对门——513，过来坐了一会。她说她爱人是1989年意外事故死的。我没多问。又打电话告诉了梁菲。这个房间比下面的要宽一些，是朝西南的。上帝在西南吧。

09：25：58

2000年3月29日星期三　农历庚辰年二月廿四

昨晚在亦凡网上给柳珊、李俊慧、范智红、李继红、马欣等人发了信。傍晚课后沈应纪和李知熙带我去银行办理现金卡。然后取了30万元。

周一课后给了李草原生日卡。与东国大学联系，准备去取东西，沈应纪说周四带我去。发了工资，但是没有扣房租什么的，大概是下次一起扣。

毛主席万岁！

09：45：15

2000年4月3日星期一　农历庚辰年二月廿九

周四下午与李知熙和沈应纪去了东国大学，他们只让我取了4件东西，都对我没有什么用。他们说陈晓兰和吴晓东临走时没有告诉他们，造成暖气损失，管理部门很生气。我没有与他们计较。晚上与金老师去超市，我笑她喜欢购物。

周五晚金老师说国际教育院有电脑，但是去了以后没有中文软件。便出去散步一圈。回来后金讲了沈阳张长勇18年寻亲人的故事，我说这个事很感人。给王丽丽打了电话，她说给我回电话。

周六周日与朋友闲谈，发现人人都是一个世界。很多韩国人其实很封建，我劝他们对现代的事情要多理解和宽容。王丽丽打电话来，告诉了我其他人的电话。

要上下午的课了。感谢上帝！我在生活！

13：31：31

2000年4月5日星期三　农历庚辰年三月初一

昨天傍晚课后研究生们请我去吃饭和喝咖啡，我说这个课的学生正好是"七仙女"。王丽丽电话说周末去黄卉处。

周一给张双棣、陈跃红、黄卉、钟英华等打了电话。

周一晚《将革命进行到底》。周二夜里讨论《是与非》。今天是韩国植树节，全国公休，便赖在屋里一日未出。唱歌，动人的《军港之夜》。海军指导员的故事是永远的情结。这狗上帝！非要人努力生活。

18：46：52

2000年4月9日星期日　农历庚辰年三月初五

周六一早，王丽丽电话叫醒我。乘地铁赶到忠武路与她和丁启阵会合。再乘高速巴士去安城。黄卉已经在路边等着了。一起去挖野菜，中午吃鸡肉。去黄卉研究室坐了一会，回其宿舍打牌。隔壁复旦大学的殷老师来参与。但此人十分有趣，总爱指责他人，曾冤枉我一次，但我其实不是他同伙，真相大白后，众人大笑。晚上出去买些熟食，到吴老师那里做饭吃。吴是民大的，认识我岳父王家才。饭后继续打牌。我和王丽丽两次都获得全胜。一直打到天亮。黄卉是个非常能干的女人。她总是滔滔不绝。丁启阵的学问不错，在《澳门日报》写了些关于韩国的文章，很有分寸。他送了我一套复印件。今天早上回来。睡了一会。中午吃方便面，给金老师看那些文章。下午又回来睡觉到19点。下去上网。回来后金老师那里来了客人，是延世大学的同事，我过去聊天一会。送走那位同事，回来洗衣服。

周五傍晚郑知炫请我吃日本餐并谈撰稿事。周四中级汉语课上批评了学生不用功。从网上下载了一些书籍。真主保佑！

22：36：38

2000 年 4 月 12 日星期三　农历庚辰年三月初八

今晚郑知炫电话，商量稿酬。

周日夜色很好。周一傍晚去学馆 101 看上课。晚饭后上网，给金老师送信，美国的，任龙世的，张长勇的。金老师很高兴。但是她对中文系有偏见，我解释了几句。周二去银行交了房租，晚上因为助教让我跑去复印护照，便训斥了成恩利一番。与杨荣祥、黄卉通了电话。黄卉说韩毓海已经到了韩国。

今天成恩利态度很好，还向我解释了许多。我打电话给申夏闰，说要找她谈谈。中午出去遇见金老师，她请我吃水果。晚上开玩笑，说了一句"太监是怎样练成的"。昨晚李海英给我问了电脑的事，白天她又帮我买了饭票。面朝大海！

23：44：05

2000 年 4 月 13 日星期四　农历庚辰年三月初九

今早 8：30 起，以为是下午去录音。梁菲来电话，才知原来是上午。到后门，梁菲和 3 个人已经等在那里。录了一天音，梁菲有点头昏脑涨，我说如果抓到犯人，就让他朗读词组，半小时后，肯定问什么招什么。中午吃得很简单。回来时地铁坐过了站。今天的报酬是 20 万，还算公平。回来没有回房间，直接去拜访客人。想起老尹说我是铁杵磨成针，我说是精诚所至，金石为开。晚上出去吃肯德基，才 9 千元。东西还是很便宜的，戒指才 2 万 9。绕远路回来。毛海燕电话请我帮助问卷调查。去上网，写信《春风沉醉的晚上》。回来洗衣服。感谢西王母！工作着是美丽的。

23：23：18

2000 年 4 月 17 日星期一　农历庚辰年三月十三

风云多变。岭上开遍映山红。我从小就鼻子爱出血。

今天请李知熙询问韩毓海的电话，傍晚与韩毓海通了话。上午申正浩电话。昨晚钟英华电话说可以去板门店了。陈跃红电话介绍生活经验。昨天下午去国际会馆。夜里自我检讨。

4月15日随成谨济去外国语大学开现代文学会。田炳锡和慎锡赞也去发表论文了。晚上喝酒很晚。成谨济送我回来时快1点了。跳门进来的。我的真主！

18：58：58

2000年4月19日星期三　农历庚辰年三月十五

风云突变，军阀重开战。洒向人间都是怨，一枕黄粱再现。不吃肉还出血。

周一晚跑了几家药店，买卖人很坏。态度恶劣，最后才卖给我一盒。吃到次日才知道是感冒药。

周二中午的课居然没上，但是学生也没人询问。研究生课换了教室。沈应纪给了我在职证明。课后与梁菲、毛海燕为听力考试录音，然后去真馆食堂吃饭，谈吴晓东等。回来是19点多。看万山红遍，层林尽染。

今天早上吃鸡腿，思考法律和医学上的隐私权问题。下午去系里问电脑事，但是成恩利没有时间。回来休息后去上网，小昆来信。明天一早去板门店。彭老总保佑！

19：28：08

2000年4月23日星期日　农历庚辰年三月十九

周三夜里电话打通又放下，下午已有一次。冷战结束。

周四一早去汉城火车站集合，见张双棣夫妇、全兰香、丁启阵、陈跃红等。上午去板门店，感觉不错。午饭后去民俗村，感觉殊恶，这里的自大狂式的宣传实在令人生厌。晚上到大田的儒城，吃了一顿不错的自助餐，"故国观光后援会"的赵会长讲了话。饭后没有去洗温泉，与钟英华等5人出去散步，谈论红灯区问题。不到9点回来，我又给陈跃

45

红打电话，与他一起去他们忠南大学的他的研究室。他的电脑真不错。半夜回来睡觉。我与哈尔滨工大的吴群老师和一位在这里读研究生的做生意的老许共住566房间。这个温泉宾馆号称五星级，但依我看在中国只能属于三星级。

周五早饭后去参观科学公园，有意思但不够刺激。与哈尔滨老乡金英敏谈笑，她在忠南大学的医学院学习妇产。午饭后忠南的人回去了。其余去天安的独立纪念馆。回到汉城已经18点多。与延世大学的苏真伟、张铁源同乘地铁到梨大。稍喘息后去看金老师，她的女儿李伊娜已经在周四来了，个子很高，12岁就1米60多了，很朴素和有礼貌。我帮她学习"国语"课文。与金老师一起去新村超市，她总是记不住路，所以总要我指引她去。

周六中午与金老师一起去汉城华侨小学接伊娜，天下着雨。这是台湾人办的学校，一套国民党的思想。下午睡觉。晚上煮了面，吃完去上网，在博库网上看到我的《空山疯语》排行第一，还有一些评论文章。半夜两点才回来睡觉。

今天起来洗衣服，写日记。金老师来说下午出去照相，过去帮助伊娜学习。快吃午饭了。南无阿弥陀佛！

11：24：15

2000年4月28日星期五　农历庚辰年三月廿四

下午的时事中国语停课。2：15去找梁菲。共乘地铁到汉城火车站。助教们陆续也去了，还有金鲜。火车是3点开。车很舒适。与陈姝燕同座。邻座金鲜向梁菲传教，梁艰难地婉拒。7点多到光州，吕承娟接站，请我们到东山饭店吃烤肉，该店最著名的特色是仆役敲碗和拌饭。饭后去酒吧与教授们会合。有位梁教授是搞戏曲的，要研究样板戏。歌手唱得不错，钟也去唱了几句，我给他敬酒。唱到半夜，又随钟等去歌厅。韩国歌全部是"压抑加发泄"模式，远听一片凄惨。某著名教授不断与我交谈，此人心理不正常，表现欲、自恋欲极强，否定藐视中国及北大，还有"三东"。我不与他一般见识，妥协隐忍。后半夜到旅店附近，又再次喝酒，钟说他喜欢《廊桥遗梦》电影。那家伙又借酒挑衅，说韩国是世界上最有想象力的国家，韩国人最谦虚等等。并不断逼迫我"讲真心话"。还多次逼我干杯。我忍无可忍，遂慷慨陈词，痛斥此獠，语气从容不迫又泰山压顶，驳斥了他的所有的狂言，说得他哑口无言，摔了酒杯又摔眼镜。我把他从沙发上抱起来搀他回去，他不干。大家便回房间，我与钟一屋，他让我睡床。时已4时。那家伙在邻间犹自吵嚷不休。

2000年4月29日星期六　农历庚辰年三月廿五

早8点多起，出去早餐。那家伙后至。我先是冷遇他，后随意招呼他。他向我道歉，说昨夜太冒昧了，我说没关系。

钟振开承娟的车，到朝鲜大学开会处。见到吴兆璐、赵冬梅、杨荣祥、丁启阵等。11点多才开会。会前金垠希找我商议了一次，态度大谦逊。下午我用中文为她讲评，使会场为之一振。当晚助教等全部回汉城，只有钟振和我留下来。我与李英姬、华霄颖、丁启阵一道活动。朝鲜大学中文科主任金德均不错，带我们照相。晚饭后去 Sin elo Hotel，又出来逛街，吃冰激凌，又喝酒到夜里3点多。与金德均交谈甚洽，金说8月份去美国，若工作好，不想回韩国了。夜与丁启阵同住403，我住地上。看了凤凰卫视。

30日9:00起，但李英姬、华霄颖到9:40才出来。朝鲜大学的人带路，先去无等山的元晓寺，主峰天王峰上笼着云，照了相，又去潇洒园，是个什么梁处士的隐居所，有点雅有点俗。到潭阳吃午饭，名叫"古巴"，就是"炖吊子"，味道不错，路上写着潭阳竹制品世界第一，朝鲜大学的医学院也写着世界第一。下午去5·18墓地，很感动，题词"英雄的光州人民是韩国的骄傲！"钟振与大家告别，我和丁、吴还有外大的一个韩国学生金纪范共回汉城，路上吃甜饼，到汉城近9点，下地铁后去买了个生日蛋糕，1万2千，匆匆赶回，送给李伊娜，4月30日是其12岁生日。

5月1日上午帮金贞淑老师取钱，取不出，银行放假。上课，课前把钟让我写的论文审查表交给助教，是黄候兴和刘慧军的论文，我在29日会上审阅完的。4月份的饭票剩了7张但是不能到小卖部购物，作废了。下午课后在408，给梁菲讲了痛斩韩国教授一事，梁大快，说该人就是"欠"！

晚上帮金贞淑搬家，金花善老师也帮忙。地点不错。路上在一路口见一小丑表演，鬼气森森，印象颇深。夜里和早晨两次做梦。下午给陈子平打电话，仍不通。给金泰万电话，他正开会，说回电。汉城大学的李政勋电话，请我3日下午去讲座。

2000年5月2日星期二　农历庚辰年三月廿八
上午洗衣服。共产党万岁！

11：15：00

2000年5月3日星期三　农历庚辰年三月廿八
5月2日课后金老师母女来取剩余的东西，金花善老师陪她们去。田炳锡电话请我吃晚饭，在正门外。他说李政勋会修电脑，我出主意让他讲散文时讲点鸳蝴派的，并编一本徐卓呆作品选。

5月3日课后让助教取回电脑。回来时遇见吕承娟，我请她在食堂吃饭，并谈中国哲学。2点多Tel李政勋，请他帮修电脑。2点半出发，又返回取书。3：35到达落星垈，李政勋接我到汉大。我送他《1921：谁主沉浮》。送金时俊、吴洙亨《空山疯语》。4点给研究生们讲当前中国文坛热点，有两个中国的留学生。金时俊人很好。吃晚饭到9点，回来上网。上午也上过一会网，给小昆回信，帮她选择专业。半夜回来，但睡不着，便于1：30又去上网，在博库网答复少侠和随草。4点多才回来睡。今天要理发。田炳锡请我帮其朋友翻译。

11：06：00

48

2000年5月6日星期六　农历庚辰年四月廿八

5月4日课后去后门外理了发，7千。李在敦说只要6千。晚上金花善电话说金贞淑的信，我下去取，她又说晚上她们延吉科大有活动，她带去好了。她向我推销了一张电话卡，1万元。晚上给xya打了电话，毛嘉电话、朱鸿电话、钟英华电话，晚上去新村采购了面包等。

5月5日早上金贞淑电话，她不知道今天儿童节放假，来校上课了。邀我陪她们一家去了汉城大公园。没什么意思。晚上吃菜包饭，下小雨，打伞回来。我请金老师帮我问问租房之事。

回来上网，高远东劝我对韩国人要"哀悯之"。博库网上仍继续有我的评论。

6日10点多起来，心情不大好。要善自珍摄和调整。

11：25：00

2000年5月7日星期日　农历庚辰年四月初四

5月6日下午睡了一大觉。17：30去正门见金惠美，一起喝咖啡。她说了关于参加中国语演讲大赛失败之事。回来吃方便面。梁菲电话约7日去仁川，Tel E取消7日中午吃饭。去上网到夜里2点。

5月7日7：36起。8：20到正门，与梁菲一起乘地铁到东仁川，吃个汉堡包，毛海燕来，去乘海轮，船上的歌手很拙劣，阿主妈们兴奋地跳舞。1小时后回港。逛月尾街。又乘15路回到地铁附近，再乘21路去苏莱水产市场，吃鱼片、螃蟹、辣鱼汤，真是鲜美，吃得直有犯罪感。我觉得那里是鱼的地狱。

回到地铁附近，又步行去自由公园，在麦克阿瑟铜像处留影。看鸽子。然后与毛分手回来。到屋近8点，**整整12个小时**。

如厕，读何其芳《独语》和巴金《爱尔克的灯光》。洗衣服，Tel田炳锡，不在。准备明天找申夏闰谈房子事。

20：34：00

49

2000年5月8日星期一　韩国父母节

上午 Tel 夏闰，不在。上课前在 408 见到金母女，说帮我看了房子，但今天来不及去看了，可能会有变化。我说让金明天代我决定了。上帝保佑吧。中午带伊娜回来，她去看 TV，我去吃午饭，然后下棋。下午课后去找申夏闰严肃地谈了待遇问题。回来 5 点半多，与伊娜下棋。6：00 她去找妈妈，我去吃饭。但她没找着，又返回来，金来电话，伊娜又去。我自己下围棋。上午 Tel 金时俊，告知韩毓海电话。

斗争使我兴奋，然而我喜欢安闲。

20：08

2000年5月11日星期四　佛诞节

今天放假，下午上网，晚上与梁菲、金椿姬、丁启阵、吴兆璐游曹溪寺，一片鬼气加上低级胡闹，没有佛教气息。先吃的是韭菜烙饼，与梁、金回来又去奉元寺，这里的灯是用蜡烛，感觉不错，金人三千佛殿去拜了一会，门前有金钟泌等人送的花圈、椿姬家与崔健家是朋友，回来 Tel xya 关于办理护照。

下午金贞淑老师电话。李海英电话，约明天去买手机。

昨天 5 月 10 日，下雨。中午课后去后门外 Pizza 店，E 在那里请我吃饭，请我为她辅导冰心。下午休息一会，5 点去后门见任佑卿，她刚从北京回来，丈夫权基永还在温儒敏处读博士。我建议到我第一次来韩国吃饭的那家饭店，她又叫来了成谨济，吃"部队汤"，饭后带我游延世大学，指点学生运动处、听松台、白杨路、"处女鹰"等，感觉很好。夜里上网。睡得很晚。

5 月 9 日上午上网，下午课间金老师告诉我房主坚持要 300 万押金，不行了。晚上请我去她那里吃饭，因为她晚上刚刚买了手机。手机忽不通，我帮她弄好了。回来后第一个给其手机打电话，戏称"处女打"。

50

Tel 申夏闰，不在。要沉着冷静，糊涂第一！

23：30：00

2000 年 5 月 22 日星期一　农历庚辰年四月十九

一晃已经一个月没在电脑上写日记了。期间在本子上写了几回。本来电脑早被李政勋修好了，可是一直懒惰着不愿干正经事。结果又是积攒下一大堆事。今天早上田炳锡电话说可能星期三请我去"特讲"。洗了个澡，就又快上课了。

昨晚发现食堂饭太次，便自己煮面吃鸡腿，但发现上次的面包发霉了。便又下去买了面包。白天睡了很多，又玩游戏，只计划了一下考试时间。

前天星期六下午与金老师母女去 102 上网。网吧职员进来很没有礼貌。梁菲电话说出去吃饭。与梁菲打车到延大正门，金椿姬已经在。一起去吃"塔干儿比"，即一种炒鸡肉。又去喝了"雨前"茶。

星期五中午钟请我在善馆食堂吃饭，说了对于我的要求的处理意见，我客气地表示同意。

上星期一 15 日是韩国的教师节，中午研究生请几位教授在"鸡林亭"吃饭。

14 日去京畿中学监考 HSK，带了《圣经》读。钟说按我的要求努力。下午与丁启阵、常丹阳去了龙山电子市场。

13 日下午李政勋来送电脑，但是楼里消毒，在外面坐了半天，又出去喝了咖啡。

12 日 13 点李海英带我去买了手机，共 8 万。

11 日以前日记在本子上。

稀里糊涂！

10：32：25

2000 年 5 月 26 日星期五　农历庚辰年四月廿三

前两天本来在电脑上写了日记，今日打开不知为何丢失了。（在软盘上）

今天最喜出望外的事情是下午发现李昌镐等韩国围棋高手来梨花大学下车轮战，我赶到善馆参加。遇到学生申昭瑛在管事，她便安排我与李昌镐对弈。一共来了 9 名棋手，每人对 3 人。我主动摆上 6 子，被他杀得没有一点机会，十分佩服。旁边两人一个是韩国教授，让 7 子，很快败阵。另一人让 7 子，在我之后大败。

这 3 天是韩国大学生的自我庆祝节日，也没有名目。

24 日下午去檀国大学讲座，效果很好。今天中午给钟家里打电话，催他快办我的事。下午去问了工资的事，要求解释为什么扣钱。昨晚在网上看北大昌平园事件，并回复少侠。今天会话课后金钟仁、崔碧茹、邱惠庆到 408 说她们都非常喜欢我，与我聊了一会天。晚上钟英华电话说明天照常。这几天重读冰心，成了冰心专家了。沉着冷静，打死上帝！

24：04：42

2000 年 5 月 28 日星期日　农历庚辰年四月廿五

早上临走前打电话给丁启阵，知道张双棣老师夫妇和黄卉都不去了，只有我和丁启阵、常丹阳、张金平。出门后打电话给常丹阳，他已经上了地铁，他便在东大门运动场等我。我到了那里后一起转车，到 4 号线终点与丁启阵张金平会合。水落山并不高，但是石头很有看头，我说是明显的"地壳运动"造成的。看了水岩寺和松岩寺，下山绕了半天路，遇到一个中年尼姑在山腰的洞府，一块石头上有天然的韩国地图。下山后吃了土鸡，每人 7 千元。与常丹阳又去丁启阵的诚信女大参观，在丁启阵的宿舍坐了会，回来后有点累。看电视韩国小姐选美。用饭票在食堂买了袋面包，又去新村超市买了 8 袋方便面。回来煮吃了就准备休息了。刚从超市进门时，有电话，是民大图书馆的金老师，即安城吴老师

52

的夫人，问候我。我晚上给赵冬梅打电话，她说已经收到传真，讲座没
有变化。

人民万岁！

23：56：23

2000年5月30日星期二　农历庚辰年四月廿七

29 日上午打电话给钟，他说下午去问我的问题。午饭后打电话给
申夏闰，发出最后通牒，限他们三天解决，否则不负责期末考试。申夏
闰开始犹豫，问我为什么不直接通牒钟，我说是为了给梨花大学留一点
面子。下午课后钟请我去喝茶，说已经去问了，一两天后上面答复他。
下午看见金老师穿着新衣服，跟她开玩笑。晚上读冰心小说。出时事中
国语试题。崇实大学的吴老师电话问陈平原行程。晚饭后上网看看。

阿拉木汗什么样？

00：39：20

2000年6月3日星期六　农历庚辰年五月初二

刚刚起来，好几个电话。任佑卿通知下午余华到延世大学讲座。汉
城大学的韩国中国语文学会会长通知 10 月开会，请我写文章。沈应纪
通知我房子的事情他们领导正在商量，请我先不要去。我便洗澡。

昨天晚上梁菲电话劝我不要威胁他们，说怕不好收场，我说对方坚
持犯规，我只好也犯规。早上打电话给钟，中午他请我到教授食堂吃饭，
与院长和教务长商量了半天，说小公寓客满，今天带我去看另外一处外
租的房子。下午在 408 与金鲜谈了半天中国和基督教的事情，她说淑明
女大的一个中国朋友崇拜我，说我是中国的鲁迅，就是王丽丽说的那个
人。她要了我的电话，说什么时候见面。傍晚李海英给我买了 12 张饭
票，我给她补了课，讲了考试的事情。她 7 月要结婚，正在准备。晚上
玩 A10 攻击机游戏，竟然大破纪录，达到 44 万多分，此前我的最好成
绩只有 8 万多，李伊娜是 24 万多。玩得眼睛疼。李政勋电话，说 6 月

53

4号请陈平原去汉城大学。又把两份试卷打入了电脑。

前天6月1号课后，在宿舍大厅辅导陈姝燕白话小说翻译。李在珉电话，说她和陈平原已经在汉城火车站，与陈平原通了话。这几天看了不少冰心，一天至少一本，已经全部看完其作品。晚上一直玩电脑。

5月31日上午去大礼堂听校庆报告，也听不懂，只是感觉一下气氛。发了一盒什么打糕之类的东西。下午去大真大学讲中国大学生的生活，效果不错。赵冬梅说这个"大巡真理会"是个儒释道杂糅的教门，却很有钱，办了很多学校。回来坐他们的班车到仓洞换地铁时，溜达了一会。晚上给家里打了电话，没什么事。

5月30日课后仍是辅导E。晚上到操场看KBS交响乐团的演出，水平比较差。打电话通知金老师来看，她们来了站在后面的台阶上，给我打电话。我在前面的椅子上坐着。

千头万绪，要理性，不要颓唐。玉皇大帝保佑！

10：21：58

2000年6月4日星期日　农历庚辰年五月初三

昨天近午沈应纪通知我房子的事情没能决定，要星期一再说。下午去延世大学，找到人文馆。崔容晚和余华在那里。一会，任佑卿出来，一同去郑晋培处。郑晋培是李欧梵的学生。2：00去陪余华座谈。学生们的问题很专业，余华是个很纯粹的作家。时间很长，屋里比较热。晚上去新村吃饭，又喝啤酒。成谨济等也在。与李宝晴、裴秀侦、皇甫政河笑谈。白元淡又送我们去余华住所。后又送我们回来。田炳锡电话。

今天早上打电话给朴宰雨，问了晚上的活动。然后打电话给田炳锡，约晚上一同去看陈平原。午饭后写了一会文章。王丽丽打电话约周五见那个我的崇拜者。下午4点到地铁与田炳锡会合。到达外大后，陈平原已经离开教授会馆，去了朴宰雨处。我们过去，在座的有全炯俊、魏幸复、金良守等。谈顷，去吃饭。饭后，朴宰雨带我们三人逛了外大的邻居庆熙大学校园。回到陈平原房间，看电视等。临走时接到钟电话，说我的房子问题已经解决，我暑假回来后可住进小公寓。回来有点累，但是比较高兴，斗争取得了胜利。

感谢毛主席！

24：00：52

2000年6月6日星期二　农历庚辰年五月初五

昨天的两节课均为最后一课，匆匆结束。下午赶到汉大。一个叫金孝珍的研究生在落星垈站接我。到达汉大后，却因天热不开座谈会了。陪陈平原参观了图书馆和翰章阁，然后就吃日式饭，我要了生鱼片。饭后李政勋送陈平原去外大，我被留下来继续喝酒。李宗敏、闵正基、柳京哲、金美廷、李香玉、李炫政6人带我去喝"马格力"，一种韩国传统的玉米酒。全炯俊说晚上要准备次日与余华对谈，先走了。晚上回来后，金老师电话，说次日端午节，我可以去吃饭。我谢之。继续读谭正璧的女性文学史。并玩电脑。

今天上午10点半多，E全家来接我，去游览了德寿宫。回到他们在高阳市一山的家。他家的佣人是中国的朝鲜族人，一个来自牡丹江的妇女。午饭后，E的丈夫崔大夫去诊所，E给我看他们家的照片。然后带我去看了一个民居，与一对新婚夫妇合影。又看了一些别墅，爬了一座小山。然后送我回来。给金老师打了个电话。休息一会，看E给我买的韩国风俗画。去新村买面包，回来煮面。玩一会电脑，就半夜了。

观世音保佑！

23：54：54

2000年6月16日星期五　农历庚辰年五月十五

今天上午取了10万元。去办公室打印了给钟的信，问了沈应纪，她说没有成恩利给她的电话留言。要了个纸箱。10点与梁菲去办理了回签，取了机票。回来在真馆食堂吃饭。回来金花善电话说晚上7点请我吃饭。金贞淑老师电话问候。

55

昨天上午后勤的人带我去看房子，说 7 月底才能住进去。我不同意。没有助教来陪我去，是金花善陪我去的。我严肃批评了成恩利，并告诉了钟。下午上网，给朴宰雨老师发文章，收到余华回信。又问了关于房费的事情。晚上李政勋和柳浚弼来请我吃饭，柳浚弼采访了我许多问题。田炳锡、李知娟、E 给我打电话。E 说周六不能送我。她本来一直说要求送我的。

前天 6 月 14 日是梁菲生日，中午去监考基本中国语。13 日研究生没有上课，带我去 yesterday 咖啡屋算是上课。除了吕承娟都交了作业。随后陈姝燕又问了关于白话小说的翻译问题。6 月 9 日课后王丽丽带朴玉敏来拜访。我为朴玉敏签名题字："未向群玉山头见，却来汉城花下逢。"晚上到金贞淑老师处吃了炒鸡蛋，回来路上见到阿岘附近一排小木屋好像是红灯区，心中有点恐惧。

6 月 8 日晚打电话给家里，祝阿蛮生日快乐。我的儿子已经 5 岁了。我很爱我的儿子。

6 月 10 日中午与金椿姬去金成童的网络公司。随他们一起去抱川旅游。晚上唱歌，与金椿姬一起出去看月亮。夜里与韩国人谈论国际政治。两三点才睡。11 日上午坐了缆车。又去参观了光陵。下午回来，路上讲笑话。

从 7 日开始考试，用了一个礼拜。

宙斯保佑！

13：47：02

捋捋虎尾

如果站在街头大喊一声『朴昌范』，肯定会有很多男人答应。如果喊『李万姬』，则会有女人答应，因为韩国男人都很忙，每天都要『日理万机』。

沁园春·客韩

——步毛泽东《长沙》韵

独立韩秋。

汉江北去,

孔子挠头。

看红男绿女,

招摇过市;

肥猫瘦狗,

潇洒同流。

渴饮酱汤,

饥餐泡菜,

欲涮火锅不自由。

勒裤带,

问葱姜大蒜,

谁主沉浮?

招来百侣同游，

争说道苦行岁月愁。

叹无业妇人，

风华正茂；

有闲老者，

诟骂方道。

半壁河山，

断碣文字，

亦敢扬眉傲五洲。

曾记否，

在上甘岭下，

万骨成丘！

注：

1. 沁园春：此词牌易填难工，且非一体，非有大力气者不能驾驭。余学浅才疏，偶戏为之耳。

2. 客韩：2000年至2001年，我被北大中文系派赴韩国梨花女子大学讲学两年。客中甘苦，一言难尽。

3. 步毛泽东《长沙》韵：毛泽东擅长作《沁园春》，其《长沙》一首，气韵沉雄而英采勃发，虽不及后来之《雪》，亦不失为词史上一流佳作。然词中"江"、"万"、"击"、"曾"、"流"等多字复出，"万"字且出现三次，不免微瑕。余不敢学伟人之大气魄，只喜在此雕虫细节处斤斤自得也。

4. 独立韩秋：别妻抛子，一独立也；韩国华人少朋友少聚会少，二独立也；此二春秋中冷眼观潮，受左派右派同时误解，三独立也。韩国四季以秋天最美，凄艳中兼以倔强，亦正合独立之意也。

5. 汉江北去：韩国最著名之河为514公里之汉江，向西北流到三八线附近与临津江汇合后注入黄海。我每学期必在各班问学生汉江之长度与流向，惜无一人能答。汉江乃韩国之标志，80年代韩国之经济腾飞便被名之"汉江奇迹"。盖韩国江河流速缓慢，沿途名胜美景不多，故学生对江河知识无甚兴趣，考试以后便置之脑后也。尝问她们世界第一长河，皆瞠目曰密西西比河，余摇头叹息，责之曰："就知道美国。"

6. 孔子挠头：孔子在汉江边挠着头说："逝者如斯夫！"韩国部分学者认为孔子应是韩国人。不过孔子挠头于汉江，恐另有隐衷也。

7. 看红男绿女，招摇过市：韩国少男少女普遍染发，赤橙黄绿青蓝紫，各色皆备。又喜游逛闹市，充塞道路，昼夜喧嚣。初至汉城街头，以为身在《西游记》中也。

8. 肥猫瘦狗，潇洒同流：韩国猫狗甚多，人不之害。狗随人吃泡菜而猫不改其食肉之志，故猫多肥而狗多瘦。二者无争食争宠之隙，故常同行于路。又尝见肥硕之驻韩美军，拥搂瘦小之东方少女，恬然游荡，此亦韩国一景也。

9. 渴饮酱汤，饥餐泡菜：韩国饮食俭朴开胃，永葆贫下中农本色。酱汤与泡菜终日不离，且常为主菜。外国人非但肉食者不惯，素食者亦叫苦连天。中国"文革"时曾有吃"忆苦饭"活动，以令人不忘根本。建议今后此类活动设在韩国，方知社会主义之甜与改革开放之香也。

10. 欲涮火锅不自由：在韩国常思中国诸般美食，日久则并普通饭菜之香亦隔海扑鼻而至。火锅乃常思常议项目之一，留学中国归来之韩国朋友亦时时提起。韩国亦有神仙炉、海鲜汤等火锅，但非涮食，乃煮熬各种菜类之锅，犹如将厨房移至食案也。

11. 勒裤带：去韩国前，大腹便便。至韩国半年后，腰带多扎一孔。又半年后，复多扎一孔。韩国乃减肥圣地，往返于中韩之间，常有七八斤肉之增减。街头胖人罕见，比之满街脑满肠肥之北京，令人倍觉清爽。

12. 问葱姜大蒜，谁主沉浮：韩国饮食尚辣，举凡辣椒、胡椒、大葱、小葱、洋葱、生姜、大蒜、萝卜之属，皆为不离食案之物。然耐辣程度不及湖南、四川及中国北方嗜辣之徒。韩国人多自以为世上耐辣之最。实则辣椒16世纪后方普及于亚洲，此前韩国与中国之辣味皆取自葱姜大蒜。今日韩国之葱姜大蒜，多自山东进口。2000年中韩爆发大蒜之战，内因即为韩国人大蒜不可或缺而又耻于市场为山东棒子独占也。

13. 招来百侣同游：韩国积极吸引各国游客，大力宣扬韩国"半万年悠久灿烂之文明"，几乎将一切日常用品都列为文物。2000年举国大酬宾，2001年韩国旅游年，筹划了10大活动和18大特别活动，2002年世界杯足球赛及釜山亚运会。舌灿莲花之宣传攻势，招来大量东西方游客。中国继新马泰之后，首次对华语圈外之韩国实行团体旅游全面放开。

14. 争说道苦行岁月愁：多数旅韩游客有失望之感，尤以中国游客为甚。北京游客总结韩国是三无国家：没吃的，没看的，没玩的。某青年学者建议党中央将韩国列为爱国主义教育基地。

15. 叹无业妇人，风华正茂：韩国男尊女卑情况与日本相似。女子婚后大多不再工作，以如花盛年而买菜煮饭洗衣擦地。日久则知识荒废，性情琐碎。有博士毕业而在超市破口大骂者，更有长日无聊而红杏出墙者，已成媒体评议话题。余每次口试均有一句："你妈妈在哪里工作？"十之八九答曰"我妈妈不工作"或"我妈妈在家里工作"。没有经济地位则没有一切地位，鲁迅之言犹在耳，然今日之中国，恐正向此目标奋进也。

16. 有闲老者，诟骂方遒：韩国古代号称小中华，自谓得儒教之真传，尊老之律，牢不可破。同学间年长一日，即可颐指气使，役若奴仆。退休老年成群闲逛，看年轻人稍不顺眼，辄斥骂不休。然此等尊老，非出于爱，乃出于畏，是礼教也，非礼貌也。适足以养老人之骄狂而滋青年之伪善。尝有一老者于地铁内骂一少女甚久，少女默不作声，而下车后少女俟无人处将老者踹下楼梯而死，媒体一时哗然。强人爱其不爱，必倍增其恨也。

17. 半壁河山:韩国上古有马韩、弁韩、辰韩三大部落,故雅称三韩。后来又两度形成三国鼎立局面,至高丽与朝鲜时代统一。日本吞并朝鲜后,进行独立运动的大韩民国临时政府设计了上红下蓝的太极图国旗。1945年光复后,遂南北分裂至今。半岛南北共计22万平方公里,南方仅9万余平方公里,不及中国百分之一。然虽此半壁河山,足为世界格局之急所,中美俄日诸大国逐利之焦点也。

18. 断碣文字:韩国古代一直使用汉字和中国年号。1443年至1446年,朝鲜第4代国王世宗召集著名学者创制出一种拼音文字——韩格尔,逐渐发展成今日的韩文。韩文作为书面符号大规模取代汉字是20世纪特别是七八十年代以后的事,韩语中70%词汇来自汉语,有时不用汉字难以读解。韩国为淡化中国文化的影响,大力宣扬韩文是最科学的文字,说"该文字的24个记号能表示出所有的发音","对其他文字的解读率几乎达到100%的水平",实则大谬不然,造成学生不认真掌握外语发音,喜以韩文标记,结果不论学习汉语、英语、日语、法语,皆造成平卷不分、尖团不分、儿音与儿化不分、有人声与无人声不分等根本性发音缺陷,令我等经验丰富之外教亦倍感头疼。

韩国古代历史皆以汉字写成,且中古以上历史皆存于中国史书。今后青年若不写汉字,必导致历史断裂。又韩文每字皆由两个以上字母构成,间架呆板,搭配生硬,如残条断枝两相拼凑,望之颇有不祥之气。初见韩文,疑为取自残龟断甲之原始符号也。

19. 亦敢扬眉傲五洲:韩国国土虽小,仅列亚洲第30位,世界第108位,但人口约4500万,列亚洲第12,世界第25。加以吃苦耐劳、团结奋发、勇于抗争,终于抓住机遇,迈入经济强国行列。目前经济实力列世界第11,人均收入超过1万美元,以此为后盾,文化、教育、体育、政治各方面均挺进世界"肉食者"行列。故韩国民族自尊心百倍增强,有时几无一物可放入眼中,颇有五洲之内无敌手之慨。在这个世界上,强弱之势,永远是变化的。

20. 曾记否,在上甘岭下,万骨成丘:世人皆见韩国经济之腾飞及"韩流"之泛滥，或不知50年前中朝与美韩殊死一战，方奠定三八线两侧半世纪之和平。当年韩军伤残之外，仅火线阵亡者即达15万余，美军则3万余，中国军队阵亡亦十余万，南北双方军民死亡共计超过百万。仅举世闻名之上甘岭一役，志愿军即歼敌2.5万，自己伤亡1.15万。成千上万的革命和反革命先烈，在我们的前头，或英勇或无辜地倒下了，让我们收藏起他们的旗帜，扫干净他们的血迹，去升官发财吧。

还是叫汉城好

  韩国自从经济发展起来之后，民族自尊心大大增强，近年来极力宣扬大韩民族的优秀文化。与此同时，则有意无意回避和淡化中国文化对韩国文化的影响，一些学者致力于研究韩国文化对中国文化的"反影响"，得到了韩国社会各方面的赞誉和资助。据说有的学者已经证明孔子乃是韩国人，虽有不同意见，但已作为"一家之言"而等待历史检验。目前又有关于老子也是韩国人的大胆猜想，但是还没有拿出强有力的学术证明。有的韩国朋友跟我讨论这些问题时，问我中国人对此会有什么反应。我说不会有什么激烈的反应，肯定一笑了之。孔子是韩国人或者是日本人甚至是美国人，对于中国都不是什么坏事，反而可能是很大的好事。中国人的文化理想就是天下大同，而不太在乎血缘和血统的"纯粹"与否，假如能够证明尧舜禹也是韩国人或者日本人的祖先，秦始皇的染色体跟美国总统布什家族的染色体完全一致，那对于民族交往以及世界和平都会具有相当大的促进意义。

但是另一方面，我觉得对于不同文化之间的相互影响，还是应该本着实事求是的态度。中国历史上受到过许许多多其他文化的影响，中国文化本身就是多元文化交汇融合的结果。中国人对此一是积极接受，二是毋庸讳言。我们吃着西域来的"葡萄"，喝着拉美产的"咖啡"，穿着洋鬼子的"西装"，走着元大都的"胡同"，我们不觉得有什么自卑，人家的东西好，我们学会了，那就是我们大家共有的了，非要强分你我，有时候是分不清的。比如现在韩国很多人反对使用汉字，一定要处处使用韩国自己的注音文字。我对此没有意见，因为从大处说，这有利于韩国文化精神的发扬。但是问题在于，韩国语中大约 70% 的基本词汇来自汉语，使用汉字作为书面语的历史又相当长。韩国注音文字的发明只有 500 多年，在社会上大规模使用只是 20 世纪的事情，直到 20 世纪 70 年代，汉字读物还在社会上随处可见。这样，强行废除汉字，就会造成许多字词不知所云。我看到很多报刊，特别是学术论文，在一些词汇的后面，用括号标注了汉字，这说明没有汉字，这些词就难以理解，比如"意境"、"佛法"、"决战"、"议论"等。我想，汉字是我们东亚人全体的，并不是中国人可以独占的，为什么非要把它消灭得干干净净不可呢？消灭汉字的可怕后果已经有许多韩国学者指出了，比如历史断裂、思维硬化等，我在此不必多言。

还有一件事值得讨论，就是一些韩国人反对把首都叫做"汉城"。他们认为"汉城"这个名字包含了"大汉族主义"对韩国人民的"文化霸权"意识。韩国人自己称呼首都名字的发音是"Seoul"，所以有人主张对中国人交往时，要根据这个发音翻译成相应的汉字，比如翻译成"首尔"。有一位韩国老人在报纸上看到我的文章，给我写信时在信封上写成"西蔚"。我一开始颇不明白"西蔚"是韩国的什么地方，幸亏我了解一点点韩文知识，想到"西"在韩文中读 se(我就住在西大门区），"蔚"在韩文中读 u，于是明白他的"西蔚"就是汉城。我告诉一些韩国朋友,中国人说"汉城"时,根本没有他们所想象的"霸权感觉",而是有一种亲切感。汉城是从汉江北岸发展起来的城市,原来叫汉阳（韩国很多地名与中国相同,如湖南、泰安、奉化、广州、海南、安东等）,后来作为首都,改叫汉城。"汉城"这个名字给人一种堂堂正正、气象雄伟的大都市感觉,"汉"这个字除了"汉文化"的意思外,还有"男人"的意思,给人一种威武英雄的暗示。比如中国的"武汉"和"汉中",都是很漂亮的名字,有一则谜语叫"功夫小子"（会武术的男人）,谜底就是"武汉"。"城"的意思本来是城墙,给人坚固、高大的感觉,比如万里长城。中国很多城市都有带"城"字的别称,例如广州叫"花城"、哈尔滨叫"冰城"、昆明叫"春城"、重庆叫"山城"……中国人听到"汉城",不但能够感觉到它是首都,而且能够感觉到这是一个宏大的、繁华的、充满文化精神的首都。如果叫"西蔚",给人的感觉是一个偏僻的小城镇。如果叫"首乌尔",不但与大多数韩国地名风格不同,使人以为是非洲的城市,而且中国人喜欢"望文生义",会把"首乌尔"解释成"黑脸的人"来开玩笑,那可是真的使韩国的首都失去尊严了。如果一定要按照韩国人的发音来翻译,中国人喜欢在音译的同时加进另外的意义,那恐怕有的人会说:最准确的发音是"色窝儿",发音虽然准确了,但意思却是"色情的秘密场所",反而更加糟糕。还有人说成"馊味儿",因为汉城的垃圾清理不及时的时候,街道上弥漫着一股泡菜腐烂后的馊味儿。所以我想,还是叫汉城最好。汉字和汉文化都不是中国人自己的,而是包含了全体东亚人民的智慧。"汉城"这个名字既然是历史形成的,凝聚了韩国文化的巨大价值,就像一个有价值的商标不能随便丢掉一样,那就应该让它继续在韩国的未来放射出灿烂的光芒。中国在"文革"时为了反对"封建文化"和"殖民文化",为了表现"独立"的文化意识,随便改动了许多地名,结果被历史证明是错误的,现在又改了回来。希望这样的举动不要在韩国重演,希望汉城继续作为一座文化的灯塔,屹立在世界的东方。

传说与国民性

经常与韩国人打交道的中国人，最头疼的事情之一是某些韩国人不大守信用。约会迟到或者不到是常事，说过的话转眼就不算数。朝令夕改，变卦食言，他们做来就像吃饭睡觉一样自然。而且他们这么做，并非是对你有什么恶意，完全是一种习惯。他们有时也会说对不起，说完了依然故我，令你哭笑不得。日本人夸张地咒骂韩国人是"天天撒谎的民族"。中国在韩国的某个组织告诫初到韩国的中国人的第一句话就是："对于韩国人答应你的事，不要当真。"我想，一个民族倘若给人家留下这样的印象，的确脸上无光。但是，一种习惯既已成为普遍的国民性，那就可能与这个民族的历史文化有着密切的关联。我在韩国古代的传说中，试图探寻一点其中的奥秘。

韩国现存最早的一则寓言是著名的"龟兔之说"。当年百济进攻新罗，新罗重臣金春秋出使高句丽求援。高句丽王乘机索要新罗领土，金春秋拒绝，于是被扣留，命在旦夕。金春秋贿赂高句丽某宠臣，那宠臣便给他讲了龟兔之说：东海龙女生病需要兔肝，一个大龟上岸，骗兔子说海中有仙岛，它驮着兔子游到深海，才讲出实情。兔子说，我是神兔，没有肝也能活，只是刚才把肝拿出来洗了，还放在岩石上呢，我们回去取吧。一上岸，兔子就跑了。金春秋听后，就答允了高句丽王的领土要求，等被送出高句丽国境后，才说我的话不算数，我只是想救活自己而已。后来，金春秋又去大唐求救，在唐朝帮助下，灭了百济、高句丽，统一了朝鲜，并成为第29代新罗国王。

韩国人一直把这个传说当做"智慧"的典范世代流传，后来还出现了《兔子传》等各种形式和版本。但他们可能没有想到此中隐藏的负面因素。这个传说实际上包含着一个危险的逻辑：为了生存，可以撒谎。龟和兔，高句丽王和金春秋，都是把生存放在信义之上，他们只有智力上的差别，而在道德上是一样的实用机会主义。相比之下，中国的传说主题多数是"信义重于生命"。答应的事情，牺牲再大也要兑现。尾生为守约，抱桥而死；商鞅为立信，一木百金；项羽不守约定，失掉天下；陈世美非法再婚，人头落地。从先秦汉唐到新中国，以信义立国始终是中华民族之本。当然，中国是泱泱大国，其仁义宽厚的王者之风也是历史形成的。韩国自古是一个苦难深重的国度，一向在大国强国的夹缝间求生存，有时耍点小聪明也是可以理解的。但是今日的韩国，已经在经济上飞跃到世界排名20名以内，目前又在不遗余力地宣扬"世界最优秀的韩国文化"，所以在这一新世纪的背景下，韩国人民似乎应该以更加宽阔的视野，弃龟兔之小智，慕鸿鹄而高翔。这对于韩国人形象的改善，韩民族地位的进一步提高，对整个东亚乃至整个世界的进一步团结合作，都是极其重要的。

（关于韩国历史上的"欺诈"行为，材料甚多。据本人所读韩国史书，除龟兔之说和金春秋骗高句丽之外，如金堤上诈降日本以放走新罗王子，乙支文德诈降隋军而毁约反击，国王用《薯童谣》诈娶妻子等，都是著名的事例。而韩国一律以"智慧"看待。）

韩国的海

　　在一般韩国人看来，韩国无处不好，尤其是他们的山川，简直可以用豫剧《朝阳沟》里二大娘的台词说："美极啦——好得了不得！"我就见过好几个地方写着"天下第一江山"、"天下第一美景"等。我到江陵去时，那里赫然耸立着一块石碑，仰首一看，上面遒劲地刻着七个大字："江陵山水甲天下"。中国人每遇此种情景，几乎是连笑都笑不出来的。不过我在韩国呆了大半年，已经跟他们混熟了。他们一旦知道你的批评是善意的，还是能够接受一二的，所以我隔三岔五就挫伤他们一下。有一次我对学生说："你们不要在中国人面前吹你们的山啊水的，你们以为中国只有一个香山啊？香山是中国最破的山，比它高、比它漂亮的山成百上千。你们最高峰不就海拔一千多米么？中国山东的老太太一天爬泰山能两个来回。你们最有名的江不就是汉江么？既不奔腾汹涌，又不婉转婀娜，带流不流，半死不活的。你们要是糊弄西方人来旅游，我可以帮你们一块吹，但你们连中国人也想蒙，那不等于是孔老师面前卖三字经么？"

我见学生灰头土脸，挺可怜的，便又说："韩国的山水也有美的地方，雪岳山的红叶，白马江的沙滩，到中国也能排进前一百名。不过韩国最美的风光你们却忘了宣传，在我看来，你们应该大力地吹一吹你们的海。"

韩国是一个半岛国家，除了北边以三八线为界与朝鲜接壤外，其他三面都是海。然而奇怪的是，从韩国人身上几乎看不出海的特征。假设每个人的相貌都有个"母题"的话，韩国人基本属于两类：小地主和贫下中农。你绝对看不到渔霸和贫下中渔，更遇不见什么水鬼海盗。只有从韩国人的饮食中，你才知道其实他们天天离不开海，海产品遍及每个家庭、每个餐桌。不过吃来吃去，也就那么十来种，最主要的就是鱿鱼和海菜。

所以我早有心会见韩国的海。除了在飞机上俯瞰以外，迄今我一共视察了11次，其中4次西海，4次东海，3次南海。西海就是中国的黄海。我曾经在青岛去烟台的船上向韩国这边眺望过"海上仙山"，结果是阴风怒号，浊浪排空，什么也没看着。我第一次去仁川时，天气很好，我乘客轮在海上逛了一大圈，发现海水没什么可看的，灰暗污浊，明显是黄河泥沙作的孽，我都闻得到黄土高原的气息。值得看的是曲折多变的海岸线和错落有致的大小岛屿。这里海水浅，滩头多，岛屿形成一座座掩护舰船的天然堡垒，在军事上是绝对的易攻难守，怪不得当年麦克阿瑟选择这里偷袭，一举扭转战局。如果在此每天表演"仁川登陆"，一定会吸引大批游客。不过朝鲜战争美韩一方是最终失败者，他们恐怕是不愿意自揭疮疤的。

仁川另一个深刻印象是到苏来浦口吃生鱼片。这是西海最大的水产集散地，在约有王府井那么大一片的市场上，几百家鱼档鳞次栉比，各种刚刚"登陆"的鱼鳖虾蟹在不断换水的水池里跳跃翻滚。同伴说这里好像龙宫,我看不如说是"鱼的地狱"。成千上万的游客在那里挑选,讲价。选好鱼后,档主麻利地对鱼进行活剐凌迟,有时那鱼的一半已经被剐到盘子里成为细细的鱼片,而剩下的一半露着白厉厉的骨刺,还在扭动挣扎。顾客可以到旁边的饭馆中等待,等不及的饕餮之徒,就在旁边掏出自带的辣酱、芥末,上口不接下口地吃了。说实话,那天是我有生以来吃到的最美的鱼片,也是印象最深的美味之一,我有许多瞬间吃到了"忘我"的境界,或者说达到了"吃的高潮"。我真的明白了俺老祖宗为啥说"脍不厌细"了,真的明白了古人为啥思念起家乡的生鱼片就连官都不做了,真的明白了中国人为啥把最好的艺术叫做"脍炙人口"。但是一想起杀鱼的场面,不禁非常内疚,觉得自己是野蛮人。又不忍心,但是又要吃,怪不得孔子说"君子远庖厨"。我想,这就是人类的虚伪吧。

仁川我在雨中又去了一次。另外两次去西海是在韩国的发祥地江华岛和泰安,感觉与第一次大同小异。然而去东海的几次,感觉就不同了。韩国的东海,海岸线平直,水深洋阔,纤尘不染,既宁静,又渊深,是真正的太平洋气象。我在正东津对韩国朋友说,第一次见到这么好看的海。写日记的时候想描写一下,可觉得写不好,就放弃了。后来忽然想起冰心在《寄小读者》中似乎有一段写海的文字,与我看到的相仿佛,找出来一看,居然写的就是韩国的海!我把它剽窃下来,算是我的感受:

到过了高丽界,海水竟似湖光。蓝极绿极,凝成一片。斜阳的金光,长蛇般自天边直接到阑旁人立处。上自穹苍,下至船前的水,自浅红至于深翠,幻成几十色。一层层,一片片的漾了开来。……小朋友,恨我不能画,文字竟是世界上最无用的东西,写不出这空灵的妙景!

看,连冰心奶奶都觉得写不出呢,我干脆不写了,直截了当地宣布,韩国的东海,是世界上最美的海。这里不宜于登陆杀人,不宜于喧嚣野餐,只宜于赏心悦目,只宜于骋怀遐思。可惜,韩国有这么漂亮的海不宣传,却只顾吹嘘他们的泡菜和按摩什么的。我想告诉那些旅游高手,如果到韩国，一定要去东海。

我把对韩国的海的感受讲给学生，又给她们读了冰心的那段文字，她们露出愉快和感激的目光，但最后还是说："孔老师，我们韩国的海当然好，别的东西也好嘛！就是嘛，就是嘛……"我没有办法，只好用天津话说："就是嘛？就是嘛？"她们没听出来，于是皆大欢喜，课堂上洒满了国际主义的温暖的阳光。

（比发表在报刊上时略有改动，因为后来又多次看了韩国的海也。）

在韩国看奥运

正如下棋打牌都能流露人的真实性情，一切体育竞赛也都是观察人性的好机会。像奥运会这样的全球大游戏，如果只去看看谁家跑得快，哪国金牌多，未免可惜，仿佛吃饺子时只顾了计数却忘了品味儿，这也是各国体育报道常见的毛病。

新千年的首届奥运会，我是在汉城看的。我和12亿中国人一样，每天牵挂着自家的金牌数。但除此之外我还有一个收获，就是又一次集中体会了韩国的国民性。

首先说电视里的韩国运动员，有两大特点：一是牛，二是哭。这个牛，从入场式就可看出来，器宇轩昂，示人以强。比赛时，脸一律绷着，看对手如老虎看小羊。如果赢了，一定要手舞他们的太极旗疯狂奔跑，让全世界都知道"俺是韩国人，俺们韩国人赢了！"战胜对手时，满面轻蔑的表情，虽然按照礼貌跟对方握手，但眼睛却看着别处，仿佛公主赏给乞丐零钱。我在他们的脸上似乎读出了许多成语：睥睨群雄、不可一世、眼空四海、气冲斗牛……总之一个字：牛！只有那位获得射击冠军的小姑娘，恬静平和，不卑不亢，用中国的美学看来，像个世界冠军的样。

哭是奥运会这样的大戏中常见的画面，但韩国人格外擅长。他们是胜也哭，败也哭，场上哭，场下哭，抱着教练哭，望着国旗哭，健儿在悉尼哭，父母在汉城哭，男人哭得"泪飞顿作倾盆雨"，女人哭得"梨花一枝春带雨"……"然则何时而乐耶？"吾未之尝见也。这个哭有时是很感人的，因为韩国人的确不容易。曾经几乎是世界上地位最低的国家，今天在奥运会上排名十二。他们的人口不到全球的百分之一，国土只有9万多平方公里，半岛南北加起来也只有中国的一个中等省大，但是他们却拿到了差不多百分之三的金牌。而且这些金牌大多不是必然的**囊**中之物，而是拼命拼来的。想想拥有10亿人口幅员辽阔的泱泱大国印度只获得一枚铜牌，韩国人能不"感极而悲者矣"？中国金牌数虽列第三，但你人口占世界五分之一还多，你的金牌有五分之一吗？所以若按照比例计算，韩国的体育成绩是超过中国的。

当然哭得太多也显出韩民族脆弱的一面，显得风度不够，心灵很容易被外物左右，没有大家气魄。但韩国本来就是小国，用不着像中美英法俄那样深沉。所谓"不以物喜，不以己悲"的境界，大多数中国人也是做不到的。所以，哭就哭吧。

其次说后方的观众和转播。我的一个感觉是，韩国人只关心有韩国人参加的比赛，美国的也关注一些，其他的就可有可无了。所以在汉城看电视不容易迅速了解奥运会的全貌，我必须每天上网去补充信息。每有韩国人获胜的比赛，电视台必反复播放，频率远远超过中国。有一场柔道比赛，南边选手把北边选手压倒在地，电视里采用蒙太奇手法几十次、几十次地重复这一瞬间，我作为外国人都觉得有点不舒服。电视台是如此地"爱国"，观众更是万众一心。我有两昼夜是和一群韩国人以及几个西方人一起看电视的。韩国的年轻朋友在荧屏前，肌肉绷着，拳头攥着，韩国每得一分，他们女的尖叫，男的狂吼，把我也感染了跟他们一起喊起来，几个西方人则笑得直摇头。他们问我中国人不是这样吗？我说中国人跟你们最大的不同是，他们主要批评中国，经常骂这个球臭，那个人笨，并不一定非得把别人都看成敌人才算是爱国。我的话他们不大理解。当我说"友谊第一，比赛第二"的时候，他们说，我们的运动员之间友谊是非常好的，一个人比赛，别人都支持鼓励他，令我啼笑皆非。当电视里播放中韩之间的比赛，比如乒乓球羽毛球之类时，韩国人知道不是中国的对手，便纷纷借故离座。他们不能忍受在我的面前目睹同胞被宰。他们每得知中国又获得了金牌，便对我有所疏远，不像我这般可以超然地欣赏一切比赛。他们见中国一直紧随美国，不相信我说的中国是"坐四望三"，怀疑中国有超过美国的野心。我在心里说："可爱的韩国人哪！"我曾经以为中国人是最爱国的，但现在发现比韩国人要差十倍。每一个韩国人都能够自觉地维护他们的民族利益和尊严，尽管有时做得过分，起了相反的效果，但对于这样一个半岛民族来说，还是利大于弊的。韩国的民族主义情绪是狂热的，但好像只让人感到一点不快和好笑，还不会造成太大的世界危害。假如一个泱泱大国也这样以邻为壑，唯我独尊，那世界局势就颇为不妙了。所以，中国人虽然经常屈己从人，经常说外国的月亮比中国的圆，但是仍然比斤斤计较、讳疾忌医式的爱国主义要好吧。

怀着这样的思想，我非常担心这次中国排名第二。那样的话，"中国威胁论"又要甚嚣尘上，美国日本又有借口挑拨中国和别国的关系了。我此时忽然明白毛主席为什么说"发展体育运动"的目的是"增强人民体质"，为什么说"友谊第一，比赛第二"。我们中国领导从来没说过金牌第一。讲仁爱、重信义的中国文化精神，在体育这样的余事上，也充分显示出来。我在心里祈祷："中国，你少得几块金牌吧。"果然在最后一天，俄罗斯这只北极熊傻乎乎地超过了中国，继续追在美国身后度那"伴君如伴虎"的生涯。我也因为中国失去了几块囊中之物而加深了与一些韩国朋友的友谊。10 月 1 日，大使馆举行盛大宴会，召集数百在韩学人共迎国庆。大家都觉得这第三的位置最好，既能够自励，又可以防患。一片豪爽的哄笑声中，鸡鸭鱼肉被吃得精光。立在服务台后的一排韩国侍者，呆呆地望着这些中国人，不知道他们为什么这么高兴。韩国人要真正理解中国人，路还远呢。

（韩国学生看此文后说，您到底是表扬我们韩国还是批评我们韩国呢？）

知识分子的人情债

许多中国学者以为韩国实现了民主化，从此就会一路顺风地奔向光辉灿烂的锦绣未来。这种想法非常类似当年看到中国人民推翻了三座大山，就以为共产主义离我们只有一袋烟的工夫了。实际上韩国民主化以来，韩国的知识分子在欣喜的同时，也饱尝了打掉牙吞落肚的苦辛。从卢泰愚"民主化"政权上台后，众多知识分子一直怀着一种"多数暴政"的恐惧，并保持着对许多不公正现象的沉默。这里面当然包含了他们对长期民主斗争的肯定，包含了对烈士洒下的鲜血的肯定。社会上弥漫着一种要对开创民主化改革新时代的当政者给予最大宽容的气氛，因为他们曾忍受了30年的种种痛苦和压迫。呼唤民主的人对实行民主的人欠下了一笔人情债。

客观地说，面对"民主"、"统一"、"正义"、"改革"

等掷地有声的口号，有谁敢说一句"我不赞成"呢？最多不过嘟囔一句"改革是好的，但这种方式是否值得考虑"。即便如此，也难免招来愤怒。尤其令人担忧的是，一旦批评了"文官政府"或"民选政府"，就会被当做"守旧反动"的留恋专制的人。

于是，知识分子的空间内只有一种自由主义声音响彻云霄，而另一些人却畏首畏尾、噤若寒蝉，形成了一种新时代的"白色恐怖"。在"反民族、反和解、反改革、反统一"的达摩克利司宝剑之下，人们对"现政权式改革"和既得利益集团的粗暴的大众主义只好唯唯诺诺。打破专制时代的万马齐喑局面，无疑是令人拍手称快的，但是，对于神圣的自由来说，任何形式的"一刀切"都是同样危险的。真正的自由，当然应该包括对自由本身的质疑。

可喜的是，最近情况发生了变化。"文官政府"和"民选政府"的太多失败和失职自我打碎了"正义垄断"的神话。那些谨小慎微的"另有想法的知识分子"，终于可以抛弃缩手缩脚的理由了。一些报刊呼吁，该是这类知识分子大声疾呼，拿出新方案的时候了。

知识分子对民主化政权似乎欠着一笔巨大的人情债，但是现在他们觉得这笔债也该还够了。"民主化政权"及其附属机构是如何经营国家的，人们看够了也体验够了。而且，现在知识分子正感受着那种"民主化专制"的滋味。因此有人说，现在该是韩国知识分子全面着手准备"下一个时代"的时刻，也是让韩国再次获得新生的时刻。

在这种对呐喊的期待中，部分知识分子为了挑起"未来@韩国"的旗帜发出了崭新的呼声。这对饱经忧患的韩民族来说，是极为可贵的一件喜事。因为，这是知识分子打破长久的沉默，宣告不再惧怕任何"以大众的名义"的非难与恐吓之举。对于一个驻扎着数万美军的国家来说，敢于怀疑"民主"，这是需要一点超人的勇气的。

韩国知识分子面前的当务之急是摆脱极端主义思维模式，摆脱专制与民主非此即彼的翻锅烙饼争吵，努力去开拓一种健康务实的"中道"。这"中道"既不是各种意见的算术平均值，也不是闭门造车的主观臆测。

这应该是多数公民予以首肯或可以接受的带有指导性的共识，是老子所云的"和而不同"的光谱。站在这一高度，真正的知识分子应该抛弃褪色的已经被金融寡头们大面积污染的理念，勇敢地向包裹在"民主"大旗下的丑恶挑战。

（此文不敢说是给韩国知识分子指路，只能说是给自己提醒。）

迟到与礼数

朝鲜高宗时代朴在馨纂辑有一部《海东续小学》，里面记载的金鹤峰出使一事，颇有意趣。金鹤峰在宣祖时曾任副提学，一次奉命出使日本。到对马岛时，岛主宴请他却自己迟到，而且"乘轿入门，至阶方下"。金鹤峰大怒曰："对马岛乃我国藩臣，使臣奉命至，岂敢慢侮如此。吾不可受此宴。"于是罢宴而去。吓得对马岛主杀了轿夫，斩其首来谢罪。从此以后，"倭人敬惮，待之加礼，望见下马"。

此事可以表现出那一特定时期的韩日关系，也可以表现出韩国人脾气之一端。但是，金鹤峰对礼数的要求是建立在"宗藩"的基础之上的，有点"以势求礼"的味道。其实，即便对马岛不是藩臣，即便大家都是平等的甚至反过来宗藩易位，请人赴宴也不该迟到。否则，便不是"知礼",而只是"识趣"而已。也许正因为这一点,韩国古代长期蔑视日本,认为他们是不知礼仪的夷狄。《宣祖实录》卷37记载朝鲜国王的话说:"中国父母也,我国与日本同是外国也,如子也。以言其父母之于子,则我国孝子也,日本贼子也。"朝鲜中期的儒学大师李退溪在一篇《乞勿绝倭使疏》中劝告国王不要与日本一般见识,原因是"禽兽之不足与较"。李退溪的态度与金鹤峰是有些不同的。金鹤峰是与之较,示之威,李退溪则主张"以夷狄待夷狄,则夷安其分,故王者不治夷狄"。李退溪认为如果与夷狄"辨是非,争曲直",就好像"督禽兽以行礼乐之事",除了逼迫禽兽咬人以外没有好的结果。

　　我在韩国讲学二载,韩国各界朋友请我吃饭无数次,主人迟到之事十有七八。有一次,某上司宴请全体中韩教师,大家枯坐许久,此公方到,既不解释,也不问候,入座便与韩国人用韩语商谈某事甚久。其他中国教师皆有怒色,我只好大讲笑话,代韩国上司化解危机。此类事件层出不穷。中国人一般认为,韩国菜肴清汤寡水,没啥可吃,赴宴纯粹是给韩国人面子,是为了"尽礼数"。而韩国朋友却往往忽略了此中的善意,不知不觉导致了彼此感情的疏远。有一位年轻的中国南方某著名大学的教师,甚至宣布拒绝一切韩国人的宴请,大发金鹤峰式的脾气。我因为知道韩国人并无恶意,是疏慢而不是故意侮辱,所以也就习以为常,一般采取迟到15分钟的做法,与主人差不多同时到达,这样就免除了双方的尴尬。由于我有很多这类油滑的窍门,而被一些中韩朋友戏称为韩国通。

　　礼数之事,说大不大,说小不小,其实要看你遇见什么人了。遇见金鹤峰,则失礼之人会自取其辱,因小失大。遇见李退溪,则表面上相安无事,实际上被看不起。不计较,其实可能是更大的轻蔑。这些道理,耿直的人不一定会想到。因为韩国人脾气火暴,中国人也大多不愿意讲。我把它讲出来,不仅是想提醒同为礼仪之邦的韩国朋友,也更希望中国朋友戒之哉,戒之哉!

　　(中国现在喜欢迟到的人,似乎也越来越多了。)

在韩国讲"韩战"

　　从字面看，"在韩国讲'韩战'"颇有点"班门弄斧"和"孔夫子门前卖百家姓"的嫌疑。金庸先生到北京大学演讲时，调侃说有三件不自量力之事：草堂题诗、兰亭挥毫和北大讲学。但调侃归调侃，字他也写了，学他也讲了。到人家家里讲人家的事，似乎有点煞风景，但其实往往正是人家求之不得。谦虚点说是旁观者清，实际点说是雪中送炭。医生不就是常常对着我们的口耳鼻舌身大讲我们的心肝脾胃肾吗？电视里不也经常启蒙你应该补钙隆胸买豪宅吗？我们很多渊博的学者不是都到洋鬼子那里宣传过民主自由吗？而所谓"汉学"不也恰恰是洋鬼子发明的吗？那么我到韩国讲讲"韩战"，似乎也不能看做"大话西游"那般罪不容诛，何况咱中国还是"韩战"的主角呢？

我在韩国客居两年，日常交谈、授课、演讲和接受采访等场合涉及"韩战"无数次，另外专门给研究生讲过若干次。我感到，在这个问题上，中韩人民的认识有着巨大的差异。这种差异除了民族立场的不同之外，主要是中国人民得到的信息是多渠道的，中国人可以看到并客观看待中国的书、美国的书、英国的书、日本的书、俄国的书和韩国的书，所以能够做到"兼听"。而韩国号称民主国家，其实人民得到的信息主要是来自美国的，甚至是经过美国有意选择的。再加上韩国学生普遍历史地理素质比较低，所以交流之初，是十分艰难的。大部分韩国人关于"韩战"的基本知识是：野蛮落后的共产主义侵略我们繁荣富强的自由世界，英勇的美国人民主持正义，号召全世界人民帮助我们，最后在上帝保佑下，我们消灭了禽兽不如的敌人，民主最终获得了伟大的胜利。我每节课之前先请学生准备材料，概述韩国的官方见解，那官方材料中说，解放军在韩国被打死了 90 多万。我当时伸了伸舌头：中国军队最多时才来了 100 多万，光被打死的就 90 多万，那三八线肯定要划到长江去了。

为了使讲课能够顺利，我只好多用美国、英国和日本方面的材料，这样学生才会信服。关于谁"侵略"谁的问题，我首先指出，南北双方本是一国，假如没有外国进入，无论南打北还是北打南，都属于内战，不能叫做"侵略"。我们能把美国南北战争叫做谁侵略谁么？能把中国的国共内战叫做谁侵略谁么？使用"侵略"一词，等于在前提上承认南北是两个国家，那你们还搞什么南北统一？北方使用"侵略"一词时始终是指美国侵略，他们可没说你们南方侵略北方。

韩国官方现在把"韩战"叫做"6·25"战争，这是由于 1950 年 6 月 25 日这一天，朝鲜军队越过三八线南进。韩国故意称之为"6·25"战争，就可以借此把战争定性为"侵略"。我指出，在"6·25"之前，南北之间的军事冲突已经无数，北犯南有几百次，而南犯北达上千次。韩国汉城国立大学社会学教授金贵玉在他最近出版的一本书中披露，早在朝鲜战争爆发前的 1949 年 6 月 29 日，一支隶属于韩国军队的虎林大队——有 252 名队员的游击队就越过"三八线"，袭击了靠近雪岳山和金刚山的一些朝鲜村庄，有些队员甚至还渗透到位于北纬39度的元山市附近的安边地区。他们在朝鲜活动了两个星期后，大部分被歼灭，只有50人回到了韩国。韩国联合通讯社援引韩国一位陆军官员的话证实了金贵玉的说法。这位官员说虎林大队创建于1948年。所以说要追查到底是谁打响了第一枪，就好比要追查是谁先起了杀机一样困难。当时北方的领袖金日成主张"和平统一"、"全民选举"，因为金日成是举国拥戴的抗日英雄，用民主方式肯定会大得人心。直到"韩战"结束后，金日成仍然呼吁全民公决，而美国和南方坚决不同意。与金日成相反，南方的领袖李承晚主张"武力北进"、"军事统一"，因为李承晚在祖国沦陷期间，长期躲在美国当逍遥派，在"二战"期间又曾主张朝鲜由列强托管，因此民愤很大。美国实在找不到更有能力的傀儡，才扶持这个李承晚统治南方的半壁河山。而在南方统治集团中，最有威望的是追随中国国民政府转战各地、颠沛流离、长期致力于祖国光复的金九先生。我在梨大图书馆查到了金九先生多次写给蒋介石的真挚诚恳的信件，展示给学生，学生都大为惊叹。李承晚嫉妒和害怕金九的威望，便派特务把金九暗杀了。蒋介石为金九题写挽词曰："为国家求独立为民族争自由伟哉斯人"，"兴灭继绝取义成仁见大节于颠沛昭正气于千秋"，这是非常高的评价。美国对李承晚的流氓作风也十分不满，但只有他能够收编那些日本人留下来的兵痞无赖，而且反共态度坚决，所以对他只好敬而远之。美国把朝鲜和台湾都划到了一线防御圈之外，任凭共产党解放台湾，希望三八线保持现状就好。这样，李承晚就必须发动战争才能为自己的政治生涯赢得新生的机会。而且，1945年光复之后的军事对比是南方明显压倒北方的。

那么，军事实力较弱的北方却怎么能够势如破竹、把李承晚一举打到釜山海边的呢？我向韩国朋友揭示了一个国际学术界皆已知晓、而韩国学者却大都不知的"绝密内幕"。原来，金日成的人民军主力，是从中国调回的中国人民解放军第四野战军的三个"朝鲜师"，是横扫大江南北的林彪的部队！据北京大学历史系兼职研究员和中国史学会理事沈志华先生的介绍，1945年后东北的朝鲜人约有120万，其中大约5万参加了四野（即东野）。金日成迫于南方军事挑衅的形势之严峻，致信毛泽东请求让这些朝鲜师"回国保卫家乡"。毛泽东是个共产主义者和国际主义者，而且中国革命即将胜利，解放台湾也用不了那么多人，解放军即将大批复员，便指示林彪把这三个猛虎般的雄师连同全部装备移交朝鲜政府。当1950年4月18日最后一个朝鲜师回到元山时，李承晚还不知深浅地继续向北方进犯。金日成迅速以这三个师为骨干，组建成15万精锐大军。6月25日，在斯大林的默许下，瞒过毛泽东，一举越过三八线，破汉城、拔水原、克仁川、陷大田，一眨眼的工夫就解放了90%以上的南方，把残余的美韩联军追杀到洛东江以南的狭小区域。那些老八路和四野出身的人民军，曾经打四平、困长春、战锦州、夺营口，曾经31小时拿下天津，让傅作义乖乖交出北平，曾经"宜将剩勇追穷寇"，把小诸葛白崇禧的二百万江南子弟兵打得灰飞烟灭，眼前这点芝麻仗哪够他们打的？金日成兴奋得已经把祖国统一大会都筹备好了。

　　然而战略伟人毛泽东闻讯后大为担忧。他知道美国必会插手，三八线突破的不是半岛南北的边界，而是东方与西方的边界，美国岂能袖手旁观？果然美国"二战"名将麦克阿瑟一番慷慨激昂的演讲，打动了国会。年过七旬的麦克阿瑟重披战袍，就任联合国军总司令，要把大韩民国"从共产主义的魔爪下拯救出来"。老麦克冒着五角大楼的一致反对，以1比5000的赌胆，把宝押在了仁川登陆上。因为从军事上看，仁川登陆的成功几率只有1/5000！那里的潮水涨落差最高时达11.2米，是世界上最大的涨落差。退潮时，几百年所淤积的泥滩延伸近4公里。因此登陆冲锋只能在高潮时进行，可仁川的高潮只有早上6时59分和下午7时19分各一次，每次时间不到两小时，如果两小时之内不能突破岸防，那搁浅在泥滩上的舰队就会成为炮火的活靶子。就在这两小时之内，还要攻占控制全港的要地月尾岛，还要冲过潮速达每小时11公里的而且可能布满水雷的飞鱼海峡……然而麦克阿瑟坚定地说：越是不可能，就越会保证奇袭的成功！老夫指挥过11次登陆作战，诸位专家都说不可

87

能，可老夫 11 次都成功了。关键在于，诸位专家都想不到的，那愚蠢的共产党就更想不到。休再啰嗦，看老夫马到功成！

不过，老麦克的诡计，共产党人其实算到了。8 月下旬，解放军总参作战室不但料到了仁川登陆，而且把登陆时间精确计算到了 9 月 15 日凌晨。毛泽东听完汇报，立即通知了金日成。可惜，"金日成忽视毛的警告，认为不值得考虑，并命令对此保密"（陈兼《中国走向朝鲜战争之路：中美冲突的形成》）。9 月 15 日凌晨，成千上万的美国海军陆战队在几百艘舰船、数百架飞机的助攻下，蜂拥上仁川海滩。准备不足的人民军顽强抵抗，无一投降，全部阵亡。麦克阿瑟一刀将朝鲜半岛拦腰截断，形势当即逆转，人民军主力陷入重围。待金日成拼死杀回中朝边境时，手上只剩三个多师，麦克阿瑟向他广播"最后通牒"，命令他"无条件投降"。斯大林此时不但不出兵救援，反而通知中共中央："金日成同志到中国东北组织流亡政府。"讲到这里，我对学生说：这就是弱国无外交啊。三八线本来就是美国的一个小参谋在地图上轻轻一划问世的，金日成、李承晚，打来打去，都以为自己是为了民族统一大业，实际上都是大国的政治筹码。连当时的中国，在苏联眼里，也不过是个大点的筹码，美国就更不把中国当回事了。毛泽东说得很形象："让中国人把腰弓起来当座桥，让美国人踩着到苏联，让苏联人踩着到美国。"仰人鼻息的滋味，中国和韩国可都是尝够了的。

学生问：那你们中国，为什么要来侵略我们呢？

我说，美国打到了鸭绿江边，尖刀连已经对着中国这边撒尿了，飞机炸了东北，炭疽鼠疫都洒过来了，不打行吗？中国侵略你们干什么？中国是要保卫自己的安全。现在公布的毛泽东给周恩来的电报中说："……我们不出兵，让敌人压至鸭绿江边，国内国际反动气焰增高，则对各方都不利，首先是对东北更不利，整个东北边防军将被吸住，南满电力将被控制。"中国今天在朝鲜驻扎了一兵一卒吗？美国军事史家约翰·托兰在 1989 年 5 月 5 日说："中国出兵朝鲜是出于国家利益的考虑，是不得已的。如果苏联打到墨西哥，那么美国在 5 分钟之内就会决定出兵。"然后我与学生一起回顾了历史上中国军队参与的四次"韩战"。

中国军队大规模进入朝鲜半岛作战迄今共有四次。第一次是唐朝帮助新罗统一。当时朝鲜半岛分为新罗、百济、高句丽三国,与倭国交好的百济和高句丽不断进攻新罗,阻隔新罗朝贡之路。新罗请求唐朝天子救援,唐高宗先后派遣薛仁贵、苏定方等大将出征。这便是民间传说中有名的"薛仁贵征东"。唐罗联军大败倭寇,灭了百济和高句丽,使朝鲜半岛完成了统一,新罗文化达到了辉煌的高峰,产生了崔致远这样的杰出文豪。

第二次是朝鲜中期,日本的"关白"丰臣秀吉为实现"直捣大明国,迁都北京城,远征天竺"这一吞并世界的梦想,首先吞并朝鲜,史称壬辰战争。已经二百年没有战乱的朝鲜号称"小中华",歌舞升平,文恬武嬉,两月之间,连陷三京。朝鲜国王逃到中朝边境,准备过江"死于天子之国"。明朝政府闻奏朝鲜求援,马上认识到:"关白之图朝鲜,意实在中国","而我兵之救朝鲜实所以保中国"。这话实际上就是:"抗倭援朝,保家卫国。"明朝万历皇帝派大军水陆并进,痛歼倭寇,朝鲜各路"义军"也奋起抵抗,战争前后进行了七年。朝鲜老将李舜臣和明朝大将邓子龙都在激战中殉国。最后倭寇大败溃逃,丰臣秀吉气病而死,朝鲜重整河山,视大明为再生父母。儒家文化从此在朝鲜半岛被尊奉到无与伦比的程度。朝鲜国王宣祖说:"中国父母也,我国与日本同是外国也,如子也。以言其父母之于子,则我国孝子也,日本贼子也。"(《宣祖实录》卷37)中国军队的胜利,又一次维护了朝鲜半岛人民的和平,促进了朝鲜半岛文化的发展。

第三次是清末甲午战争,大家都清楚。腐败的清朝军队一败牙山,二败汉城,三败平壤,最后北洋水师也全军覆没。不要说保卫朝鲜,连中国自己都保不了,赔款割地,丧权辱国。当时等于是把朝鲜和台湾拱手割让给了日本。中国的失败,导致朝鲜人民当了50年的亡国奴。韩国在政治上可以说自古就是独立国家,但在民族命运上,从来就是与中国的兴衰息息相关的。二战末期西方列强企图阻挠韩国独立,要联合

89

国"托管"韩国，是蒋介石先生和毛泽东先生不谋而合地力主韩国独立，要求还朝鲜人民以自由，这才结束了朝鲜半岛半个世纪的殖民地历史。

第四次就是"抗美援朝"。金日成越过三八线，美国不答应。那么麦克阿瑟不但越过三八线，而且打到了鸭绿江，东北是全中国的工业基地，中国以后怎么搞建设？中国能答应吗？美国前国务卿基辛格博士在《大外交》中写道："毛泽东有理由认为，如果他不在朝鲜阻挡美国，他或许将会在中国领土上和美国交战；最起码，他没有理由去做出相反的结论。"论实力，中国根本不是美国的对手，国家满目疮痍，百废待兴。1950年6月30日，即美国决定全面介入朝鲜战争的当天，中国颁布了《土地改革法》，同一天，中央下达了毛泽东和周恩来共同签署的《军委、政务院关于1950年复员工作的决定》，土改、复员、剿匪、稳定物价、恢复生产、解放台湾，哪一件事都不容许中国与美国开战。是美国，逼得中国非战不可了。志愿军总司令彭德怀出征前对中国军官们说："咱们叫志愿军，其实我也不是志愿的。要不是美国军队压到了鸭绿江边，我也不会是志愿的。现在他打到了咱们家门口，我志愿挂帅出征，你们志愿不志愿？"中国军官们齐声呐喊："志愿！"这志愿是不愿也得愿。美国兰德公司的研究员乔纳森·波拉克在一篇论文中指出："北京决定参加朝鲜战争是受形势的支配，而不是按计划。"要是按计划，1950年四野的任务是解放台湾，然后回家娶媳妇，生儿子，种庄稼。所以朝鲜战争的爆发，最高兴的人是谁？是蒋介石。朝鲜战争不仅保住了台湾的家天下，而且使台湾成为军需后勤基地，直接带动了台湾的经济复苏。

可是中国不出兵则罢，一出兵就震惊了世界。两次战役就把"美李匪帮"推过了三八线，解放了整个北方，五次战役就让美国打消了胜利的希望。美国三易主帅，一个比一个更气馁。美国前国防部长马歇尔坦白承认："神话揭穿了。别人以为我们是一个强国，而事实证明，我们并不是。"美国不可战胜的历史终结了。

我逐次讲过了大小战役后，有的学生说，中国就靠人海战术，是用死人获得的胜利，而我们是民主国家，最珍惜人的生命。我说，那我们算算账吧，看谁死的人多。1953年10月25日美联社发布的联合国军被歼数为147万余人，韩国国防部编写的《韩国战争史》和日本《军事史杂志》公布的被歼数为116万余人，1988年出版的《中国人民志愿军抗美援朝战史》统计数字为，中朝军队共歼敌109万余人（含朝鲜人民军独立作战歼敌13.6万余人），其中美军39万余人，韩军66万余人，其他仆从军2万余人。无论根据美国、英国、日本、韩国和中国的统计数字，联合国军方面都损失了100多万，而志愿军的伤亡共36万余人（其中阵亡11.5万余人，战伤22.1万余人，事故伤亡和病故等非战斗死亡2.5万余人），失踪、被俘2.9万余人。无论怎么夸大，也不超过50万。加上朝鲜人民军的数字，中朝一方共损失大约六七十万。比美韩等17个国家组成的联合国军一方少得多。中国的多数伤亡不是由于战斗不利，而是由于后勤太差。比如长津湖一战，溃逃的美军已经进入了志愿军的伏击圈，可是志愿军却一个也站不起来，整整一个连的志愿军全部冻死在零下40多摄氏度的阵地上。后来志愿军改善了后勤，想了很多办法，武器也越来越好，经验也越来越多，伤亡就越来越少了。

韩国的战争纪念馆中有一幅战场油画，画的是共产党用铁镣把士兵固定在战壕内，所以士兵只好拼命。我笑着说共产党真傻，这幅画的作者更傻，用这样的办法让士兵拼命，士兵还不先拼了你的命？当时中国的参军热潮是你们无法想象的，100人报名，只要1个，老百姓说"比挑女婿还严"。士兵的勇敢、机智和献身精神，是上帝都要感动的。我讲了黄继光、邱少云、杨根思、李家发和一人俘虏了63个英国兵的刘光子、一人打退6次冲锋的孤胆英雄高守余以及奇袭白虎团等战例。我说，认为中国武器差就会使用人海战术，这是军事上的无知，是美国为了遮掩自己的失败而散布的自欺欺人的谎言。面对现代化的火力，再大的人海有什么用？那不是集体自杀吗？上甘岭战役联合国军的伤亡是志愿军的两倍多，其中70%是被志愿军的准确炮火所杀伤的，这是人海还是火海？中国军队最讲究战术，最讲究杀敌效率。中国军队擅长的包围、穿插、伏击、近战、夜战，都是通过灵活地利用时间空间来以最小的伤亡消灭最多的敌人。特别是战争后期，志愿军越战越勇，也越战越油，加上人民军也恢复了元气，中国经济也有了好转，苏联看到形势大好，军事援助也到位了，美国如果再不讲和，那就连三八线这个面子也不给你们了，用志愿军的话说，是"从北到南，一推就完"。根据现在公布的资料，美国也早想和了，是李承晚非要打到底，节外生枝地策划战俘事件，还声称美国投降了他也不降，逼得双方打个没完，结果又多死了十几万人。上甘岭战役之后，联合国军已经再占不到什么便宜了。美国人是聪明的，虽然第一次在没有胜利的协定上签了字，但这总比彻底失败、在那丧权辱国的条约上签字要好啊。

学生们说，这么说我们不是胜利者呀？

我说，什么叫胜利？从军事学上讲，战争胜利包括两个要素：一是有没有达到战争目的，二是付出的代价是否过大。抗美援朝战争中，中国的目的就是把美军打回到三八线，恢复朝鲜的独立，保卫中国的和平建设，这个目的完整地达到了。而美国的目的只达到了一半。那么付出的代价呢，无论人、钱、物，中朝一方都比对方要少，都比预料要少，而且少得不成比例。美军在战争中消耗各种作战物资7300多万吨，开支战费830多亿美元。而中朝军队消耗各种物资560多万吨，开支战费62.5亿元人民币。全国5亿人民平均每人12块钱，基本没有影响中国的经济建设。还有另外的无法换算的价值，这一战打出了中国人民的信心，洗刷了中国的百年耻辱，高涨的爱国热情转化成巨大的生产力，大大促进了国民经济的恢复，东北成为国家建设的总基地，使新中国奠定了工业化的基础。中国恢复了大国的国际地位，中国人也开始在世界上扬眉吐气。新加坡前总理李光耀回忆说，朝鲜战争前他在欧洲旅行，到处遭受歧视，可是新中国出兵朝鲜并连获胜利后，西欧海关人员一见华人都肃然起敬，李光耀从此开始认真学习汉语。所以说中国是大大地胜利了。

最后一次课上，学生们说，现在我们明白了，"韩战"三年，中国胜利了，美国也不算失败，还是第一强国，就算是花钱买个教训，苏联也得到了好处,日本和台湾都发了战争财。只有我们"南韩"和"北韩",什么目的也没达到,死了一百多万人,满街是残疾和乞丐,家家没有男的,每天到美军的垃圾堆里去拣剩饭。战后是几十年的军事独裁,打倒了李承晚,又来了朴正熙、全斗焕,直到80年代的光州事件还屠杀了那么多人民。现在虽然民主了,可是还有三万多美军驻扎在韩国。听说"北韩"还要侵略我们呢。

我说,你们还用"侵略"这个词,那美军怎么能不驻扎在你们这里呢?人家是帮你们"打击侵略者"呢。最后,我给你们讲一首李承晚博士的诗吧。我参观大韩民国首任大总统李承晚故居"梨花庄"的时候,抄了一首他赠给美军司令范弗里特的五绝:"半岛苍黄际,将军万里来。三师声势壮,胡虏自崩颓。"李承晚博士年轻时中过秀才,汉诗写得不错,书法也很漂亮。他这首五绝写得气韵威猛,笔法纯熟。诗中深情歌颂了美国大军在南方生死危亡的紧要关头拯救了他们。但该诗在观念上似乎有些问题。诗中用了"胡虏"一词,请问胡虏是谁?岳飞的《满江红》说"壮志饥餐胡虏肉,笑谈渴饮匈奴血",那胡虏指的是异族的侵略者。而美军帮助李承晚打败的是金日成。金日成虽然被打得"崩颓"过,可他是"胡虏"吗?李承晚和金日成,南方和北方,不是同文同种的一个民族的同胞吗?用了胡虏一词,不但包含着"非我族类"的意思,而且还有种族歧视的意味。其实,如果尊重词义的话,美军才是"胡虏"。这位李大总统,为了讨好大救星,连民族立场都搞错了。这种观念,我觉得才是南北统一最大的障碍啊。

学生们说是的,提到共产主义的北方,虽然是一个民族,总觉得有些凶神恶煞的恐怖。而美军虽然可恨,可看惯了也觉得毕竟是个人。我说关键就在这里啊,看惯了就什么都能接受,宣传惯了也就不去反思。鲁迅说,要吃人必先宣传那人是恶人,妖魔化从来就是战争的前奏啊。自从抗美援朝一战,我们东亚已经和平了半个多世纪了,但谁能保证哪一天不会再来一场战争呢?你们是基督教学校,愿上帝保佑这三千里锦绣河山吧!

韩 国 散 记

我作为一个中国人、一位北大教师、一名中共党员，经常批评咱们中国这不好，那不对。来到韩国以后，饱尝凄风苦雨，痛感人世艰辛，目睹这个资本主义小地主的一神一态，一颦一哭，深刻认识到自己原来是身在福中不知福。

我要向党和人民道歉：我错了。

1. 中国有一个双簧节目，讽刺吃饭时菜虽然很多，但都是"一碟子腌白菜——呀，一碟子腌白菜……"来到韩国后才明白，这不是双簧，而是活生生的现实。任何受到人们喜爱的节目必定是有可靠的生活根基的。韩国菜摆出来也是盘子碟子一大堆，远远望去十分丰盛，而且五颜六色。但近前一看，辣泡菜 3 种，腌萝卜 2 种，生菜叶子一大盘，一碟子辣酱，一碟子酱油，一碟子大蒜瓣，一碟子小辣椒，一碟子大辣椒……给人的感觉不是在正式吃饭，而是好像一群仆人在厨房里偷吃准备用来做菜的原料。"烹调"的概念韩国人是没有的，所以这个民族的性格很极端，而且不是上智者的极端。

2. 很不愿意被不大懂中文的韩国人请客，原因并不是我不喜欢韩国菜——我是能够欣赏一切事物的美的。主要是我替那些不了解中国文化的韩国人感到丢脸。他们的请客好像是难民会餐，而且自己一个个吃得不亦乐乎，仿佛请客的主人倒是我。我虽然反对中国的宴席那样奢靡浪费，但是韩国的"宴席"未免太猥琐寒碜了。在这里，人的尊严荡然无存。我是从来不愿令人难堪的人，深生他们怀疑我在嘲笑和蔑视他们。所以我也像他们一样大口地嚼着各种菜帮菜叶、树根树皮，大口地喝着大酱汤，咽着辣椒酱，并且不断地擦嘴擤鼻涕……然而人家完全没有我这些"小人之心"，他们泰然自若，大块朵颐，而且不断地问我"好吃吗？"我是个坚定的人道主义者，能说不好吃吗？我调动我渊博的哲学素养、丰富的史学积累、机敏的文学才华，以铁一般的逻辑证明韩国菜是世界上最好吃的、最美丽的、最养生的、最合乎人性的……一句话，就是上帝吃的、神仙吃的。我忽然想到，许多文学理论家，许多所谓学者，就是像我这样干的，把不好的东西说得天花乱坠。但我知道我自己的话是假的，那些大师们却真的以为自己在创造学问。他们把味同嚼蜡的作品说得花枝招展，正像我赞美韩国菜。不从生活的实际感受出发去做学问，是学者们对人类犯下无数罪行的根源。

3. 我倒是喜欢被这里的师弟、或者了解中国文化的韩国朋友、或者中国人请客。因为跟他们在一起，可以客观实在地欣赏和评价韩国菜。同时，一样一样地回忆中国菜，什么水晶肘子，什么松鼠黄鱼，什么全聚德，什么东来顺，不觉深深叹服中华文明的伟大。我在心里假设自己是个韩国人，会产生什么思想，不禁脱口而出："看看人家中国，那才

95

叫人过的日子！"

4. 有一个问题始终不好意思问韩国人："你们监狱里的犯人每天吃什么？"我心想普通韩国人顿顿是米饭就辣泡菜，难道犯人的伙食是只许吃米饭而没有辣泡菜，或者是只许吃辣泡菜而没有米饭？我觉得整个韩国在饮食上好比一座大监狱。四千万人民就这样年复一年地活着，真是不活也罢。韩国人认为北方的生活不好，但我想北方还能不好到哪儿去？不也是无休无止的辣泡菜吗？不论南方北方，都有一种比较刚毅的性格，我想这是与他们的饮食有极大关系的。我在《朝鲜人民的指导者：金正日》里读到："金日成主席生前有一次召开将军会议，他问道：'如果我们和美国开战，失败了怎么办？'所有的将军都说：'我们不会失败，胜利一定属于我们！'金日成说：'我知道胜利一定属于我们，但是我说的是假如，假如失败了，怎么办？'将军们面面相觑，一片沉寂。这时，从角落里发出一个坚定的声音：'假如我们失败了，那我们就把地球炸掉！'金日成欣喜地看了看，发出这英雄的声音的，是他的长子、朝鲜人民的指导者金正日。金日成主席高兴地说：'好！我们朝鲜又诞生了一位将军！'从此，朝鲜人民都记住了一句话：'没有朝鲜的地球是不必要的！'"该书所说的事是否属实已无从考察，若果真如此，我倒很佩服朝鲜人民宁为玉碎，不为瓦全的坚贞气魄。不过心里偷偷地想，反正活着也是天天吃辣泡菜，不如跟那些天天吃大鱼大肉的家伙同归于尽算了。

5. 韩国人的姓名大体上都差不多，重名率极高。我教的不到200名学生中就有4对重名的。他们的姓也很少。我点名时连点了8个姓金的，7个姓李的，5个姓朴的。即使不重名，名字也都差不多，有时点一个人名，三四个人答应。我很难记住他们的名字。我的印象中，韩国男人叫什么"昌"的，什么"范"的特别多，我跟朋友说，如果站在街头大喊一声"朴昌范"，肯定会有很多男人答应。朋友说，如果喊"李万姬"，则会有女人答应，因为韩国男人都很忙，每天都要"日理万机"。我听了一笑。

6. 班上有绝色少女二人，目似秋水明月，仪态难以形容，几乎上我的每一门课。睹其皎皎玉颜，每令人心如澡雪，龌龊尽消，觉得大千世界如此美好。然转念思之，如此玉颜几经寒暑之后，亦将肌弛色衰。不论她们家有千金万银，学得多少本事，嫁得何等郎君，都终有手捧照片回忆当年青春之一日。想到此，不禁微叹。人生百热，终归一冷。非是红颜多薄命，而是红颜之存在，凸显出命之薄、命之冷。少女有绝色，圣人有奇才，一也。

7. 李家有仙女，奎然异群芳。林中百鸟聚，好唱凤求凰。

8. 韩国是手机国。满街的男女老少歪着脖子走路，手捂着腮帮子，好像全国流行痄腮。几句话里就有一句"我酷赛哟"。闭目听之，仿佛全国人民在召开电话会议。

9. 毛海燕和梁菲帮我找房子，比我自己还要热心。我感动得无话可说，只是默默地跟着她们一条街一条街地走着，上坡、下坡，感到韩国人民生活得真是太苦了。毛海燕非常执著，而梁菲的主意比较多。我是既不执著又没主意，只盼着英勇的朝鲜人民军赶快打过三八线来，把我从这水深火热之中解救出去。

10. 如果说韩国人有多么坏，那是不公平的。韩国并不是坏人多，而是愚人多。许多人表面上的礼貌掩盖了他们的龌龊，他们还真的以为自己是优秀的世界公民呢。我想，五四运动之前的中国可能就是这样的。礼教杀人啊。

11. 梨花女大是基督教学校。但是从教授到学生，所作所为却经常是与基督的精神背道而驰的。虚伪、做作、唯利是图、自私自利，不知天高地厚。韩国几届总统和许多部长议员的夫人皆出自该校，韩国的政治和政治家的可鄙的一面也由此可见一斑了。

12. 韩国人的日常饮食绝对不如中国监狱里的伙食。好处是培养了吃苦精神，但坏处是一遇到好东西，极易腐化堕落。韩国人到中国几个月后，往往要胖5公斤，这就是明证。

13. 韩国人经常指责中国的朝鲜族人来韩国后逾期不归。但是一位延边大学的老师告诉我，他们聘请的韩国教授也是想方设法赖在中国不走，因为在中国太舒服了。朝鲜族人逾期不归的都是贫穷的打工族，而韩国逾期不归的都是他们的受人尊敬的教授。朝鲜族人逾期不归需要忍受种种非人的待遇，而韩国教授则真的是乐不思蜀。但是他们还要恬不知耻地天天夸耀韩国。那位延边大学的老师说，你们天天说韩国好，那你们怎么不回去？那些人顿时哑口无言了。

14. 韩国的大学生经常抗议示威，这是一种好的精神，是青春活力的表现。但是我看他们示威时，好像并不真的激动和真的生气，口号喊出来温柔敦厚得很，与其说是示威，不如说是过节。

15. 韩国的女大学生，本科生的脸上还是很纯洁的气质，尽管有的纯洁属于愚昧的纯洁。但是到了研究生，大多已非常虚伪了，已经接近中年妇女了。面对面时笑容可掬，一转过脸，瞬间就落下了眼皮，面如冷霜。这是男女不平等所造成的人格极度扭曲。韩国的女人真不是人。长太息以掩涕兮，哀女生之多艰！

16. 汉城到处是山，许多房屋都是依山而建。道路又曲折回环得一塌糊涂。所以某些汉城人的人性也是险恶、扭曲和阴暗的。

17. 梨大的正门进来后，要经过一个小桥。桥下是几条铁路，经常有火车突突驶过。右边是两个幽暗的隧洞，那火车或者消失在那里，或者从那里冒出来。这铁路经过延世大学时，是在公路的上方。所以梨大的女生对延大的男生说，从你们头顶过去的火车，是从我们脚底过去的！这句话表现了一点韩国人有限的幽默感。但是在另一个角度看来，这火车也正是两所学校男女关系的一个暗喻。从延大那边昂扬冲来的一条条长龙，打破梨大门前的宁静，在梨大的身下往来奔突，在梨大幽深的隧洞里蜿蜒穿插。梨大的学生每天都看到这情景，不可能不在潜意识中受到某种熏染。梨大还有一个迷信：站在桥上，当火车来时，赶快许一个愿，就能实现。这所拜奉基督的大学实际上拜奉的是火车。许多女生每天花两个小时化妆，打扮得花妖狐媚，那根本不是要去做礼拜的，而是要去见火车。

18. 延世大学的女生讽刺梨花大学的女生，说她们的样子是看见男人就恨不能扑上去一口吞下肚。的确，延世大学的女生要比梨花大学的女生具有一点高贵之美。

19. 在汉城的西大门一带共有4所大学。但是延世大学的人说只有1所，因为梨花大学是"女子化妆学院"，弘益大学是"高级美术学院"，西江大学是"高中四年级"。所以只有延世大学才是真正的大学。

20. 朋友送我一本光明日报出版社出版的《走汉城》，作者是中国朝鲜族艺术家崔庆生。他满腔热情地几度前往韩国寻找事业、寻找财富、寻找温暖，结果他发出如此沉重的叹息："这里是我祖先的土地，却不是我的乐土。"

21. 所谓下贱的人就是，你对他以礼相待，把他当成一个人时，他傲慢无礼，并不把你当人；而当你对他粗暴凌辱，把他当成一个牲口时，他百般柔顺，把你当成一个神。某些日本人和韩国人便是这样。孔子说小人是"近之则不逊，远之则怨"。莫非就因为是化外之地，处于文化边缘，人性的根基便不正么？

22. 美国学术界有一种观点，认为日本文化是强盗文化和婊子文化的结合。而我看韩国文化似乎也是有某种缺点的文化。中国东北有许多嘲笑和侮辱朝鲜人、高丽人的民谣和笑话，现在想起来，也不是完全没有道理、没有根据的。人民最了解人民。

23. 韩国人很痛恨日本人，这种不忘记被侵略、被凌辱的历史的精神是好的。但是他们知不知道，在侵华日军中，最坏的、最没有人性的，恰恰是韩国士兵。许多中国的老人都说过，日本人坏在心里，而日军中的"高丽棒子"兵从里到外都坏透了。这或许是鲁迅说小鬼比阎王更坏的道理吧。

24. 韩国的一些中老年妇女，也烫了发，画了细细的眉毛，白白的脂粉，红红的嘴唇，染了手脚的指甲，鬼气森森，好像随时要去阴间卖笑。乐观一点说，也不过是三仙姑的模样。

25. 我最赞赏韩国的一点是，房间的地下铺设了暖气管道。中国的火炕已经越来越少，而韩国把火炕现代化了。这不但对人的身体有好处，而且使人感到家里的温暖。地面就是床、就是桌、就是椅，这样又节省了空间和家具。应该学习。

26．韩文是一种奇怪的拼音文字，但形状好似甲骨文。我认为不伦不类的文字，是没有多大的文化再生能力的。

27．韩国宣传说他们的祖先来自阿尔泰。但是怎么观察也看不出他们跟中亚人有什么共同点，他们明明就是东北人和山东人！阿尔泰起源说恐怕是一个大骗局，拿不出一点有力的材料，是他们为了摆脱中国文化而竭力自欺欺人的一个假说。不敢直面历史，是自卑者的共性。

28．在新村地铁超市里见一妇人与人吵架。尖声叫喊，跳梁奔突，几个人都拉她不住。与平时所见韩国妇女之态度迥异。观其化妆衣饰，在此吵架前后，必也一副谦恭柔顺状。不过我倒觉得，吵架之时更有几分可爱，因为这是真实的她自己。她叫喊的是人的声音，不是那用假嗓子做出来的婊子的声音。

29．韩国人即使舍得花钱奢侈一回，也没什么好吃的，因为虽有好的原料，无奈他们不会烹饪。鱼做出来像死鱼，肉做出来像得了肌肉萎缩症的老母猪肉，饼像是风干的糨糊。只有米饭和辣泡菜，真是天下第一。要没有这两样，韩国人活着真是一点意思都没有。然而泡菜应该是荤菜之外的副菜，而韩国人却以偏为正。想起中国的韩国菜馆是很好吃的，仔细琢磨，原来那已经是中国化的韩国菜了。

30．什么都是韩国的好，容不得一点批评，这恐怕是没什么远大前途的。北方也是这样。对这样的人、这样的民族，只能采取"民可使由之"的办法。对于拒绝启蒙的人，陪他们玩玩就可以了。孔子的教育方针也是这样，不到学生真的产生求知欲望的时候，用不着苦心孤诣地灌输。猴子一天早上是变不成人的。

31．我住的国际馆旁边是女生宿舍，两座楼是相通的，实际是一座楼。国际馆里边住的也绝大多数是年轻女性。我在门上贴了一副对联，上联是"老骥伏枥"，下联是"流莺比邻"，横批是"牛得草"。来访的和周围的女性见了，都觉得中国人又神秘又高雅，于是纷纷拉着我在门前合影。我盛情难却，只好半推半就地从命了。

32. 接过白永瑞博士的名片，读了一下，"白永瑞"，不禁油然脱口而出："薄雾浓云愁永昼，瑞脑销金兽。"说完自己就笑了，这跟白永瑞有什么关系呢？我这人太没办法，总是不着边际地胡乱联想。但是又为自己解脱：这就是人比电脑高超的地方。电脑再过一百年，恐怕也没有我这能力。因为电脑是为了"有用"而存在，人是为了幸福而存在。别的任何评价对于我都是无所谓的，我只知道：我幸福，故我在。

33. 每次出入电梯，喇叭里都乌拉乌拉地说上那么几句，不知是什么意思。听得久了，才听出原来是两句杜诗。进去的时候说的是："魑魅喜人过"，出来的时候说的是："文章憎命达"。心想这很有道理，电梯对人宜乎这个态度。

34. 孙佑京小姐真是大好人，为了请我吃饭，打了无数次电话，我都不在。好不容易在了，我又没有合适的时间。但她毫不气馁，继续无数次地打下去。就是为了这样的朋友，我也应该买个手机。所谓"一饭千金"么。

35. 我住的国际馆食堂的橱窗里天天摆着精心设计的"样板饭"，不但花色艳丽得使人怀疑能不能吃，而且分量比实际所给要多起码三分之一。实际情况是，一般一份米饭只给一两左右，泡菜和腌萝卜之类一共也是一两左右，泔水模样的大酱汤则是一个富士苹果大的碗里只给小半碗；肉一般没有，有也只是两三片，好像选美小姐一般赤裸裸地招摇着；鱼倒有时给一条完整的，足有一两多，但五脏六腑俱全，外加全副鳞甲，于是只好如鲁迅笔下的狂人所说："吃了两口，便将它连肠带肚地吐出。"鸡蛋偶尔给一片，估计那个鸡蛋一共可以切最少六片。这样的一份正餐卖韩币1800元，相当于人民币14到15元。学生们还说这里算是便宜的和好吃的，所以这个食堂里熙熙攘攘，出来进去的多是所谓的美女，一个个吃得满面春风的。那些"阿主妈"对待我是特别优惠的，看见我去买饭，总是多给个一两八钱的。我正好立志减肥，也从不计较。记得读书时北大的学生有时因为食堂的师傅给的肉少（盖不住6两米饭），就和师傅吵架，现在看看韩国，知道什么叫"身在福中不知福"了。

36. 韩国学生请假很有意思，理由全部是"外婆去世了"。在我的课上已经发生了6次。我是个无聊的老师，决心调查一下。经过侧面盘问，结果只有研究生李知熙和另外一名本科生是真的。其余4个是假的。这又一次证实了我的论断：特别强调"孝"的结果必定是"不孝"，凡是声称以儒教治国的现代国家必定导致虚伪泛滥。我没有直接批评学生，因为韩国人最不能接受批评。我借讲"请假"这个词的用法讲了一个笑话：一个学生很晚还没有回家，他的外婆到学校去找老师，老师惊讶地说，他今天不是参加您的葬礼了吗？学生听了都笑了。我接着说，请假要实事求是，不一定非要特别重大的理由。生病的事是经常发生的，请病假并不丢脸。中国女孩子请病假，还会得到男生的格外关心。请事假也只要合乎人之常情，老师没有不批准的。这样讲效果很不错。最近，郑炫周请假的理由是，她姐姐要去美国留学，她要去机场送行。我说，这是很光荣的事嘛，你应该去。我很高兴，我的努力减少了韩国的死亡率。

37. 曹溪寺是韩国最大的佛教庙宇。旧历四月八日是佛诞节，我们5位中国老师恭恭敬敬前去"随喜"。庙里密密麻麻悬挂起几十万个小灯笼，然而灯笼里面点的是电灯泡。灯笼的表皮多是蓝蓝绿绿的冷色，置身灯海，觉得鬼气森森。到大雄殿里瞻仰，没有巍峨庄严的大佛像，只有很小的细骨伶仃的塑像，主要都是呆板枯涩的画像。我已经看过不少韩国的佛像，都是韩国人的模样，五官细弱，肤色白嫩，身体不挺拔，眼睛没神采，既无"威仪"，也无"福相"，许多佛还留着官员式的胡须。飞天则穿着韩国传统的长裙，手里拿着韩国的传统乐器。四大天王和韦陀也胡乱安置，有的上面是狮鼻虎目，虬髯狰狞，下面却是雪白婀娜的女人的脚。一切都使人感到，没有佛教的气象，徒有一点照猫画虎的佛教的影子。楹柱上或挂或刻有许多对联，但是我一读，全对不上。比如上联是"歌管楼台声细细"，下联是"随花傍柳过前川"；上联是"风乍起吹皱一池春水"，下联是"那人却在灯火阑珊处"。读多了，笑得肚子疼。才明白他们只是随便找些有名的古人的诗句，写在那里好看，并不考虑与环境合适不合适，更不管什么平仄对仗的劳什子了。可能从来没有我这样的傻子去认真看一看那些文字。庙里的上万韩国人民挤得水泄不通，有的在吃喝，有的在谈笑，有的在打手机，有的在打孩子。还有一大圈人在跳一种似乎是韩国的传统舞，但跳着跳着开始接近迪斯科，于是几个洋人也混进去连扭带蹦，周围的韩国中年妇女无限仰慕地配合着洋人，笑得合不拢嘴。最后在大殿前面开始演出，几个身穿厨师服装的年轻人用刀叉表演打击乐，喧闹震耳，乌烟瘴气。一个女郎不断脱衣服，只剩一件黑色的小背心紧裹住颤动的肉身。韩国人民如痴如醉，欢呼喝彩。我们实在看不下去了，躬身退朝。我说，韩国已经没有佛教了。吴博士说，现在基督教在韩国最有影响。一位女老师冷冷地说，你们以为韩国还有什么宗教么？另一位老师说，算了算了，人家就是找个借口玩一玩，你们管人家那么多干吗？大家说有理有理，便道别分手了。

38. 韩国的一些知识分子，对于韩国的现状也是清醒的。今天经过法学楼，大厅里展览着漫画。一张是金大中讲话说"欢迎到韩国来"，上面是金大中讲话的照片，下面则把金大中背后的人群画成骷髅。还有一张画的是一个韩国人开门出来，自以为自由地伸展着肢体，但是外面还有一圈大的围墙，没有出口，那围墙是用美国国旗画的。

39. 我的休息室里没有电脑，有时便去讲师休息室用电脑。但是那里的电脑速度极慢。韩国的老师见我很着急，便问我怎么回事。我说电脑上网速度太慢，她们随口就说，中国的信息发过来，速度就是慢。我告诉她们：第一，我上的不是中国的网，而是你们最崇拜的美国的网；第二，我在韩国别的地方上这个网，很快，就像翻书一样；第三，我在韩国别的地方上中国的网，也很快。她们说，那是怎么回事呢？我说，鬼知道。她们又问，"鬼知道"是什么意思？我说，大概就相当于你们基督教的"上帝知道"。谈到基督教，她们不言语了，因为她们大多数是"伪教徒"，连基督到底是耶和华的儿子还是父亲都搞不清楚的。

40．见到常丹阳的人，第一句话就会说："你不就是在电视上的那个……"常丹阳在韩国的电视上教汉语，一副道貌岸然的气概，开口闭口"你好吗？我很好，你呢？我也很好，你妈妈好吗？……"哎哟，可善良可温柔了，我们都说韩国各地学习中文的女孩子里一定有不少他的崇拜者。可是在中国大使馆组织的中国教师聚会上，常丹阳献给大家的忠告是："一、不要借给韩国人钱。二、不要相信韩国人的许诺。三、不要帮韩国人办很麻烦的事……"大家于是笑问他，你一定受尽了韩国人的坑害吧？他憨厚地一咧嘴，没有回答。其实用不着回答，他的忠告条条都有许多活生生的事例。关于韩国人借钱不还的事我已经听过3起，其中最大的数目是1000万。韩国人自己就互不信任。他们一般不借给别人钱。我刚到韩国，没有换钱。他们一位非常知名的教授当着别人的面，非常夸张地慷慨借给我3万元，相当于人民币200多元。而一位素不相识的中国的普通老师随手就借给我20万。隔了一天，那位教授问我："我借给你的3万元钱，够用吧？"我是一个心软的人，如果这时掏出来扔给他，害怕太伤他的面子，于是就说："够用，真是太谢谢您了。"有时想想，我也真他娘的够虚伪了。我要不是北大老师，可能当时就掏出6万给他，告诉他另外3万是送给他买《圣经》的。而我们一起去光州开会，系里多收了我的车费，助教说要还给我，但又总说忘了，一个月过去了还没有还。在租房子的过程中我了解到，韩国的房主基本上不退还押金，而是要新房客把押金给旧房客。如果找不到新房客，那么旧房客可能就拿不回那笔巨额押金了。

41．关于韩国人的许诺，我在中国时就切身体会到是绝不可信的。最常见的是不遵守时间，连我最要好的韩国朋友也经常约好不到。有一次一个韩国朋友让我复印许多文章给他和他带来的其他韩国朋友，我冒着大雨抱着东西等了一个多小时，他们没来，好几天也没有解释。

我忍不住只好主动打了电话，回答是那天别的朋友建议去一个饭庄吃饭，所以很对不起了。韩国人倒是经常说"对不起"，但说的时候毫无诚意，完全是例行公事，仿佛说了这几个字，就是杀人放火都可以赦免了。

42．一位中国老师告诉我，他刚来韩国时，要去买个茶杯。旁边的韩国同事说，商店那么远，别去了，我家里有的是，明天我给你一个。人家说得这么明确，哪能让人家栽面儿呢？于是他就没买。可这位中国老师等了几天也没见茶杯的影儿，只好又提去买茶杯。韩国同事还是那几句话，中国老师觉得如果硬去买了，那是不给人面子，所以又耐心等着。如此反复数次，中国老师终于忍无可忍了，再也不提这事，悄悄地去买了几个茶杯。而韩国同事也从不说起这事。

43．中国人要面子，韩国人也要面子。中国人要的是别人的面子，韩国人要的是自己的面子。

44．一个韩国朋友说：韩国的男人赖，女人贱。我很吃惊，我说这是少数吧，他说最少也有三分之一。

45．夜雨寄西：君问归期未有期，汉城夜雨满花溪。何当共饮青梅酒，却话汉城夜雨时。

46．微笑是金，沉默是恩，感动是惠，流泪是真。

47．韩国语能够发出的声音甚少，比如"芮乃伟"的名字在韩国电视上被拼写成6个韩国字，读起来是"路易、乃伊、唯一"。

48．我最尊敬的韩国人是汉城大学的金时俊教授，大多见过他的中国人都跟我有同感。他的身上才体现出真正的儒者风范。在他的退休典礼上，我赠一诗《贺金时俊教授光荣退休》："金风呼罢望春风，时彦满堂绿意浓。俊笔豪情传四海，寿如泰岳万年松。"

49．韩国最著名的高中——京畿高中的校训是："自由人，文化人，平和人"。其实，韩国人最缺乏的正是这三点，第一不自由，第二没文化，第三最暴躁。

50．韩国人对外族人敌意很深，这其实是饱受侵略奴役所造成的。

如果你真诚地跟韩国人交了朋友，他们把你当成自己人了，那时你会发现，韩国人是特别热情好客、特别慷慨爽快的。

（以上散记多写于客居韩国之第一年，了解韩国尚不太深，故批评讽刺居多也。）

附：丁启阵文章二篇

韩国的阿主妈

　　韩国名产，食物有"金齐"（泡菜），补品有"高丽参"，人群则有"阿主妈"。何谓"阿主妈"？两人相对而行，只有你让她路，她绝不让你路，你让得慢了，她还瞪你一眼，她是阿主妈；人海之中，划艇般奋勇直前，踩了人脚也不道歉，她是阿主妈；地铁车厢里，众人皆坐，只站着二人，空出一座位，她当仁不让一屁股坐下，金大中总统仍然站着，她是阿主妈；成群结队游名山大川，喧声哗语说家长里短，她们是阿主妈；打折商品柜台、价廉物美市场，她们身后，只留下空白一片（东西都叫她们买光了），她们是阿主妈……简而言之一句话：结了婚有了孩子的韩国普通妇女，就是阿主妈。据说，即使你是第一次到韩国，也能在一二百米开外一眼认出一个女人是阿主妈——短而弯曲的烫头发是阿主妈特有的发型。

韩国女人不是天生如此的。看着学校里、大街上那些女孩子，无不一副低眉敛目、性情柔顺的模样；聚会场所，她们基本是和声细语，实在忍俊不禁了，也是"掩口葫芦而笑"；筵宴之上，更是彬彬有礼，跪着先给尊长或异性摆箸安盏、斟酒布菜，饮酒之时，必侧身、以袖掩杯掩口，轻扬脖颈间，空了酒盅；不难想象，洞房花烛之后，闺房之内，必有一番"妆罢低眉问夫婿，画眉深浅入时无"情景。回头看如今我同胞姊妹：行路，则昂视阔步，目光如电；聚会，则嚣声掀屋，盆嘴大开；饭桌，则袖手旁观，喝酒如空瓶注水；居家，则赖床不起，粗服乱头。身为中国须眉，看过韩国情形，不免产生一点"礼失而求诸野"的想法，希望同胞姊妹也学一点韩国女孩子的言行举止。

女孩子如此，结婚后如彼，韩国女孩终于变成了阿主妈。我以为，责任主要应归韩国男性。韩国男性是典型的"从奴隶到将军"，恋爱时也曾苦苦追求，一再献花、献殷勤；结婚后，便自以为人五（物）人六，视与同事朋友吃喝玩乐为正业，置妻儿老小、家庭事务于脑后。潇洒如安乐帝王、甩手掌柜，每月薪水，留足自己用的，剩下的往妻子手里一交，百事不管，万事大吉。而为妻子者，接过那一沓臭钱之后，从此须日理万机。水费电费房费医药费子女教育费事事费心，买吃的买喝的买穿的买用的买了一肚子气，腌泡菜煮饭炖汤洗衣服擦地板接孩子送孩子累得腰酸背疼。劳形复劳神，千忧加百虑。在脑细胞的生生死死、方生方死之间，任是怎样纯情柔情风情的女孩子，也不能不变成了"阿主妈"。呜呼！我岂愿做阿主妈？我不得已也！——我仿佛听见了韩国女性心底的叹息。

听说韩国的阿主妈们已经意识到自身形象的口碑不佳，她们正准备发起一场旨在改变自我形象的运动。

让我们拭目以待吧。

韩国人的良好感觉

胜骄败馁，乃人之常情，国之常情。胜不骄败不馁，谈何容易！

我是 1998 年 9 月来到韩国的，时为亚洲金融危机发生的第二年，韩国经济正在困难之中。到了 1999 年底，虽然已有大幅度的复苏，但跟危机之前的鼎盛时期相比，仍有一定差距。我在韩国的这一年多里，曾多次听到韩国朋友发慨叹："韩国完了！"

正如我不同意这种悲观看法一样，我也不同意他们在危机发生前那种过于良好的感觉。自从 1962 年开始第一个五年经济发展计划以来的 30 余年时间里，韩国经济取得了高速增长的成就，被誉为"汉江经济奇迹"。随着经济的发展，人们的感觉也良好。1998 年的汉城奥运会和 1993 年的大田世博会，更是如同两支助推火箭，把韩国人的良好感觉送上了巅峰。在金融危机爆发前的一段时间里，许多人的言谈中就毫不掩饰地表达了他们特别好的感觉。例如，说到他们的文字，朝鲜王朝世宗时期（1397～1450）创制的"训民正音"，现在通称为"Han-gul"的字母，他们就认为那是世界上"独一无二的、伟大的、正确的文字"。有篇文章，干脆就以"韩文，世界第一流的文字"为题目。有人甚至主张将韩文输出到别国目前尚无文字的民族地区。说到衣服，就有人认为韩服是世界上最美丽最合理的衣服，主张让全世界人都穿上他们的民族服装。说到吃，他们就认为韩国泡菜已经成为全世界最重要的副食品，是天底下第一等的美味佳肴。我曾在韩国最大的故宫景福宫亲耳听到一个韩国导游这样跟游客说：十字军为什么要东征？就是因为他们听说我们的景福宫里藏着财宝！即使是曾经留学外国的知识分子，也普遍地有了这种良好的感觉。据说韩国的知识分子中间，最能让他们提气最具有号召力的一句口号就是："诸位，让我们成为世界的榜样，让历史记住我们！"

不用说，在冷眼旁观者看来，韩国人的这些良好感觉未免有些"忘乎所以"，经不起推敲。当然，联系历史，也是可以理解的：一个曾经饱受异族蹂躏、饱受穷困之苦的民族，一旦富裕起来，产生一些扬眉吐气的想法是正常的。但是，史鉴洞明，稍有成绩就将尾巴翘到天上去，那绝不是民族、国家的福祉。

敝乡有谚曰：隔壁有样，不用上账。这些年，因为改革开放，有些人先富了起来，于是就有醺醺然、飘飘然的人，不知是出于"媚俗"还是确实自己"心想"，著书主张"可以说不"云云。

我以为，就目前形势而言，特别好的感觉，韩国不该有，中国不该有，整个亚洲都不该有。

（作者是我朋友，北京外国语大学教授，在感受韩国文化方面与我心有戚戚焉。）

韩国日记(二)

(第二学期)

2000年9月3日星期日　农历庚辰年八月初六

两个多月没写日记。昨天送走了王伟华。给妈打了电话。赶到新村随朴恩京夫妇去大田见洪淳孝。他们送我回来已经半夜。今天下午写了《真龙藏不住》，是昨天李政勋电话约的稿。今晚陈子平电话，说钱理群被北大劝退。不大可能吧。北大若糊涂到这个地步，北大也就不存在了。中午和晚上都吃的面条。田炳锡电话约23日参加他们的学会。李英姬电话说已经回到釜山，下次再来办理李扬的汇兑。打不起精神。但是一定要打起。夜正长，路也正长。

23：08：43

2000 年 9 月 22 日星期五　　农历庚辰年八月廿五

今天是我 36 周岁生日。几个月没写日记了。这几年一直很颓废，其关键的原因难道是生活失去了意义吗？不满足于为自己一个人生物性地活着，但又只能如此，因此假装苦闷，日记也懒得写，该做的事堆积如山。

昨天下午又被接到梨花大学的国际馆，参加他们录取新生的出题工作。为了保密，十几个人都住在四层，封锁一切联络。我今天下午通知了吕大钧，又与田炳锡约定明早联系。因为明天要去天安参加他们一个现代文学的发表会。

这两天没什么工作。我帮助李钟振、申夏闰改正了汉语试题。我另外又给他们出了三道题，留着他们以后用。这里还有一些洋教授。我没告诉别人我过生日。36 岁的生日就这样在异国的一个封闭的楼层里，在一群外国人中间，无声地过去了。晚上韩国人唱歌，竟唱的是生日歌，我默默地听，权当是他们祝寿。但真正祝寿的是中国奥运会代表团。这两天一直看电视。今晚中国队金牌已达 14 枚，仅次于美国。这也算是生日礼物了。

昨夜思虑家事，睡不着。起来读鲁迅书信数十封，颇有收获。

上帝，给我力量！

23：38：00于国际馆412室

2000 年 9 月 29 日星期五　　农历庚辰年九月初二

昨夜凌晨才睡，今天中午起。未吃午饭去上课。口语课后半讲课外东西。课后交代助教关于暖气事。行政给我 5 万元，大概是上次录音的钱。朴恩京电话说今天来不了。上网。晚饭去食堂吃，剩余两张饭票买了点心。直接去鲜京，讲了解放战争的事。出来接到李政勋电话，说与张颐武喝酒。便赶到梨大后门，白元淡，田炳锡，申正浩都在。聊到 11 点，分手。张颐武今天显得气色很好。回来看看电视，中国金牌已经 26，可能居次席，

112

也好也不好。今天决定以后不再游戏。阿门!

24：59：00

2000 年 10 月 1 日星期日　农历庚辰年九月初四

　　昨天写了一点文章。今天中午起床。下午去参加大使馆组织的联谊会,居然去了 400 多人。乱得很,胡乱吃些就回来了。常丹阳忘记给我带照片了。中国金牌还是未能超过俄罗斯,这样好,免得西方又掀起中国威胁论。昨晚张剑福电话问候。夜里梦见与父母争吵。家庭争吵的阴影伴我终生。毛主席万岁!

24：23：26

2000 年 10 月 3 日星期二　农历庚辰年九月初六

　　今天是韩国的什么"开天节",即国庆节,又放假一天。写了几百个字,一天就又在颓废中混过去了。脑子里经常有许多构想和幻想,但都如电光泡影。昨晚教吕大钧李白的《静夜思》,中午在家庭馆吃饭。谁给我们安排下幸福的生活!

24：52：43

2000 年 10 月 4 日星期三　农历庚辰年九月初七

　　昨夜写了几千字,总算干了些正经事。凌晨煮了面条吃,发现暖气可以凑合用,但是白天就要来换,所以又关上了。将近 7 点睡下,9 点来了电话,李知熙说后勤马上来换暖气。他们来弄了一上午,后来李知熙也来为我说明用法。我便含困整理东西。下午睡了 3 个小时。晚上为吕大钧和金润田讲李商隐的《无题》,这是最后一次去,下星期改到光化门附近。归途直接去新村买面包之类,又到梨大上网,11 点多回来。晚上李娟电话说他们忠南大学想请我讲座。现在暖气和热水都很好。唐老鸭万岁!

26：49：03

113

2000年10月6日星期五　农历庚辰年九月初九

昨夜写完了《张恨水与金庸》，凌晨煮了方便面吃，然后睡了约3个小时。中午去国际馆吃饭，李海英卖给我饭票6张。下午课后金恩惠送我一瓶饮料。把文章发给华。朴恩京迟到半小时，我已经在归途，她开车赶上来，共来我处谈冰心。晚上吃的面条。明天要去平泽市，后天回来。上帝保佑！

22：41：44

2000年10月8日星期日　农历庚辰年九月十一

昨天中午起床，下午2点赶到江南站，与李钟振和大学教育院的研究生们出发。一个多小时到达平泽市的舞凤山青少年修炼院。小憩后共去附近的万吉寺，有禅宗味道。其寻牛堂楹柱上写"昨夜月满楼，窗外芦花秋，佛祖丧身命……"此三句甚佳，可惜第四句竟然是"流水过槁来"，大煞风景，估计是和尚抄错了。一小狗随我们前往，然被寺内两条大白狗咬回。晚饭后6点开始发表论文，毛海燕和梁菲、沈小喜迟到。我则看《圣经》。持续到11点多，李钟振让我中间和最后发言各一次。然后在隔壁饮酒唱歌，我唱了李叔同的《送别》和王洛宾的《在那遥远的地方》。李钟振让我把前者写下来，教她们唱。吴晓东去年教过她们了。夜2点睡，与李钟振在108室。

今晨起来散步，又同众人爬了舞凤山。毛海燕等大概昨夜就离去了。早饭后上车。李钟振有意让我再留一年。12点到家。小憩后去新村站，见有人游行。3点成谨济和任佑卿到，共乘巴士去中央大学看"反对新自由主义和全球化"音乐会。先吃紫菜包饭和水饺，近5点到运动场。但6点多才开演。先是锣鼓表演。后面的革命摇滚的确感人。韩国的革命比中国更悲壮和伤惨。一些工会领导的演唱更有味道。10点多才结束。去吃夜宵"塔干儿比"，然后分手。我与成谨济同路归。下周的日程已经又排满了。马克思保佑！

25：06：08

2000年10月11日星期三 农历庚辰年九月十四

现在是凌晨近3点。一直玩电脑逃避生活。这两天心里很乱。今晚打电话给家里，一直没有人接。打到民大问，后来又请吴晓东去告诉家里，果然是电话没有放好，这才放心。打通后华说有点拉肚子。半夜打开带来的德州扒鸡吃了些。周一李海英为我去办手机手续未果，017要与011合并什么的。今天下午鲁贞银请我喝咖啡，送我一本她编的路翎集子，请教了我关于《闭户读书论》的问题。晚上摩罗电邮关于声援余杰签名，我签了。这等事必须旗帜鲜明。中午辛承姬说她与我同教07班的基本中国语，说07班的学生非常喜欢我。昨晚去了鲜京的新地方，与吕和朴谈了半小时。

国事，家事，心头乱得很。鲁迅36岁时是不是也很乱？

欠债太多。干脆不还！

03：06：26

2000年10月12日星期四 农历庚辰年九月十五

现在是凌晨4点多，刚刚写完《喜战李昌镐》，是黎静催稿很紧。下午去学校，毛海燕帮我汇了1万美元回国。发电邮给华。晚上去鲜京讲王维的《渭城曲》。李政勋电话问文章的乱码处。归途买了大米和洋葱。鲁班保佑！

04：14：39

2000年10月13日星期五 农历庚辰年九月十六

睡到下午2点多才起。写了《在韩国看奥运》，煮了方便面就面包吃。然后去新村。路上李政勋电话说诺贝尔文学奖颁奖的事，请我写文章，明天一早文化日报要用，他要连夜翻译。这时是晚上8点多。我赶紧去新村超市买了食品，然后去学馆408。打开中文网站，还没有任何消息。到10点左右，搜狐网站才有报道。原来是北京时间19：00颁布的。

我胡乱找了点材料先给记者用，然后写了文章。中间陈子平打电话来说没想到。写完发给李政勋，已经是 12 点。师傅两次来催我离开。李政勋又说是乱码。我又拷贝了软盘准备用。离开学馆，李政勋说解决了。我可真忙。

诺贝尔保佑！

00：41：51

2000 年 10 月 16 日星期一　农历庚辰年九月十九

周六自己乘车去汉大开会。下午我发表论文，效果颇好。上午安玉姬讲汉语的节奏时，我提了问。周五晚将手机交李海英去办手续。周六打电话给她，还没办好。晚上喝酒到半夜才归。全炯俊说看了我在文化日报的文章，观点与我相同。当天的中国老师还有戴耀晶。其他熟人还有任佑卿，洪昔杓等。洪昔杓送我他翻译的洪子诚的中国新诗史。还认识了一位在汉大读博士的韩军大校李丙镐，他说喜欢中国将军。还有申夏闰的丈夫李昌淑。

周五下午朴恩京没有来，因为她没写完这一部分。金恩惠课后请我喝咖啡。我请她吃晚饭于宿舍食堂，她企图劝我信教，我反给她讲《圣经》。她又陪我回来拿东西，然后我去鲜京，她回学校。晚上讲的王翰的《凉州词》。

今天一早去新村地铁与金椿姬、梁菲会合，共去京畿高中监考。下地铁后吃了烤面包。又打的到达。这次发现该中学设备很破旧，布置也远不如一般中国高中。监考时副监考不会中文。学生颇不守规矩，我训斥之。中午吃盒饭，李钟振嘱咐我讲现当代文学之变化于 11 月。吴兆璐带我坐 7 号地铁归。归来睡一觉。晚上去学馆上网，7 点半去李海英处取了手机。打电话给华，又互发电邮。德国之事恐怕难说了。11 点回来，做米饭，炒猪肉白菜，颇香。

神农保佑！

00：49：52

2000 年 10 月 19 日星期四　农历庚辰年九月廿二

昨晚去鲜京讲口语，吕大钧说朱银庆告诉他，考试时的录音是我的声音。那是周一中午，我和崔丽红去录的。鲁贞银还找我来着，没找到。下午，她帮我打印了在文化日报上的文章，我周二晚上的课上，发给学生，下次用。周一华告诉我，德国的会议取消了。这样我 11 月的事情就可以随意安排了。昨天行政安排的会餐我没有去，因为没什么意思。昨晚一个教育院的研究生打电话问我问题。仁川附近的一所大学请我 11 月 2 日去讲 90 年代中国文化。周二的口语课上教学生唱《甜蜜蜜》。课后金恩惠约我周日去汝矣岛教会。周二在电脑上看到关于我的评论，看到批评的文章全是胡乱骂人，好像"文革"的坏风气又回来了，大字报漫天飞。道德水准之低说明启蒙效果之差。有一篇陶东风的文章不错，他批评了这种现象。这两天什么也没做，今天只写了一份提纲。又混过去了。真是"匹马西风听大潮"。

孔丘保佑！

22：18：03

2000 年 10 月 22 日星期日　农历庚辰年九月廿五

昨天下午去鲜京，只吕大钧一人，讲了王翰的《凉州词》。周五下午监考，然后辅导朴恩京，又到 408 帮她查看北大留学办法。她回去取书，晚上又给我送去。我一直上网。昨晚打电话给家里，与阿蛮谈了一会。今天与金恩惠去了汝矣岛的纯福音教堂，这是世界上最大的教堂，感受颇多。然后去吃比萨饼。下午直接回到 408，金贞淑和伊娜在，带她们来我寓所参观，坐顷，去。晚上田炳锡电话，问行健。我为朴恩京查看冰心文集，关于语言问题。文章该写，可是总提不起精神。昨夜写了个《韩国的海》。

南无阿弥陀佛！

23：41：17

117

2000年10月28日星期六　农历庚辰年十月初二晴

韩国的秋天是很漂亮的。树叶五彩缤纷。今天上午是梨大教师运动会，我没有去。昨天晚上与梁菲、金椿姬还有梁菲的同屋及其男朋友共去江南艺术殿堂听美国黑鸟室内乐队的音乐会。听了一半出来，去吃明洞饺子，那儿的饺子和面条有点中国味道，还不错。下午口语课前给学生听中国歌曲磁带。金椿姬告诉我说28日被定为男人节。周三25日最后一次去鲜京，只有吕大钧一人，给他讲"文革"。下午去交了电费，又洗了衣服。晚上打电话给温儒敏，去香港了，1号回来。周一吕大钧告诉我，他们都没有时间，那就下个月停止。本周考试，我的口试方式很受学生欢迎。李告诉我，在网上查询"孔庆东"，有一千多条。近日读路翎批评文集，感受很多。昨天前天有点头疼，主要是睡得晚而且少。要加强修养，计划与自由结合。旷新年的机票之事问了朴宰雨，解决了。顺便也通知了陈思和。近日买了柿子和苹果等。

南无阿弥陀佛！

15：02：36

2000年11月2日星期四　农历庚辰年十月初七

今天下午去加图里大学讲90年代文化。效果很好。晚上回梨大给温儒敏打电话，说梨大要留我之事。昨天与任佑卿去圣公会大学，白元淡带我们参观了他们的鉴史馆。很受教育。周一周二请金恩惠帮助存款。又请她代写字条放在门口，请不要送《东亚日报》了。周一晚课后与金恩惠和李尚恩去了教保书店。今天上午批作业；朴恩京电话说周六不能陪我去大田了。周日写了一点老舍的文章。

真主保佑！

23：43：19

2000 年 11 月 5 日星期日　农历庚辰年十月初十

周五课后与金恩惠和李尚恩去看《JSA》，我买票请她们，电影很感人，也很有水平。周六自己坐火车去大田，只有慢车"无穷花号"，后半程我就没有座位了。10：15 开车，12：14 到，朴永钟和张洪波接我。张是乐黛云的学生，现在北外工作。又接上北外的丁安琪和小刘（哈尔滨人），共去李娟处，又去食堂吃了午饭。回李娟研究室小憩。然后去拜访院长洪淳孝。2：30 开会。台湾长大的甘瑞瑗先讲中韩词汇比较，我提了几个问题难住了她。李廷吉讲的胡适，观点太旧，老生常谈，完全没有价值，我只在下面指教了他一点。又一个女的讲汉语教学。最后我讲 90 年代，效果很好。晚上喝酒很多，洪淳孝过量了，说他大学时与中国东北小姐做爱。半夜我被助教崔送往旅馆，4 万。泡澡后沉睡至白天。早上忠南大学中文系主任金明学来带我去儒城饭店吃自助餐。然后先买了下午 2：00 的巴士票，再去鸡龙山的甲寺。中午回忠南找上李娟和张洪波，共去吃海鲜面。然后分手。直接回梨大上网，半夜归来。

南无阿弥陀佛！

23：37：43

2000 年 11 月 12 日星期日　农历庚辰年十月十七

9 日上午与李政勋飞抵釜山，到新罗大学沈亨哲处。送他《空山疯语》。午饭后去拜见人文科学所的这次会议的主办人。会议名字是东亚细亚文化的回顾与展望。三个人发表论文，一个韩国女的，姓宋。我是第二个，最后是日本惠泉女学的森田进，他讲大江健三郎。听众主要是学生。该校以前是女子大学，所以还是女生多。李政勋做我的翻译，沈亨哲仍然做讨论者，有三个学生提问。会后主办人给我 40 万，我给李政勋 10 万，因为路费是他出的钱。晚上去吃生鱼片。之后与李、沈去仁济大学找李珠鲁，原来他就是金垠希的丈夫。他们住在全州。去看了沈亨哲的药店，每人喝了一瓶营养液。我给毛海燕打电话，请她次日代

119

我通知基本中国语停讲。接到任佑卿电话，请我19日去讲座并爬山。到松岛喝酒到后半夜，沈回家，我们三人住在松岛饭店。

10日9：30起，做香功。沈亨哲来，载我们去影岛的海洋大学。半途李珠鲁下车先离去。到海洋大学，金泰万已经等在门口。到他研究室喝茶，是峨眉山的。然后去吃海鲜汤。饭后去太宗台看海，很漂亮。回海洋大学，与金泰万分手。我们三人又去庆尚南道的通度寺。这是韩国三大名寺之一，保存有佛祖舍利子。占地很大。又去瞻仰了"金蟾"，沈亨哲说他来过许多次都没看到，而我一下子就看到了。他们都说我好福气。晚上回釜山到松亭"宁边"吃生鱼片，然后到韩国八大美景之一的海云台临海喝啤酒。沈亨哲的孩子因肠炎住院了，我和李政勋连夜告辞，乘夜里10：00的火车回汉城，11日的03：00到达。李政勋要给我多余的路费，我说算了，朋友之间不要算账。汉城很冷，李政勋有点受不了。回来睡到下午。晚上去新村买食品，又到梨大上网，知道王晓燕通过吕鲁波告诉我她在日本的电话。回来打给她。知道她在读什么比较教育学，很累。仍是后半夜睡。今天中午起床，就写了日记。

6日中午李海英给我饭票。下午课后金恩惠送我《荒漠甘泉》。7日晚上大学教育院的郑英珠请我吃饭，去了"名家"。晚上课间金明恩问我一个大会的欢迎辞的事。8日没课。

毛主席万岁！

13：41：17

2000年11月18日星期六　农历庚辰年十月廿三

今晚打电话给温儒敏老师，他说跟张剑福老师商量可能要我延长一年。我打电话给李钟振，告诉他这个可能。沈小喜电话问论文评阅和我最后一次论文的情况。昨天课后仍然给朴恩京讲冰心。口语课上教学生唱《山不转水转》。韩国学生颇喜欢那英。我告诉她们那英是满族。周三周四整理电脑。

谢天谢地！

23：31：09

2000 年 11 月 19 日星期日　农历庚辰年十月廿四

昨夜又是晚睡。早上连续改了几次闹钟。9 点多起，乘 3 路到延世大学讲金庸。听众是柳中夏和十几个研究生，任佑卿翻译。讲得非常成功，他们都被激烈地打动了，这次讲座必会对韩国以后的金庸研究产生重大的影响。柳中夏、成谨济等都表示一定要读金庸。然后去爬北汉山。路过青瓦台。在山下先吃午饭。成谨济给我换了爬山的鞋。到达辅国门、大城门。山上景色很好。下山时李宝璟有点吃不消了。晚饭时喝"东东酒"。又去北岳山八角亭看汉城夜景。然后到新村喝啤酒。柳中夏一直与我谈东亚问题。李宝璟喝醉了，哭了。给温儒敏打电话，没有人。外面下雨了。分手。柳中夏打的送我回来。再给温儒敏打电话，告诉我决定让我延长。手头还有许多事没有做，要努力了。

真主保佑！

24：11：44

2000 年 11 月 25 日星期六　农历庚辰年十月三十

周一 20 班课上，因为两个学生实在太笨，学过的东西一点不会，我把她们赶出去了。周二张剑福电话告诉我基本决定让我延长，晚上打电话给李钟振。周三下午找他签字给北大发了传真。周四李英姬委托李忠民来帮我给李扬汇兑，麻烦甚多，韩国银行生怕外汇外流，千方百计阻挠。周五下午又找毛海燕和金恩惠同去，直到 5 点才办完。请金恩惠吃了晚饭。课间常丹阳给我送来了相片，我不在。晚上是学生搞的中文人之夜活动。我朗诵的苏轼《明月几时有》使晚会达到高潮。申夏闰说太棒了，学生说像演员一样，她们都是第一次听到这样朗诵宋词。会后同去正门外的中华料理吃炸酱面。10 点多结束。我去学馆上网。张剑福电话，说收到传真，又问我李娟电话，因为黄卉和杨荣祥都在那里。

121

我过了一会也给他们打了电话。回来后接到毛嘉电话。田炳锡电话约明天见面，李海英电话约周一见面。旷新年催稿。要做一个大战略家，不要胡子眉毛一把抓。又是后半夜了。

消灭法西斯！

00：27：45

2000 年 12 月 3 日星期日　农历庚辰年十一月初八

今天下午朴恩京一家和我去了 63 大厦，看了展望台、立体电影和水族馆。金贞淑老师曾说这个水族馆是亚洲最大的，我说肯定不是。今天看了果然不是，比北京和新加坡的都差。晚饭在"主·信·情"吃的烤肉。不到 8 点送我回来，接到上次遇见的一个女生的电话，好像名字叫罗恩姬。下午见面前给张剑福老师发了电邮，汇报昨天签字之事。

昨天上午去本馆，外国教师签字。他们给我的工资表我说不对。他们说这是为了税务方面，请我帮忙，其实还和今年一样。我就签字了。回来头疼，今天睡到 13 点。

周日田炳锡给我带了赖声川的剧本《暗恋桃花源》和《红色的天空》。匆匆午饭后他还要去原州。周一给黄炫国老师打电话谢谢。忘了给李海英带电话费。吃午饭时遇见郝刚和谢尔盖。周二给了李海英钱。通知口试时是沈应纪和赵允敬给我翻译的。周二高丽大学的金明石来见我，送我他的博士论文，他是许志英的博士，研究鸳鸯蝴蝶派的。论文不错。周三洗了衣服。周五晚去新村购物。

我觑着这单刀会如赛村社。

22：44：09

2000 年 12 月 10 日星期日　农历庚辰年十一月十五

一个礼拜才来补写日记，我终于成了王清平了。

下午两点半起床。吃了昨天的剩下的饭菜。光州的朱鸿电话，说在网上看到了我的《传说与国民性》，大家都在传诵，都说写得痛快，而

122

在北京和天津的韩国留学生要向我抗议，说我污蔑了韩国。我自己又看了几遍文章，没有什么污蔑，而是太善意了。

前天和昨天都是彻夜写作，把老舍的文章写完了。这一周是口试，进行得很顺利。周五下午朴恩京和我一起去图书馆。然后她帮我买了些吃的，我就去上网。看到"生活在别处"。毛嘉电话，说遇到车祸，颈椎受伤，我心里担心，但故意挤对他，又跟他开了许多玩笑。本周还写了两篇杂文。行政室给了我新合同。这个月的煤气费特别高，6万多，而下个月可能10万多，不知道是不是有问题。周二吕承娟下午到408问我文字学和古代文化的问题，请我到对面的日式"东河"吃了晚饭。晚上是大学院最后一次课，崔僖真和赵恩嬉开车送我回来。

写着写着，天又黑了。仁厚黑暗的圣母啊！

17：22：39

2000年12月11日星期一　农历庚辰年十一月十六

今天中午起床，到梨大交了煤气费6万多。梁菲和张明莹又在408算命。我整理考试成绩。给旷新年发了两篇老舍的文章。给朴宰雨发了补充发言。给华发了信。李海英来拿我的教材复印。行政送来了一份什么证明。我去找助教，约定去办理继续居留证明。告诉了毛嘉账号。下午李钟振找我去，告诉我我的《传说与国民性》等文章引起抗议，我说这是侵犯我的人权。这是误会，我希望有机会解释一下。回到408写了《友好容易理解难》，发给《今晚报》和黎静、李政勋。又给李政勋打电话，请他帮助翻译。收到了朱鸿发来的地址，看到一个"太阳风"网站，真是荒唐。明天又是一天的事情。

今天风大天冷。抗严寒化冰雪我胸有朝阳！

23：24：47

2000年12月18日星期一　农历庚辰年十一月廿三

12号8：30到后门，朴恩京的丈夫去找我，共去梨大附小。参观了电脑室、图书馆等。朴恩京到后，带我去见了校长。然后去看他们大女儿所在的三年级演出，一般。然后去梨大。晚上炒菜时接到林春城电话，道歉说没有请我去木浦。他上次见面时说定 10 月请我去讲金庸的。我想没什么，谁都不能决定客观变化。

13 号 10：30 去中文系，沈应纪陪我去木洞办理延期。那人刁难我，先让我临到期再来，后又让我寒假不回国。我当时差点揍他。沈应纪多次给梨大打电话才解决，用了近两个小时。给林春城发电邮表示不必客气。这几天便与《今晚报》等联系，还有朱鸿想在寒假借我宿舍用。

14 号中午起，李政勋电话说全炯俊等请我晚上到汉大参加他们欢迎大陆学者的宴会。我先去中文系办事，然后给全炯俊打电话，他说请等一下，然后让李政勋接。傍晚自己找到汉大的湖岩会馆，藤井省三、朴宰雨、全炯俊等都在。等了一会，李政勋等接来吴福辉、朱珩青夫妇和旷新年。片刻，出去散步的陈思和也来了。朴宰雨主持。宴会后，送他们去房间。白元淡等又带我和旷新年去喝酒。然后任佑卿、成谨济等陪我和旷新年去南山，上了展望台。适逢雨夹雪，颇为美丽。半夜送我回来。

15 号 9：00 与任佑卿、成谨济等在新村地铁约齐，共去汉大开会。会前我将一首写在贺卡上的小诗赠给金时俊先生。被吴福辉老师看见，后来就要求我写给他，要在他致辞时用。会议阵容很强大。见到了诸多熟人。田炳锡说收到了我发给他的论文。安玉姬老师催我的稿子。韩秉坤说明年 4 月请我去他们顺天大学。白元淡也说要请我去讲课。休息时打电话给朴恩京，约定本周不辅导。接到学生电话要补考，我说 18 号中午。午饭后请刚从美国回来放假的李政炫送朱老师回去休息。下午台湾政治大学的陈芳明先生讲三部台湾文学史问题，中方主持者陈思和先生指出国民党统治台湾时期不能称为"再殖民"，韩国讨论者申正浩也指出陈芳明先生言行的矛盾。我也是这个态度。晚上金时俊宴请，轮我发言时我祝他"退而不休"，并与他干杯。第二番换到一家小酒馆喝啤酒，与林春城讨论金庸等。第三番又去喝马格力，李政勋向我讲了这次

124

《今晚报》事件，果然是有人故意进行了不负责任的翻译，我指出这是右派挑拨。我特别指出有问题可以讨论，不应该借助权力。这一点得到藤井省三、陈芳明、李政勋、申正浩、朴宰雨等的赞同。韩秉坤问我是不是根本就看不起韩国人。朴宰雨让我把补充发言作为22号的会议论文。夜里我住旷新年的房间。申正浩批评台湾背离民族国家。睡前我给旷新年介绍了韩国的若干情况。

16号早上出去吃早饭。吴福辉说不愿意吃昨天的"洋食"，想吃面条或"醒酒汤"。我说韩国人不吃"早点"，都在自家吃早饭。但还是带他们走到落星垈一带，结果确实一家饭馆也不开，只好返回会馆餐厅吃了牛肉汤。上午陈思和改为第一个发言，因为他要赶1点的飞机。我第二个发言时，李钟振来听了。金昭英也来了。李钟振告诉我金昭英考上研究生了。但是下午金昭英偷偷告诉我，她同时考上了延世大学的研究生，她要学中国现代文学，当然选择延世。但是她现在还没有告诉李钟振。我知道她喜欢现代文学是受了我影响，她是专门来听我的发言的。但我不好说什么，只能希望梨大今后发展现代文学吧。我的讨论者是洪昔杓。他还给我带来了上次去江陵时的照片。金银希说李钟振让她翻译我22号要发表的文章。我把金明石已经翻译好的给了她。下午是韩语发言，颇为沉闷。担任主持的朱老师热得头疼。晚上自助餐之前举行祝贺金时俊退休仪式。白永吉主持，朴宰雨、柳中夏发言。吴福辉代表外国学者致辞颇为精彩，他又拉出我上台献诗，从而使气氛达到高潮。申正浩翻译。吃饭时大家都说吴福辉老师和我给金时俊先生增添了光荣。饭后又去喝酒到后半夜。《创作与批评》的主编、仁荷大学的崔元直与我谈话。他的中国研究生小崔是民大毕业的。与李政勋等谈政治和国民性等，申正浩讲韩国统治者的狡猾阴险。旷新年喝酒不少。晚上仍住旷新年处。

17日早上9点多旷新年叫醒我。下去吴福辉老师的房间略坐。他们已经吃了早饭。接到金贞淑老师电话，问我知道不知道北方航空的电话。与旷新年去吃早饭，遇韩秉坤和沈亨哲，但是早饭时间已经过了。我和旷新年便去校园里散步照相。11点回房间略坐，任佑卿来，下去退房。

吴福辉老师已经被朴宰雨接走了。成谨济也来了。去一家小饭馆吃饭。遇见金河林等二人也在。店主是牡丹江来的。饭后去战争纪念馆，看了"啊，6·25"展览。旷新年的相机又出毛病。然后去昌德宫。旷新年照了不少相。又去明洞一带，恰遇韩国通信工会的浩大示威游行，我们追随着挤到明洞教堂门口。我说旷新年真福气，什么都遇上了，今天真是有意义的一天。然后去买《义兄弟》的票。晚饭去吃一种韩国叫"南克吉"的章鱼类的鱼，是旷新年跑到鱼缸前看，任佑卿和成谨济决定吃的。饭后去看戏。任佑卿哭了。有些细节比我看首场演出时改动了。看后又与导演金闵基到旁边的酒吧访谈。旷新年不爱提问，我只好多问以免冷场。然后他们送我回来。路上问旷新年关于《格瓦拉》的演出情况。整理一下就到了 18 号了。南无阿弥陀佛！

02：29：32

2000 年 12 月 18 日星期一　农历庚辰年十一月廿三

刚写上了日期，其实就已经是 19 号了。近午带上两个小饼去学校，想起"小饼干部"的笑话。先到银行交了电费 7 千多。去系里把护照给沈应纪，又给她 5 万元。把文章复制给沈小喜。到 408，给梁菲讲这几天的斗争。梁菲说李钟振也问过她此事。沙发上放着任祉炫和崔原实送的贺卡和领带。12 点两个学生来补考。下午送去了全部成绩。给钱理群老师打电话，问候他的病情，是"带状疱疹"。上帝保佑老钱！一边上网一边看老舍。给成谨济、任佑卿、李政勋发了赵无眠的《真假周恩来》。李海英电话说不能转到我的存折上，约明天给她本月电话费。收到朱鸿信，回复。看到小谁的结婚谣言。正要回来，旷新年和任佑卿电话约去吃饭。这时是 19 点多。赶到安国附近的一家"阿库积木"（蒸鱼），任佑卿到地铁站接我。旷新年则在饭馆内等。今天旷新年接受了采访，下午任佑卿陪他去了蚕室一带。晚饭后，我们三人去东大门，旷新年什么也没买。然后我建议去新村。他们今夜要去一山住在白元淡家。乘地铁，我到阿岘下车回来。洗了一堆衣物。

126

海龙王，下甘雨，清风细雨救良民！

24：19：25

2000 年 12 月 24 日星期日　农历庚辰年十一月廿九

11 点多起，起床前梦见伤感场面，所以撒尿时构思了一篇文章《郝该多好啊》，下午一气呵成。朴恩京打电话来，说等教堂事情结束后，与丈夫来送我。但不到 4 点就来了，我说太早，不用送了。把工作证借给了她借书用。然后就炒菜。一边吃晚饭一边写今年在韩国的最后一次日记。愿这两年的韩国生活对我的思想有大的帮助。

阿门！

17：23：39

2000 年 12 月 30 日星期六　农历庚辰年十二月初六

12 月 24 日与金椿姬同机回国。她弟弟到机场接她。我与华乘机场大巴到马甸，再打的回来。已经半夜。25 日仲昭川电话。26 日也没出门。27 日中午张剑福电话，请晚上去参加短训班聚会。下午便去系里，在哲学楼。与大家一起去资源楼会餐。然后去海淀体育场玩射箭、射弩、飞镖等。回来又近半夜。28 日下午去看钱理群老师。叶彤也在。送给钱理群老师一对韩国碗。钱理群说不应该继续在韩国一年，上当了。6 点多又骑车回来。在那里还跟范智红通了电话，她春节后生孩子。29 日上午去阿蛮的幼儿园参加他们的演出，家长挤得水泄不通。阿蛮的大二班有两个节目。阿蛮是第二个节目合唱的领唱之一。顺序排在第九。我给阿蛮照相后就回来。中午母亲去接他回来。下午我带母亲和阿蛮去参加中文系新年活动。在大门集合。车来后，又开到北大，原来是杨强忘了中关园的人。开到将近平谷的时候，遇到农民拦车。原来是警察不让农民进京告状，农民就不让北京的车通过。堵了 40 多分钟。绕道过去。到达平谷盘峰宾馆后，分配我们在 2217 房间。晚饭有牛腩、鹿肉等。后带母亲和阿蛮去游泳、桑拿浴、射箭、保龄球。半夜回房间，把床垫

127

放到中间给阿蛮睡。邵永海电话叫打牌。上去到309,与邵永海、陈保亚、傅刚、陈连山和后叫来的王枫打到3点半。双方都打到10。回房间睡了几个小时。30日早饭后去看平谷的"天下第一古洞"。出来帮温儒敏老师买了两个"文革"陶瓷笔筒,和阿蛮玩摔炮。回宾馆吃午饭,自助餐,有狍子肉、乌鸡、驴肉等。任秀玲老师的女儿李瑶说在日本看到我文章,说她们同学要见我。下午回来,华已经在,她是上午回来的,她们学校也是29日出去活动了。下午便睡了一会。晚上给母亲过生日,华买了蛋糕,阿蛮唱了歌。母亲很高兴。晚上整理东西。这几天收发电邮不大方便。一回来就遇到石益民的困难,我让华安慰她,并且25日与她通了电话。明天要去民大。上帝保佑吧!

22:17:35

2001年1月16日星期三　农历庚辰年十二月廿三

12月31日全家去了民大。1月4日下午去系里。晚上看见一人眼角被烫了小疤痕,车号是918。拿回一些电影光盘。5日李今带我去帮助严家炎老师搬家,下午与严家炎老师一起去系里开党员会,选举新的中文系党委。11人中选9人。恰好没有出席的张剑福、曹一兵落选。投票之前段宝林发言提意见。李小凡书记事前告诉我,我在预选中得票最高,但因为在国外,所以不能做候选人。我想,给党减少了麻烦真好。会后赶到青艺小剧场去看《屋外有花园》,非常好。6日仍是跟李今去帮助严家炎老师整理书籍,下午回来。这天开始下雪。7日姚献民到吴晓东家,我和他们一起出去吃了午饭。下午回到吴晓东家,与姚献民下了两盘围棋,皆大胜。聊天到晚上,又在吴晓东家吃了简单的晚饭。然后打牌,我与姚献民大胜吴晓东和陈晓兰夫妇。看来他们的两仪剑法还要练。我送走姚献民,回来给叶彤打电话,说下雪了,吴晓东和我想过几天再去看《霸王别姬》。8日中午看了中央电视台的《朋友》栏目,主题是道歉,不错。10日晚与吴晓东去人艺小剧场看莫言编剧的《霸王别姬》,很差。11日上午去青艺座谈《屋外有花园》,下午逛王府井,买书,更

128

换了快译通的电池。这些天朱鸿有电信往来，我说过去就过去了。从严家炎老师处要了十多本他多余的书，这些天浏览完了。光盘只看了一部，光驱就坏了。14 日送去修理，不能修。15 日上午取回。14 日晚上又看了《朋友》，中心朋友是郑海霞。15 日下午送母亲回哈尔滨，是华托人买到的 17 次特快。我叮嘱了关于小昆和立新的事。回来看"流金岁月"《潜网》。然后三人用"手心手背"决定睡觉房间。结果我与阿蛮睡这屋。阿蛮学会说"手心手背，狼心狗肺，日本投降，中国万岁"。他《三字经》、《百家姓》已经都会背诵。陈平原让我去开"十五"规划会，14 号来坐了会儿。今天上午卢永磷老师通知明天下午开会。我就呼了叶彤，说明天上午可以去开《霸王别姬》的座谈会。旷新年父亲去世了，他回乡了一趟，石益民带着孩子很艰难。刘为民、贺雄飞、摩罗等都来过电话。大姨家的春红今年高三了，想考北广的播音系，她爸小智哥和她自己在电话上求我给找关系。可是我不认识播音系的人。回来已经 20 多天了，心情不大好。其实也无所谓好不好。阿弥陀佛吧。一会想去剃个头。

14：47：23

129

画画美眉

韩剧中的女影星大都令人产生『惊艳』之感。哇！韩国女人真让人吐血耶！其实不然。而那些『假欧罗巴』式的美女，用咱们东北话说，是『咋整』出来的呢？告诉你，咋整？拿刀子硬整呗！

坐飞机上课的学生

　　中国人见多识广，对于优越感颇强的韩国人往往不以为然。但是有一点是中国人必须承认的，那就是韩国对于教育的重视要明显高于中国。这不仅表现在政府的措施上，更体现在普通人的意识里。

　　我今年被北京大学派到汉城的梨花女子大学的中文系任教，有一门研究生的课程是"中国现代小说研究"。课上有一名学生，从一开始就让我觉得有点与众不同。她长得娇小玲珑，眉目秀气而又灵动，体态清瘦而有风韵。她常常与别的学生一样欢声笑语，甚至还更多几分活泼，但是她的一举一动中都显露出一种成熟的优雅，一种自然的细腻和一种已经成为习惯的教养。所以虽然她的肌肤比别人更年轻，而我却断定，她一定比别的学生要年长。

　　我的猜想没有错。有一天，她告诉我，她的家不在汉城，她的家在光州，她是每星期坐飞机来上课的。原来，她已经在梨花女大本科毕业许多年了。她用她学到的中文，在社会上做了许多工作。现在，她和姐姐一起，在光州开办了一所中文学院，她自己又当院长，又当教师，管理和教学一把抓。在繁重的工作中，她越来越感到需要充实知识，需要提高层次。于是，她又一次踏进母校的大门，为自己的未来"充电"。

在中国，如今也有不少事业有成者重返校园。但那多数是"镀金"。有的是为了升迁，有的是闲得无聊，有的是领导统一布置，单位统一出钱。而像这样完全出于自己的觉悟，完全为了求知而走进校园"重吃二遍苦，再遭二茬罪"的人，不能说没有，但实在是少而又少的。何况她又是完全掏自己的腰包，每星期一次"从天而降"呢？

"你为什么不坐火车或者开车来呢？"我这样问她。

"坐车需要4个多小时，飞机只要1个小时。"她认真地答道，"我把课程都集中安排在这两天，这半个星期专心学习，回去半个星期专心工作。"

"那你岂不是太累了？什么时候休息呢？"

"我过一阵去加拿大两个星期，专心休息。"专心学习，专心工作，专心休息。这，就是她显得成熟而优雅的秘密。我本来想问她如何保持年轻的，但既然了解了她的总体生活态度，那些小事不问也可想而知了，无非是"专心保养"啦。

不久前，我和其他一批老师，坐了4个小时的火车，到光州参加韩国中文界的一个国际学术大会。一下火车，早已等候在那里的她就请我们去著名的"东山饭店"吃烤肉。那个饭店除了肉味鲜美之外，另有一项招徕顾客的绝活：年轻的仆役为客人拌饭时，上下飞舞着钢匙，把不锈钢的饭碗敲得叮咚乱响，吓得姑娘们一个个"掩耳听铃"。作为光州当地人的她，也兴奋得满面春风。我说："如果我在北大下岗了，就到你的学院工作吧，你只要每星期请我来这里吃烤肉就行了。"她星眸闪动地连说："没问题，行，行。"

参观光州5·18墓地的时候，我问她那一年多大。她说小学6年级。她的眼睛里一下子没有了活泼，没有了灵动。我没有再多问。我心里想，在当年那隆隆的坦克碾过的大街上，在曾经血肉横飞的广场上，如今成长起这样一位成熟的女性，她每周坐着飞机去学习中国文学。她从我这里学习鲁迅、老舍、沈从文，从别的老师那里学习李白、杜甫、白居易，然而我们应该从她那里学习一点什么呢？

从光州回到汉城，我们坐高速巴士，仍然用了4个多小时。在车上，我对朋友说，世界各国有坐飞机去吃饭的，有坐飞机去赌博的，有坐飞机去嫖娼的，但是对于教育，有些人不要说飞机，连坐车都拿不出钱或者不肯拿钱。张艺谋的电影《一个都不能少》中，代课老师要去找学生，不就连一张车票也买不起吗？

坐飞机去上课，不是一种派头，不是一种炫耀，而是一种精神。有了这种精神，走路也能搞好教育。

这位坐飞机来上课的学生，名字叫吕承娟。她用一副娟秀的身躯，承担起了一种值得仰视的精神。

（为纪念毛泽东关于教育的"五七指示"，写于5月7日凌晨。发表于中韩多家报刊网站。）

不漂亮的女生

　　我自认为是个十分敬业的教师，特别是对于学生，能够做到一视同仁，有时出于平等意识，还有意无意照顾一下那些淘气的、学习差的和家境贫寒的等容易受到歧视的学生。无论在中学，在北大，在新加坡，还是在韩国梨花女大，我都是这样做的。

　　可是没有想到，竟然有学生由于其他原因向我提出了"抗诉"。

　　一天我在梨花女大上中级汉语课，让学生们准备一段对话，于是本来就乱哄哄的教室里立刻嘈杂一片。我走下讲台去巡回指导，走到最后一排的角落，一个学生趴在桌上，既不与别人商议，也不自己练习，把下巴顶在书上呆呆地出神。我问她为什么不练习？她直起身来，低着头轻声说："反正我练习了，你也不叫我发言。"我不禁微微一惊："谁说我不叫你发言？"

"你一共就叫了我两次。"

"你叫什么名字？"我听她的汉语很不错。

"我叫尹雪儿。第一天点名的时候，你说过我的名字是好听的名字。可是你以后不叫我。"

"我没有叫你吗？我为什么不叫你呢？"我心里一点印象也没有，对这事感到很奇怪。

"我知道，"她好像轻轻叹了口气，"因为我长得不漂亮，老师们都不愿意叫我，小的时候就不叫我，从来不叫我。可是，你也不叫我。你和他们一样。"

她的声音很小，加上韩国式的没有起伏的语调，一米之外根本就听不见。可是这话却给了我猛烈的撞击。我连忙解释道："不要胡说，谁说你长得不漂亮？我会叫你的。"

但是她并不看我，只是低着头道："就是的，我自己知道。"

我注意看了她一下，是不大漂亮，小鼻子小眼小脑门，但也并不丑，是个很"普通型"的亚洲姑娘。我凭良心说，我叫学生发言的时候，如果点名，更多注意的是那些奇怪的名字，如果不点名，则注意的是谁有愿意发言的表情，或者谁在下面玩闹。根本不会从漂亮不漂亮的角度去考虑。可是经她这么一番指责，习惯于事事反省的我，不禁扪心自问：莫非我的潜意识里真的考虑了漂亮的因素？再细思一下，这班里的几个漂亮的女孩子似乎的确发言次数多一些，可是那是因为她们坐在前边，整天仰着头对我行注目礼，发言热情非常高嘛。再说有些不爱发言的学生就是故意坐在后面，暗示老师少叫她们。你却给我扣了这么大一个帽子。我想以后故意多叫她也不好，那不等于承认了她对我的指责吗？于是以后我注意每次上课都叫她至少一次，但是总是与其他人混合在一起，不要她做特别难或特别简单的练习，总之是尽量轻描淡写。可是每次叫她的时候，心里都会想起那天的事，我也能够听出她的发言很努力，好像另外一个声音在跟我对话似的。期

137

末考试的时候，她的成绩是中上等，我多给了她3分，感谢她给我上了一课。

（梨花女大是韩国"美人窝"，不漂亮的女生在此确实难免有一点心理压力。）

刀下出美人

　　一些喜欢韩剧的中国年轻观众对韩国女影星大都产生过"惊艳"之感。哇！女人怎么可以这么漂亮耶！哇！韩国女人真让人吐血耶！其实，这些绝顶漂亮的韩国美女，跟大部分的韩国妇女简直属于两个种族。韩国的美女本不是那个样子的。如果你想知道韩国真正的美女，请看一看朝鲜的电影或歌舞，那才是真正的东亚美女。黑白分明的大眼睛，白里透红的苹果脸，健康，质朴，热情，她们歌颂领袖、歌颂祖国、歌颂劳动、歌颂丰收。她们带给人们的美学意境永远是"蓝蓝的天空飘着白云"……而韩剧中那些"假欧罗巴"式的美女，用咱们东北话说，是"咋整"出来的呢？告诉你，咋整？拿刀子硬整呗！

　　韩国的影星歌星演艺星，哪有几个不挨刀的？韩国报刊经常披露和猜测哪些明星又去换皮挖肉抽大筋了。有的报刊说这些明星被韩国的"人工美"思潮所坑害了。至今只有一个叫李英爱的姑娘被公认是天生丽质(怪不得洒家也觉得她有几分可亲),但正因为是天生,所以姿色达不到"一流"。《蓝色生死恋》里的宋惠乔也还没发现刀痕。至于金喜善、金玟等大姐大级演员的绝色画皮,韩国人一眼就看穿了:"咱东亚女人的鼻子哪有这么尖挺、脸型哪有这么鸭蛋的?"她们脸部的线条,齐整得鬼斧神工,她们那表情拘谨、哭笑失常的脸庞,远看的确如诗如画,但近看真要怀疑里面还有没有活人的血液在流动。

今天的韩国,在眼睛上来个"拉皮"之类已经不算整容,除非是把眼睛拉成了肚脐。只有把蛤蟆鼻垫成鹅管鼻或把大饼脸削成瓜子脸,才算"整风之初"。有的韩国女人手持西洋淫娃荡妇的写真,要求医生照猫画虎,于是美神的标准就这样诞生了。相近的整形技术,相近的审美要求,相近的化妆模式,结果是大街小巷大同小异的"韩国式美女"。我看了两次韩国小姐选美大赛,满台的美女仿佛是一个母亲所生,连抛媚眼和扭胯骨的弧度都是相同的。

以拍摄"香港黑色电影"闻名的吴宇森,1997 年推出一部影片《变脸》。在影片中扮演恐怖惯犯的尼古拉斯·凯奇和扮演美联邦调查局(FBI)特工的约翰·特拉沃尔塔之间的追杀,颇为扣人心弦。电影情节要求二人彼此互换脸型,于是借助整形外科医疗组的高超绝技,两个人的脸型鬼使神差般相互替换。这一电影中的情节目前已经不再是科学幻想,随着整形外科技术的发展,今天只要你肯花钱,你就可以像装修卧室一样任意改变你的嘴脸和身段。传统的美容整形不过是割双眼皮、垫高鼻梁而已。随着激光磨皮、透镜手术、脂肪吸取术等奇技淫巧的问世,美容整形的范围已经扩展到整个人体。人造骨和人造皮肤的诞生,则更使整形手术如虎添翼。

现在,通过整形手术可以拉平皱纹、扩展额头、眉上殖骨、削平颧骨和腭骨、隆唇隆胸隆阴、吸掉腹部脂肪、抽取小腿肌肉等等。其种类超过 100 种。韩国女人相信"外貌也是竞争力",她们不怕一掷千金,冒着引起副作用的危险，纷纷走向整形手术台。据一份问卷调查，80%的20岁年龄段的女子说，"如果能变得好看，愿意做整形手术"。许多父母赠送给女儿的毕业礼物竟然就是整形手术。有些少妇中间甚至还盛行集资整形手术。韩国成了全世界最著名的整形国。美国报纸把有关韩国女性整形热的报道登在了头版。《华尔街日报》的文章说："现在，韩国女性不满足于隆鼻、削颚、扩眼，为了使大腿变得漂亮，她们甚至敢做危险的小腿肌肉割取手术。"

在媒体的追踪下，有些明星干脆坦承自己是"整形美人"，整形咋的啦？你们不还照样追俺吗？对整形手术的抵触情绪正在逐渐消失。整形医生的广告说："与其外貌丑陋抬不起头来，宁可花点钱和时间活得愉快些，何乐而不为！"许多人被这种论调打动，于是整形之刀越舞越快。我有时在汉城的大街上看到走过来一堆"假洋妞"时，忍不住唱道："大刀向，美人们的头上砍去。"不过，也有一些比较理性的韩国舆论认为，纵然外貌漂亮，若缺少内在的气质所赋予的自信，缺乏具有个性的艺术表演才能，是否算得上是真正的美人？但我看这种担心是不受青睐的。在这个世界上，连爱情、友谊和民主、自由都可以造假，那么对别人老婆的酥胸玉腿是不是也不必那般当真了，反正你不就是要"消费"她们么？难道你还真的爱上了那些"带肉的骷髅"？

喜战李昌镐

早就想写这篇文章，可是一直想不好题目。我不敢说"大战李昌镐"，也不敢说"苦战"，"恶战"，"鏖战"，"死战"，那都未免太恬不知耻。最后我逼问自己："你小子跟人家李昌镐下了一盘棋，到底是个啥心情嘛？"另一个我回答说："还有啥？高兴呗！"于是我就满怀喜悦，来回忆那次与李昌镐的"喜战"。

韩国在我老人家的眼里，值得敬慕的人只有三位。第一个是在我的家乡哈尔滨奋勇击毙日本首相伊藤博文、留下"祖国安危，劳心焦思"名言的大韩民族英雄安重根；第二个是为民主自由不屈不挠奋斗数十年、身残志不残的现任总统金大中；第三个就是打遍天下无敌手、被誉为"少年姜太公"的围棋天才李昌镐。我到韩国后，在纪念馆里拜谒了安重根，在一家小饭馆抚摸了金大中当年闹革命时写的条幅，只是无缘与李昌镐有点瓜葛，不免兀自郁闷。不料苍天有眼，见我每日左手执黑、右手捉白地自己对弈，仿佛《射雕英雄传》中的老顽童周伯通练习那"左右互搏"的神功一般，渐生恻隐，于是乃降下一段因缘。那日梨花女子大学校庆，校园里一万多个花姑娘打扮得莺莺燕燕，作张作致。老夫我被众女弟子勒令停课，强迫玩耍，十分孤苦无聊。下午正欲打道回府，突然脚下踩到一张海报，上面画着一个围棋中的"双飞燕"定式，一大片韩国字我都认不得，却偏偏拼出了"李昌镐"三个字，遂拦截一名学生进行究问。这才惊悉为给这所公主大学做寿，韩国棋院九大年轻高手特来现眼——现场表演。我听后二话没说，直奔沙场。只见半山坡一座小洋楼外已里三层外五层地围得只够钻两只眼。我挤进去一问，原来李昌镐们还没到。我问组织者可以进去看吗？答曰不但可以看，而且可以报名挑战，9位国手每人对3位棋迷进行让子车轮战。我赶紧找到负责报名的学生会小头目，居然就是我班上比较受我宠爱的一个女生。我想起曾经因为她答不出韩国国旗的含义，我假模假式地训斥过她一回，心中不禁悔恨，一个国旗，管人家的闲事干什么？不晓得她会不会报复老夫。谁知她听我一说，立刻写了张条子派人送进去。一会有人出来向她汇报，她便拉我到门口往里观瞧。但见大厅内9张长桌摆了个九宫大阵，每位国手的牌位对面摆了三个名字，老夫大名的对面恰恰就是李昌镐那厮！当时心中立志，以后再也不训斥女生。

有顷李昌镐等驾到，众棋迷拥上请求签名。只见李昌镐那厮果然跟电视上看的一样，一副茶傻痴呆的相貌。恐怕走在街头连向他问路的人都不会有。不管挤在面前的小妖女们如何柔声曼语、跷脚挺胸，他木雕泥塑一般，如对山石草木，汗毛也不竖一根。老夫从小就不喜请人签名，党的十五大以来，更是只有别人请我签名的份。然而此时竟然破戒，请这个比我小十岁的毛头后生签了一回。在政治上我是反对个人崇拜的，但是在文化上，面对伟人，你硬挺着不崇拜，那不是明摆着装孙子吗？

战斗打响。原来参战的都是男士，围观者里也有一半是从校外赶来的男生。我见周围的几个教授学生都摆上了7个子，远处还有一人摆了8子，心想我乃天朝使臣、北大教头，总不能跟韩国人一样。但又不敢妄自托大地摆上4子或5子，于是就拈了6粒黑子，轻轻放上。李昌镐过来，夹起一枚白子，就一间高挂。只听啪，啪，啪，他下三盘棋如同下一盘棋。虽然要走过来走过去，但他的眼睛从未离开过棋盘，只是毫无表情而已。二十几个回合过去，我发现了他的厉害。这厮真是大家风范，他不下怪着、奇着、骗着，绝不仗势欺人，绝不走无理手和疑问手。你走哪里，他就随你走哪里。你夹，他就跳；你追，他就跑；你断，他就弃；你围，他就削。绝对脾气随和，与世无争。然而就在这随和无争里，你领教到一股水漫金山般的自然的伟力，正像老子所说："无为而无不为"。他似乎在哪里都无所求，但其实在哪里都有他的影子。我眼看着6个子的巨大优势如涨潮后的沙滩，越来越小。他的棋如同粘在我的棋上，我仿佛是拳击手对付柔道手，他靠在你身上，你进他退，你退他进，就是让你的拳头打不出去，但不打又显然是等死，那就只好乱打一通，在低下的效率中耗散着自己的真元。不知不觉中，一串汗珠落到手上，身后有个人伸来手帕在我额头擦了擦，一阵香水味，我觉得方寸开始乱了。

李昌镐没有大规模地杀我的龙或者破我的空什么的，只是我的空越来越小，最后只有四个角和一条边。而李昌镐则有两条边和半个中腹。下到150手左右时，我盘面领先只有12目强。旁边的一位教授已经输了，后来得知是无理脱先，大龙不活。我知道聂卫平号称是前50手天下无敌，而李昌镐公认是后50手举世无双。聂卫平如果与李昌镐下到150手时只领先10目，那是凶多吉少。如今我只有这点优势，肯定完蛋了。于是不顾自己比他大十来岁，下起无理棋。先破他一个小空，又吃他一条尾巴。这厮不动声色地给我破给我吃，但却转身压扁了我最大的一条边。下到约200手，他又点进我的无忧角，造成双活。如此盘面已经是这厮略为领先，而大好河山已然分割殆尽，剩下的基本是单官了。我不愿死

144

缠烂打，干那不见棺材不落泪的无赖行径，便说声 Pass，投子认输了。估计若下到最后，他会赢我 10 目。让 6 子尚且如此，5 子、4 子真不敢想。也许让 8 子，我才有点希望。

李昌镐虽貌似痴呆，但礼数不缺，示意我可以下到最后，并静等了我片刻。看我真心认输后，还向我鞠了一躬，然后专心对付最后一个敌人。这人是梨花女大的教务长、经济学教授安洪植先生，棋风跟我差不多，最后输了 20 多目。我又去观看其他战场，发现韩国人真有流尽最后一滴血的精神。他们在明显劣势的情况下都基本不认输，拼命捕捉着每一个几乎是万分之一的机会。有的被宰了两条龙，还在浴血奋战。而国手面无愧色，似乎习以为常。我想，韩国人其实就是靠这种精神才拼出今天的世界地位的。而中国人如老夫之流，未免有些迂腐朽惰了。

又过了近一个小时，战火才彻底熄灭。27 位挑战者，折了 26 个。只有一个被让 8 子的学生赢了几目，大家鼓掌庆祝。这时的李昌镐，枯面槁目，呆呆地坐在角落里，好像《侠客行》里的石破天，一副无物无我的神态。蓦地我想，凭我的实力，让 6 子未必真的没有希望，只是对弈之时，他无欲无求，达到了呆若木鸡的神照境界，仿佛机器在下棋；而我一是见到"伟人"心喜，把激动带入了战斗，二是萌生贪心，隐隐地企图赢他，三是棋还没下完，就想着自己的风度之类，这就使自己的实力大打折扣。棋力不如他是当然的，但棋德上的欠修养是应该愧疚的。我本想跑回去拿相机来与李昌镐合个影，但此时忽觉这一战没有虚度，我已经从这个年轻人身上学习到了一种颇为宝贵的东西，合影之类的俗举便显得好笑了。这时组织者给国手们开饭，一大盆米饭、一大盆泡菜、一大盆大酱汤端了出来。我知道韩国古代的国王吃的也无非是这些，于是转身退场，迎着满天星斗走去。

不久，我送太太到机场，看见常昊、俞斌等中国国手在那里候机。太太说："跟他们打招呼吗？"我万分牛气地说："不必也，你家官人是跟李昌镐下过棋的人耶！"太太说："德行！"我说："夫人有所不知。目前来韩国旅游者甚众，无非是逛逛汉城济州岛，洗洗桑拿泡泡澡。吃

145

点泡菜加烧烤，买点人参和皮袄。他们哪里知道什么是韩国真正的国宝。你家官人来韩国有两大收获，叫做：到板门店题字，与李昌镐下棋。得遇韩国两大国宝，再吃一年泡菜也心甘情愿，能不德行乎？"于是，就靠这"德行"，老夫喜滋滋地继续战斗在梨花女大，战斗在这个洋溢着泡菜味、辣酱味、香水味和烧酒味的国度里。

（写于中秋节后第一个月圆之夜）

落 花 岩

读韩国观光公社编印的《韩国旅游指南》，介绍到百济古都扶余的扶苏山时，有这样一段话："沿着悬崖顶端到白马江湖畔的下坡路缓缓而行，途中经过一座百花亭，据说曾有三千名百济宫女因遭唐罗联军追赶而走投无路，遂投江于此。当时宫女们投江的身影，有如杜鹃花凋谢零落，故称此处为落花岩。"

旅游指南一类的书籍，大多语言无味，病句连篇，充斥着吹牛、乡愿和误导。而这几句话却给我留下了很深的印象，或者说，令我肃然起敬。可惜我一直没有机会去扶余一带观光，因为从整个韩国来看，那里并不太重要。扶余这座当了120多年首都的城市，如今只有10万人，高速公路和铁路，都不通那里，恐怕比起同名的中国吉林省扶余市来，要寂静多了。

然而有一天读韩国古文，却又遇到了这个落花岩。高丽王朝末期有位学者叫李谷，在元朝中过进士，回高丽后当了官，他有一篇《舟行记》，写与朋友到扶余一带游玩，文中云："……明日至扶余城落花岩下。昔唐遣苏将军伐前百济，扶余实其故都也。时被围甚急，君臣弃宫娥而走，义不污于兵群，至此岩，坠水而死，故以名之。……"

　　韩国古代曾有新罗百济高句丽三国鼎立时期，其中百济和高句丽虽也深受中国文化影响，但与当时的倭国颇有些暧昧关系。而新罗旗帜鲜明地引进唐朝文化制度、排斥倭奴。因此唐朝在感情上更倾向于新罗。在新罗遭受高句丽入侵时，新罗请求唐朝出动王师。于是唐罗联军（韩国人一定要叫罗唐联军）并肩作战，先后灭了高句丽和百济。并且唐军在白江一战，重创了火器猛烈的倭军。这是中日战争史上第一次大规模交锋，以唐军完胜、把倭军赶出韩半岛而告结束。因此后来的高丽、朝鲜和今日的韩国，都以新罗文化为正统。韩国的乡校里供奉的圣贤牌位，高丽之前只有新罗二贤而无高句丽和百济的份。可是李谷的这段文字，却明显对百济宫娥寄以同情和称赞。一句"弃宫娥而走"，显示出对百济君臣的微词。而一句"义不污于兵群"，则充分把这群宫娥之死提高到"义"的大节上。这样的立场无疑是公允的。而旅游指南中那句"有如杜鹃花凋谢零落"的比喻，更表现出宫女们投江而死的那种凄丽的美。

　　我对新罗百济高句丽三国均无偏爱，只是想起那三千宫女，不禁凝然。她们为什么而死？是为君王？是为社稷？是为种族？——三国本为同一个民族——似乎只有一个解释：她们若不死，则有可能"污于兵群"。于是她们只有死。我想起我的故乡东北，也有一个女人投江的史实，那就是气壮山河的"八女投江"。东北抗日联军的八位女战士——其中有两名是朝鲜族，与蜂拥而上的日本侵略军顽强战斗，打完最后一颗子弹，然后纵身跃入急流。她们的死，不仅仅因为她们是女人，更因为她们是中国的战士。她们是与"狼牙山五壮士"齐名的不屈的勇士。

　　于是我想，那三千名百济宫娥的死，恐怕也不仅仅因为她们是女人吧。虽然她们不是战士，但是不愿意向敌人屈服，这是每个人应该具有的一种普遍的人性吧。然而不公平的是，她们毕竟是女人，这使得赞颂她们的人，也不自觉地要从女性的角度落笔。或许，这就是女人的悲剧吧。三千个女子，连一个姓名也没留下，连为什么死也没有留下。历史上，这样死去的女子又何止三千？又何止韩国？进而言之，又何止女人？人生天地间，一生一死，竟是这般的不易琢磨。

又一个韩国的秋天来了，高高低低的岩石上，飘满了落花。

那该多好啊

　　给梨花女大的本科生口试汉语，让她们用"那该多好啊"造句，她们经常造的是"要是我去中国，那该多好啊"，"要是我有男朋友，那该多好啊"，"要是每天不上学，那该多好啊"。看着她们又天真又傻乎乎的模样，我不禁心中暗笑。但笑罢却想，笑话学生容易，如果让我造这个句子，我怎么说呢？

　　"什么什么，那该多好啊"，表达的是一种希望，并且宛如已经目睹了那希望实现之时的景象，从而沉醉在那快乐的景象中。每个人的心底大概都潜伏着不少这样的句子吧。出国旅游、恋爱婚姻、自由放纵，是人们最容易想到的快乐。除此之外的一切悔恨、梦想、祈祷、诅咒，也大都可以用"那该多好啊"来抒发。其实我们最憧憬的"那该多好啊"往往是我们不敢说出来的，比如"要是那家伙明天被汽车轧死，那该多好啊"，"要是我的乳房和她一样挺，那该多好啊"，"如果发生世界大战，只剩下我一个男人，那该多好啊"。这些见不得人的"隐私梦"实际都是人们的正常心理，它们是人的精神平衡所必须的。劳动妇女在吵架时经常豪情万丈地把这类隐私梦展示出来，"让你这王八蛋浑身长满大脓疮，烂，烂，从头烂到脚，我才高兴哪！""让你这小骚货一出门就让一百个大猩猩抓去，骚，骚，一年生一百个小猩猩崽子，多过瘾啊！"毒骂过后，她们吃得甜、睡得香，"我们的生活充满阳光"。而有些学问高深的知识分子，则以从不展示隐私梦为高雅，他们说的大都是"假如不发生'文革'，那该多好啊"，"要是大家都来关心希望工程，那该多好啊"这类道貌岸然的屁话。其实他们心底的毒骂不比劳动妇女少，但劳动妇女是骂完就没事了，而知识分子狠就狠在，他会理性地去把他的诅咒变成现实。他真的会研制出一种什么药水，让仇人生满大脓疮，他真的会考证出，他仇人的儿子身上，带有大猩猩的遗传基因。许多知识分子的脸色苍白，是与他们不见天日的心理密切相关的。

这是从阴暗的角度来批评某些知识分子。而多数知识分子之所以不爱说"那该多好啊"，是因为说了也没用，说了更伤心。历史无情地粉碎过他们一次又一次的梦想。鲁迅想过："要是我学会了医学，那该多好啊！平时医治我父亲那样的被耽误的病人，打仗时便去当军医。"冰心想过："要是天下的母亲和母亲都是朋友，儿子和儿子也都是朋友，那该多好啊，那就永远没有战争，永远是蓝天明月大海。"我们50年代想过："全国都建立了人民公社，那该多好啊，点灯不用油，种地不用牛，楼上楼下，电灯电话……"60年代想过："要是大家都没有私心，那该多好啊，对，狠斗私字一闪念，灵魂深处闹革命……"80年代想过："要是中国成为美国，那该多好啊，对，要民主，要自由，时间就是袁大头……"这些梦想逐次在现实的铁壁上碰得头破血流。还是鲁迅觉醒得最早，他说出了那些夹杂着无限伤痛的名言："绝望之为虚妄，正与希望相同"，"希望是本无所谓有，无所谓无的，这正如地上的路。其实

151

地上本没有路，走的人多了，便也成了路。"于是我们越来越少地听到"那该多好啊"的声音了。我们现在已经不知道中国和世界怎样前进，才是"那该多好啊"了。劳动妇女说出她们的心声，动力是"不说白不说"；我们说不出自己的心声，阻力是"说了也白说"。

至于我个人，对过去的事情，一般不会说"假如李自成不动吴三桂的陈圆圆，那该多好啊"，"假如中国从1949年就改革开放，那该多好啊"，"假如我大学毕业不读研究生，直接分配到国务院工作，现在肯定是一方诸侯，那该多好啊"这些马后炮式的话。我认为既已发生的事情都是必然要发生的，它们可能不具有利益的合理性、效率的合理性、道德的合理性、情感的合理性，但是一定具有逻辑的合理性、历史的合理性。埋怨历史是一种对现实的无能。而未来，虽然是具有多种可能性的，是与我们在现实中的努力有关的，但"未来"却又是一个毫无责任感的风流艳妇，她动不动就对我们始乱终弃。这使我们不得不接受鲁迅的"绝望哲学"，即对一切都不抱幻想，斩断过去和未来的两重诱惑，只紧紧握住现实的缰绳，或者说只肩住现实的闸门。这样剩下的，就只有一些小小的、毫无实用价值的、与现实努不努力无关的趣味性希冀了。比如："要是死后发现这是一场梦，那该多好啊"，"要是死时她来看看我，当场哭死在我面前，那该多好啊"，"要是我会降龙十八掌外加六脉神剑和北溟神功，那该多好啊"。人再有修养，这些小梦幻总还是要有吧。即使冷如鲁迅，倘连这些也没有，恐怕是做不到"绝望中抗战"的。与一般人的区别在于，我们不但不说给别人，而且自己也并不执著，不过是想着玩玩而已。这样的"修养"是值得欣慰还是悲哀呢？

所以看着那些坦然抒发自己梦想的学生，我很羡慕她们的率真。哪怕她们造的是"要是我的脚再白一点，那该多好啊"，"要是能吃孔老师做的中国菜，那该多好啊"，"要是去美国留学和去中国一样便宜，那该多好啊"这类的句子，我都感到她们是可爱的。我想真正应该嘲笑的，是我们自己。所有学生口试完毕，空荡荡的教室里剩下老夫自己时，我不禁也抒发了一句：唉，要是我现在还是学生，那该多好啊。

梨大三教授

（梨花大学中文系二十周年系庆，为学生炮
制小品）

甲：（学生甲，走上台前，拿出一个小镜子，一边化妆，
一边开始唱《甜蜜蜜》。）

孔：（孔老师，慢慢走上台，在旁边开始唱京剧。）

乙：（学生乙，拿着一束花，跑上来）喂！喂！你们
在干什么？

甲：噢，小白你好。我在唱歌呀，你听，多么好听
的歌呀——（继续唱）甜——蜜——蜜……

孔：呦，是小白呀。

乙：噢，孔老师，您好！（鞠躬）

孔：我在唱京剧，你听，京剧多好听呀——（继续唱）

乙：你们快别唱了，今天有重要的活动。

甲：什么重要活动？

孔：哦，我知道了，你今天打扮得这么漂亮，是不

153

是去见男朋友啊?

乙:不是去见男朋友,今天是梨花大学中文系20周年的庆祝会,你们不知道吗?

甲:是吗? 没有人告诉我呀。

孔:对对对,我差点忘了。

乙:听说今天有很多节目,我们一起去看吧。

甲:在什么地方?

乙:你们看(指着台下),那边不就是吗?那么多的教授、前辈和学生都在那里,我们也快去吧。

甲:哎呀,可是我今天跟男朋友有约会,没有时间。

乙:你昨天不是已经跟男朋友约会过了吗? 怎么今天还有约会?

甲:昨天是汉城大学的男朋友,今天是延世大学的男朋友。

孔:哦,很好,很好! 我今天也没有时间,我要去跟中国朋友一起喝酒。

乙:您昨天不是也喝酒了吗? 您的脸现在还是红的,怎么还要去喝酒?

孔:昨天喝的是啤酒,今天要喝——马格力。

乙:哎呀,太可惜了。今天的节目很有意思,(想了想)而且节目以后有很多礼物。

甲:是吗? 有什么礼物?

乙:什么礼物都有,吃的,玩的,用的,都有。

孔:有马格力吗?

乙:有。有大马格力,小马格力,还有不大不小的马格力。(对观众做鬼脸)

甲:那我就不去见今天这个男朋友了。

孔:那我也不想去找中国朋友了。

乙:那我们就一起去看节目吧。

甲、孔:好吧。(各自拿出手机打电话……)

孔：小白，刚才你说中文系 20 周年，你知道你们梨花大学中文系有什么特色吗？

乙：当然知道。我们中文系有三大特色。

甲：三大特色？我怎么不知道？

乙：你不是好学生，每天约会男朋友，当然不知道啦。

孔：三大特色是什么？

乙：第一个特色是——"三国志"。

甲："三国志"？这是什么意思？

乙：就是说中文系有三位非常棒的教授，他们每个人都有自己的特点，好像古代的"三国志"。

孔：这三位教授是谁呀？

乙：爱喝酒的 ××× 教授，经常去卡拉 OK 的 ××× 教授，还有（对观众），你们猜猜喜欢拉着学生的手去散步的是谁？

甲：啊，我知道！是 ××× 教授。他喜欢看着风景朗诵诗歌，还有喜欢随便翻译课本，是不是？你上过他的课吗？

乙：没有，怎么样？

甲：特别好，简直是感动极了。他说的每一句话都打动了我。

乙：是吗？那我下个学期一定要上他的课。

孔：那 ××× 教授的课呢？

甲：要是上他的课，肯定不能集中精神。

孔：为什么？

甲：他长得很帅，而且对服装很讲究。所以学生们都喜欢看他。

乙：他肯定每天早上花很多时间，考虑穿什么衣服。

甲：可是他每天都假装是随便穿的，你说多么好玩。

孔：那中文系的第二个特色是什么？

乙：第二个特色就是——天天学习中文。

甲：废话！中文系当然学习中文。比如英文系就学习英文，法文系就学习法文。这不是什么特色。

155

孔：你说"天天"学习中文，也不对。我看你们是天天玩。上课的时候睡觉，下课的时候就打电话。（模仿）

乙：我们真的每天学习中文。我们上课睡觉就是因为学习中文太累了。比如，我们要学习很多人的名字。

孔：学习很多人的名字有什么用？是要给他们打电话吗？

乙：不是。因为中文系的考试每次都有关于人的名字的题目，所以我们要把那些人名都背下来。

甲：噢，都背下来，那太累了，怪不得我的中文学得不好呢。

乙：我们还不算太累呢，听说以前一位教授让学生背一百首诗，我们现在已经很轻松了。

孔：那中文系的第三个特色是什么？

乙：（看了看手表）哎呀，时间来不及了。我们快去吧，到了那里，看节目的时候，我再告诉你。

甲：对，我们快点跑吧。我们现在已经迟到了。

孔：喔，我知道了。中文系第三个特色就是：喜欢迟到。

（注：韩国没有此类文艺形式，但韩国学生多具表演天赋，理解发挥出色，加上所用多为学生们刚学的生词，所云皆为生活真事，故演出效果绝佳。）

峨嵯山的由来

　　根据梨花女大研究生搜索的有关资料，我和她们一起考察了一下峨嵯山的得名，算是进行了一次"跨学科"学术训练。汉城广津区有一座名山，名字叫做峨嵯山。给人的感觉很雅。我知道汉语中有个词叫"嵯峨"，意思是山势高峻，我还在一首咏承德的诗中用过这个词。可是把这个词颠倒过来用，我还是第一次见到。于是我这个从小喜欢咬文嚼字的家伙对此发生了兴趣。

　　根据当今韩国流行的说法，这个名字是在朝鲜明宗时代起的。关于此名的由来，有一个小故事。

　　明宗时代有个叫洪桂观的人，算卦非常灵，名声传遍全国，终于传到明宗的耳朵里。明宗觉得这样的人似乎可以辅佐国事，有助朝廷，就召他来王宫觐见。

　　洪桂观高兴地来到国王面前，低头站着。（大概因为国王不是天子，因此可以不跪。）

"你算卦算得灵吗？"

"是"。

明宗把准备好的柜子指给他看，说道："那么，你算一算这里面的东西，如果你算得对，我将满足你的愿望；算错的话，就砍掉你的脑袋。"

洪桂观沉默地盯着柜子。过了一会儿，他开口了："是老鼠。"

这句话使国王和大臣们大为惊讶，果然名不虚传，真是有本事的人。

"那么有几只老鼠？"

听到追问的洪桂观又看了看柜子："是三只。"

"呵呵，果然不出我之所料，赶快打开柜子！"

一打开，众人却看见只有两只老鼠缩在柜子里面。

"怎么会这样？"大惑不解的洪桂观无可奈何，脑袋保不住了。可是他对被杀一事死不瞑目，他的心里充满了疑问。

洪桂观被拖到刑场去之后，明宗冷静地思考了一下。突然叫道："峨嵯！——来人！把那只母老鼠的肚子剖开！"按照国王的吩咐，下人剖开了老鼠的肚子，结果发现里面还有一只小老鼠。"峨嵯！孤差点儿杀掉无罪之人！喂，赶快传旨，停止死刑。把他带来。"

此时，洪桂观正在临刑之际。他最后算了一次自己的命，答案是命不该死。于是他请求刽子手多等一会儿。这是临死之前最后的请求，所以刽子手应许了。

"有王旨！等一等！"一个骑马跑来的人远远喊道。

可是这话刑场上听不清楚。刽子手以为是责备自己太慢，是国王派人来催促自己，脑子一急就挥动了大刀。洪桂观命不该死的命就这样死了。于是，后来人们就把府场上面这座山，叫做峨嵯山。

这故事颇有民间传奇的趣味，但是我想国王喊叫的那个"峨嵯"是什么意思呢？我问学生，韩国语中的"峨嵯"是什么意思，她们却不知道，她们说现在韩国语中没有这个词，说这可能是那位国王自己发明的语气词。我想哪有自己发明语气词的？必然另有蹊跷。我心中暗自揣测，这个"峨嵯"，恐怕是个表示惊叹的粗话，就是汉语中北方男人常说的"我操！"但是这话不能跟学生讲，于是我决定亲自去考察。

　　我带着饮食和有关资料，用了一天的工夫，爬遍了峨嵯山的上上下下，回来又查史书佐证。发现峨嵯山古时叫做"阿且山"。高句丽的大将温达就战死在这里。这说明我的猜想是有根据的。"峨嵯"是从"阿且"的发音转变来的。"阿且"没有意思，纯粹是记音。"阿且"这个纯粹表示发音的名字，就是"我操"一类粗话的饰词。台湾在戒严时期，不许报刊上出现"我操"这样的粗话，于是文人们就利用近似的发音改写为"哇塞"。天长日久，竟然成了一个固定的感叹词。而后又从台湾传播到香港，又传播到大陆内地。这种因避讳而造成的转音现象在日常生活中也常见。我的一个高中同学每次打排球发球时，都要高呼一声"我操！"但因为大家嘲笑，尤其是经常有老师和女生观看，他在呼喊之时就不免心虚，舌头一拐，喊出来就变成了"阿扎！"所以我们给他起了个外号叫"阿扎"。现在网上经常看到"我靠"，也是同样的道理。这个"阿且"恐怕就是从当时中国传来的"时髦感叹词"。后来的文人觉得不雅，就给换成了文绉绉的"峨嵯"，仿佛是表示高山峻岭的一个词。但是在纯正的汉语里，只有"嵯峨"而没有"峨嵯"。而当今韩国又废除了汉字，只剩下了一个近似"阿恰"的读音，所以现在和以后的韩国人是万难知晓此山得名的真正缘由了。正像当今中国的时髦美女，一口一个"哇塞"，自以为在说高雅的港台语，而不知道那不过是粗话的一音之转而已。倘若这个假设成立的话，这说明至晚在明朝时，汉语中已经大面积普及了那句粗话，而且已经传入了韩国宫廷，连韩国的国王一着急，也不由自主地出口成章了。

159

少爷小姐请读书

　　客居韩国二载，觉得韩国大学生最普遍的缺点就是不读书。尽管韩国的官方媒体用图书的销售总量来证明韩国学生读书很多，据说达到每年一百本以上，但我对这个数字只能发出一声冷笑。我几乎在每个教学班都问过学生，你们每年除了教科书以外，到底真正能够读几本书，结果最多的说十本，一般是四五本，少数只有一两本。还有的学生讨价还价，问卡通漫画书、时装美容书算不算，如果算的话，每年能读二十本以上。我所任教的梨花女大，是世界上规模最大的女子大学，在韩国地位显赫，声誉高雅，是韩国青年女性的"梦之谷"。然而校园内外，却没有一家像样的书店。当我遗憾地向学生指出这一点时，学生很不高兴，说老师您没看见我们门口有一家书店么？我说那不叫书店，那叫杂志屋。后

160

来我听说曾有一位美国教授在文章里也批评了这一点，结果引起了梨花小姐们的愤怒抗议。幸亏学生们没把我看做帝国主义教授，不然我的善意又可能成为她们罢课游行的理由了。

学生们理解我的善意，是因为我告诉她们，作为一所名校的大学生，怎么能够不知道韩国国旗的含义呢？怎么能够说不出韩国的行政区划呢？怎么能够搞不清杨贵妃是唐朝的还是宋朝的呢？怎么能够认为中国有 56 个民族就等于中国侵占了 55 个国家呢？然后我告诉她们中国大学生的读书情况。我到其他大学也专门讲过中国大学生的读书生活。我说看到韩国每所大学里都有高大漂亮的图书馆，里面一排排空荡荡的桌椅和电脑没人用，我真是百感交集。我讲到北大图书馆里为了争抢一个座位而经常打架时，韩国的大学生们如同在听遥远的神话。

我希望韩国学生多读书，但并不因为他们读书少而格外看不起他们。我知道这是资本主义异化教育的必然结局。在资本主义教育体制下，每个受教育者，都是被当做打工的工具培养，学生是交钱买文凭，教授是收钱卖知识。时间就是金钱，与考试和文凭无关的书，当然罕人问津。美国教授虽然批评韩国，其实美国学生的知识面更可怜，他们连印度在非洲还是在美洲都搞不清，连《独立宣言》的作者是麦当娜还是麦当劳也说不定。大学生涯，就是虚拟的少爷小姐时代，玩耍是最重要的，秉烛夜游还嫌不够，哪有时间读那些劳什子？我因此对中国的大学生颇有几分自豪。

可是回到中国，我发现情况颇有些不妙。几年来我们在教育界大力"与国际接轨"，连不读书这根轨也接上了。许多大学生连四大古典名著都未读过，中文系的学生甚至连《子夜》、《雷雨》、《骆驼祥子》都没有读全。我问几个学生，你们读过人民文学出版社的《大学生必读丛书》么？答曰：一百本，太多了，只读过十来本。我又问，那你们读过教育部指定的中学生必读书么？答案也是十来本。我向他们推荐我和其他学者编的一套《新语文读本》，他们说，90%的课文都没见过。日前，我参加研究生考试阅卷，许多答案之荒唐离奇，简直令老师们哭笑不得。

许多考生都说《艺概》就是"艺术概论"的简称。一个考生说《虬髯客传》是陈子昂为了改革古文，自称"虬髯客"，震慑天下。一个考生说《追忆逝水年华》是萧红的回忆散文佳作，萧红在文章里深情地回忆了她对萧军刻骨铭心的爱和对端木蕻良的恋恋不舍的恨……更有离奇者，把五十年代的"丁陈反党集团"中的"丁陈"说成是"丁玲和陈平原"，陈平原老师就在阅卷现场，我们全体当即向他表示祝贺。

苦笑之余，我仿佛看见我们的大学生都变成了少爷小姐。其实少爷小姐也不可怕，鲁迅也曾是少爷，冰心也曾是小姐。郁达夫四年大学仅外国小说就读了一千多部。至于我们这些"八十年代的新一辈"，在那"科学的春天"里每年读多少书就不说了吧，别吓着孩子们。我希望今后把"必读书"改为"请读书"，请少爷小姐们嬉戏宴乐之余，多少读些则个也么哥。我们不敢说读书救国之类的大话，只说一句体己的悄悄话：不读书，恐怕连少爷小姐也做不成了耶！要知道教室的窗外，有多少个高玉宝正准备发出那嘹亮的一喊："我要读书！"

（此文发表于《北京青年报》时，被编辑擅自删掉了几个他看不懂的语气词。）

162

韩 国 家 书

（上篇：中国→韩国）

老孔：

你好吗？！

3月16日凌晨的石家庄爆炸案，死亡108人；今天的《焦点访谈》中报道：韩国在通缉昔日的英雄——金宇中，他将大宇公司的巨额资金提到美国秘密存了起来，人也不知躲到了什么地方，给韩国的经济带来巨大损失。

我这几天觉得十分累，二十几节课累死了，胸口老疼，我现在是少留作业，多让学生活动，少说话，多休息，中午尽量去睡一个小时，可不能把身体搞垮了，我还得和你一起继续为了人民的解放而斗争呢！——自作多情？！

华　2001/3/18

老孔：

你好！来信收到。你收到我的信了吗？

我今天下午去了中文系，等了很久杨强不在，王会计说：要杨强签字才可以报销，我下周去再说吧。今天是博士研究生面试时间，系里很多人，看见韩毓海，他说：他向老孔顺致批评。

就写到这里，我现在要去检查阿蛮的拼音学习了，他已经学到了un，韵母还剩下四个就全部学完了，这几个比较难一些，我叫他反复学习、考试、练习、抄写。

滑　2001/3/19

老孔：

你好！我已经收到了来信。

别无他事，阿蛮最近不太听话，我想他也大了，和他嚷是不行的，就慢慢和他说，只要是他不对，我就坚持我的观点，声音不高也不低地对他说，这个孩子还是挺懂事的，也就按照我的或奶奶说的去做了。反正教育孩子是个长远的大事，急不得，也不能不坚持原则，总之很难很难……

阿蛮上小学的报名，已经在幼儿园先预报名了，我又问了育新学校的老师，他们说：只要三证齐就行，即户口、入住合约、工作证。还要给你的单位打电话，核实一下是否有你这样一个人就行了，因为往年有冒充的。等到5月我带阿蛮再到学校去面试和报名，就行了。

画猾　2001/3/20

老孔：

来信昨天傍晚收到，我当时就给周燕发了你的论文。发完后再给你发时，电脑就总自动脱机，所以今天给你写信。

21号晚上在魏公村小区一个楼道里发现一个炸药包，我妈他们居委会开会了，奶奶这边也开会了，让不要把什么东西都放在门口，也不

164

要替别人转交什么东西。

下周一有病毒，可别忘了改时间。

昨天你发来的信在263上可以看，在搜狐上不能看。以后重要的信在这两处都发一封。

小华　2001/3/24

老孔：

你好吗？

春天来了，万物复苏，我又开始感冒了。我已经给宾恩海和杨平写信了，家里没有8毛钱的邮票了，我周末去买了后寄出去。家里一切都很好，我见妈妈想养鱼，就有一天带她们去了小营的花市买了两条鱼，还有一盆叫做"小凤仙"的花，很是好看，鱼已经在咱家活了两个星期了，只要老人高兴，我尽量满足她。我们有一个同事昨天晚上骑车回家，出了车祸，她直后怕。别的也没有什么事情，你多保重吧！

花花　2001/4/5

老孔：

我这个周日中午1点有课，你可不要那个时候来电话啊！

昨晚9点多大姨来了电话，告诉我们她要搬家了，先帮助小明看两天孩子，大姨的腰还没好。

张果真让我给他的儿子找上学期的卷子，我给他找了，并且我按照他说的地址寄了过去。温军的姐姐的孩子今年要上我们学校，我让她在报名之前，想办法搞到小学连续两年三好学生的证明之后，再在我们学校报名，今年对外我们招生160人，报名人数达到3200多人。我已经多次替她打听了，我们最后的标准是连续两年的三好学生，一共有300多人，有她的姐姐的孩子，然后再从这里挑选，估计还得扩招；可能希望挺大的。明年我想，李今的孩子也得照此办理。

话化　2001/4/6

老孔：

我今天上午去了中文系，刚才这里下了一点小雨，让我有一点感伤的感觉……清明节那天晚上下了一点小雨，阿蛮说：妈妈，今天是清明节，小雨了，这是：清明时节雨纷纷，路上行人欲断魂……他把这首诗给我背了一遍。

我的两块手表都不走了，我和妈妈说了，她把你在新加坡给她买的表给我先戴上了，我在街上看了，现在时髦表也就是 30 几块钱。

画猎　2001/4/9　10：59

孔：

你好吗？

春雨绵绵，今天上午去中文系时，碰见了陈连山；他说他在韩国的时候，韩币最后只有 2000 多元合人民币一块钱，任秀玲老师说：还是最好换成美元。任老师的女儿现在在日本，任老师说，她的女儿可喜欢你的文章了。昨晚漆永祥的爱人小杨来电话，我告诉她如何去办理护照了，她要和孩子一起去韩国。

信件

1. 南京博物院：徐湖平寄来一本他的《徐湖平国画小品》，并且告诉我们你的大作他已经收到并拜读了。

2. 江苏黄桥中学高三学生：看过你在《青年文摘》上的文章，想问你哪里有卖《47楼207》的。

3. 吉林延边大学：河红联是一个大二的中文系学生，想让你收下她这个学生。

毛海燕的儿子的邮件就在 263 上，你去看吧！

花花　2001/4/9　18：02

老孔：

你好！

1. 信：草原文艺（内蒙古喀喇沁旗邮政局），我打开了，只有一本《草原文艺》，没有你的文章，也没有信。

2.《博览群书》：2001 年 4 期，有你的：《自将磨洗认前朝——〈赏点石斋画报选〉》。

别的我会去做，你说今年阿蛮的生日，我们给买什么呢？滑板车在中国是一百多一点，我们在韩国看的是合人民币 400 多元，我也没想好，也没有给他许愿。再说吧，去天成买会更加便宜。

阿华　2001/4/17

老孔：

你好！我给你发一个游戏啊！估计没有病毒！哈哈！

2001/4/19 15：04

老孔：

你好！

我昨天晚上对阿蛮说：阿蛮，你长大以后当医生吧，要不就出国学习。阿蛮坚决地说："不，我要当国家主席，买什么东西都不花钱。"

阿蛮大了，有了一些自己的想法，我现在是变着法子让他学习，给他讲道理，这个孩子还是比较听话的，慢慢来吧。

笑话　2001/4/24

老孔：

你好！我现在很胖，准备到韩国去减肥。

请注意 4 月 26 日，也就是明天有病毒啊！

我明天去房产处领房产证，顺便取信！

2001/4/25

老孔：

你好吗！

北京广播学院的赵均先生昨天晚上来电话，说是你前两年在他们学校做的讲演他们想整理出版，我给了他你的雅虎地址，他还要你的一张照片，你说我给他吗？

最近我去商场，发现我去年在韩国看到的头饰、项链等小东西，一模一样的在中国都有，小贩说是从韩国来的，这是不可能的，因为都很便宜，十几元人民币或者更少就可以买下了，还有就是拖鞋式的高跟凉鞋，也是一模一样的，我没有问价钱，我想也会很便宜的，中国的仿造能力是极强的。现在草莓是五块二斤，小西红柿也是一样的价钱。

我准备五一带阿蛮去姥姥家两天，你走了以后我们一直没有去！

阿华　2001/4/28

老孔：

你好吗！

我于 4 月 30 日下午带阿蛮去了姥姥家，你说把照片寄给赵均，那我就给他了。如果他再来电话，我就问他出什么书，什么时候出。

美元我过两天去取，我 5 月 7 日有英语职称考试。

孙国瑞来电话问好，还有前两天有一个德国女郎来电话，是妈妈接的，说是找你，但是很遗憾你的不在呀！马俊风前一段时间也来过电话问候你老人家啊！

阿华　2001/5/3

老孔：

你好吗！

168

新闻报道说是 5 月 8 日病毒，我也没听清楚到底是怎么回事，你注意就是了。

今天吴涛来电话问候你，还有住在咱们育新小区的丁先生问你好，他说是你的哈尔滨老乡，也是北大毕业的，还有就是李继红从加拿大多伦多来电话，她的老公在那里读书，她也在那里读书，她想让你给她到中文系要来她的成绩单，见你不在，也就算了。

阿华　2001/5/3

老孔：

你好！

今天张果真从福州来了电话，他已经把孩子的户口弄到了北京海淀区，要我帮助他问一下 101 中学的高中住宿费用，我回头给他问就是了。

我想于 5 月底，去办理签证，如果办理不下来，再通知你还来得及，当然最好一次办成，不要让你再跑了。我去年办理签证时，法务部的证明材料给了领事馆后，再就没有给我啊，这次你给我的法务部的材料，我给他们后，也是可能不会给我们了，你不要它了吧？

2001/5/5

老孔：

你好！

我这两天上不去搜狐网啊！有以下几件事情汇报：

1. 今天北广的赵均来过电话，我把余杰的电话给了他，问了他，这是一个什么书，什么时间出，他说：还要等联系周国平后就可以了，准备近期出版，到时候稿费、样书寄到北大，他们的意图是出像我们在西单图书大厦看到的《在北大听讲座》那本书类似的。

2. 昨天老倪从哈尔滨打来电话，问北京哪里有卖大号鞋的，他穿 46 号的鞋，他认为北京老外多，所以有大号鞋卖，因为我是女同志所以老逛街就应该知道北京哪里有卖大号鞋的。我是经常逛街，可不看大鞋号啊！他还要在 5 月 19 日到京，让我给他找一个旅馆 10 ～ 20 元一宿的。我当时告诉他：我 19、20 日两天学校叫我去判语文初三模拟试卷。他留了咱家的电话，让我找到后写下来，让咱妈妈给念一下就行了，我这两天到处打听，还真没有知道哪里有卖大号鞋的，我也打了 114，人家也不知道，咱家附近也没有旅馆啊！

2001/5/9

老孔：

你好！早上的两信收到了吗？今天上午 9 点多一位黑龙江人民出版社的女士来电话说：她通过哈三中的校长找到了咱家的电话，他们想把哈三中的毕业的有名的人的作品出一本书。我给她你的手机电话以及雅虎的 E-mail。

2001/5/12 12：18

老孔：

你好！

我这两天就在盼望着、盼望着——你信来了，我和你意见是一致的，一定要坚持到底争取更大的胜利。

老倪我没有他的哈市的电话，也没有张欣的电话，怎么办？今天北京刮了一天的风沙，天都变黄了，我就没去中文系，过两天再去吧。

荷花 2001/5/15

老孔：

你好吗？

这几天北京持续高温，真是没法过了。你过去说什么，过了党的生日，北京就热死了的话，已经一去不复返了。

19 日我请假了一会带阿蛮去育新报名了，我们是第一个，还要考试，不让家长进去，阿蛮自己拿着表进到一个教室回答问题，老师问他：

170

你爷爷叫什么，他说：我爷爷死了，老师还问了他奶奶、姥姥、姥爷的姓名，还算了几道数学题，要求他把得数写下来，老师还说了两句话，让他听后复述下来，有什么：今天的天气真热啊，树上的知了在不停地叫。还有几个图，让他辨认形状。他出来后说自己答得挺好的，老师还说他挺聪明的，完了以后我就又回学校判卷子了。20日晚上9点20分，老倪来电话，说是他现在在北京的火车站，他已经买了鞋了，准备回哈。后来又接了一个101远程网站的记者采访，晚上11点多张果真又来电话咨询他儿子报志愿的事情。

我今天去派出所办理妈妈的暂住证。又去中文系取了信、汇款。汇款有好几张是《华夏时报》寄的钱，但是我没有收到他们寄来的《华夏时报》。从中文系出来碰见了任老师，她说前两天还接到了两个电话，是找你的，任老师问他有什么事，人家说：想向你请教几个问题。任老师：你现在不能请教了。人家说：为什么？任老师：他出国了。

华华　2001/5/22

老孔：

你好！

有张天天寄来的她的书《玛雅王朝》。王明贤寄来的他的《新中国美术图史》。《中华散文》你的《峨眉山的猴子》发表了。一个高一的学生看了你《纯真时代》要和你交朋友，一个中文系大专生向你请教如何写文章，一个南京大学的新闻系的学生和你调侃。重要的是：

1. 北大国际合作部：他们在6月17—7月13日举行香港大学暑期"中国历史与文化"研修班，请你光临，时间：7月6日上午9：45—11：45，授课题目：金庸小说漫谈（题目仅做参考，题目一经确定，请提供1—2页的讲座提纲）。

2. 中国社会科学院文学研究所张中良寄来了：中国现代文学研究会王瑶学术奖条例，他说是严先生让他寄给你的。

2001/5/23　18：41

老孔：

　　我今天回去后给北大国际合作部发提纲，我下周二上午去办理签证，现在办理签证不用预约了。阿蛮语文课本已经学完了，我每天还让他写一点字，念一点拼音，算算数学题。下午他从幼儿园回来，奶奶带他出去玩一会，活动活动，消化消化食，晚上好多吃一点，他还是在家吃饭吃得不太好。我已经向他转告了你对他的表扬，他说他做得不好。

2001/5/25

老孔：

　　你好！

　　我于今天下午不到3点到的韩国领事馆，很快就拿到了我们三人的签证，是6月1日签发的，看来韩国人办事的效率提高了。

　　你的飞机是17日几点的，我去接你啊！

2001/6/4

老孔：

　　天实在太热了，我就早早起来看你的信了，是一本《中国学研究》创刊号，其中有你的大作《老舍散文语言对于当代的借鉴》。

2001/6/6

老孔：

　　我们有一个马老师，让我问你：在韩国，韩国人如果是教授，是不是也像中国一样，授予他一个教授的职称证书，还是别的什么形式，烦请你告知。

2001/6/7

老孔：

你好！

昨天我们顺利回到北京。听出租司机说：8 月 19 日晚上下了一场暴雨，所以 20 日还比较凉快，气温是 30 度。阿蛮还算听话，晚上我买了一只 600 克重的扒鸡（13.5 元），差不多都让他吃了，还吃了一小碗米饭。21 日我们去餐厅三人吃了早点，阿蛮吃了两个包子还有一小碗粥，我吃了一碗馄饨，但总也吃不下去。

我已经洗了四个胶卷，分别洗出了 28、32、35、38 张，28 张那一卷我看了有一些曝光很厉害，就是妈妈给阿蛮演出时照的，可能她老人家不会用的原因吧。小何他们俩和你在延世大学照的那张洗出来了，你看回头你问一下他在北师大的通讯地址，我明天好给他们寄过去。

我领了电表间的钥匙，花了一块钱。去修理了鞋，给修鞋师傅的两个小孩一人一支韩国铅笔，他们两口子只说谢谢。

今天很热，很晒，不打伞出门是不行的。我去了北大。

华华　2001/8/21

老孔：

你好！我的信收到了吗？

我回家后使用了杀毒盘，说是咱家的电脑没有病毒，请你注意又快到 26 日了，还有在 263 上有周燕发来的有关"病毒"的邮件，建议你看一下。

我今天去找了我同事李玉竹，她老公是育新学校的总务主任，讲了我们孩子的情况，当时李就给她老公打了电话，她老公在学校上班，就给我们问了小学的校长和教务主任，她们说：不行。因为最近这几年海淀没有允许跳级的有关政策。

还有小邹没有在家，一年级第二学期的书，我开学再和她借吧。咱妈通过老伙伴借了咱楼里 604 号的书了，她家小孩的父亲只让我们借来看两天，说是还要给孩子复习复习，我看了语文很难，要写的字太多。我还是等开学后和小邹借吧。

家有贤妻何至于此斋斋主之妻　2001/8/22

老孔：

你发来的信，我下午5点就收到了，可是都是乱码，我用了南极星，也不行，转发到263上也不行，请赵子强帮忙吧，上了快一个小时了也没上去网，他说：让我先存下来，不行就明天再找他。你看怎么办。这电脑实在是成问题，一会儿就死机，上网速度还特慢。

急躁的孔繁闻的母亲　2001/8/22

老孔：

我可看懂了你的信了。《中华读书报》2001年7月25日上有有关你的报道：作家近况——孔庆东：在韩国梨花女子大学任教。

外面在下大雨啊！

华华　2001/8/23 20：30

老孔：

你好！

这两天瞎忙一气，昨天阿蛮又去学校学前教育半天，领回来校服，都有一点大，妈妈和我都认为，大一点，明年还能穿，也就不给他换去了。短裤腰太粗，他自己的腰太细，我们又给他找皮带，扎眼等等，今天上午阿蛮去了学校进行开学典礼，我在家给他包书皮，所有的书和练习册都得包，等等。

刚才吴晓东来电话说是西二旗的房子，各系在登记，他通知我去系里信箱拿材料，说是钱理群老师建议老孔要登记。我问他其他，他都说：不太清楚。我最近一段时间倒是问过一些人，倒是知道点情况，我怕下周一就晚了，就去找了刘子瑜，她说：登记时间截止到 9 月 6 日。

尾花　2001/9/1

老孔：

你好！好几天都没有收到你的信了？

今天傍晚给你的信中，我忘告诉你一件事情：前两天有一个自称是毛嘉的朋友（女的），说她在澳大利亚广播电视公司（大概是）工作，想采访北京中学的几个老师，说说新学期的一些情况，特别是像我们这种收费的学校，是不是只要有钱就可以进来，还是有什么条件。我跟她说了说，她说下周一晚上六点半给我打电话，要给我录音。

王伟华　2001/9/1晚上写但发不出去　9/2上午发

老孔：

你好！有两件事情要汇报。

第一，我昨天给孟繁华打了电话，他说，他会催催出版社的，还让我问你除了出版社赠送的 20 本书，你还再买不买了，如果买通知他，可以直接从稿费里扣。

第二，昨天家里接了一个叫刘凤珍的电话，她说是你初中三年的班主任，她的丈夫是后提的哈三中的校长，你在哈三中的时候，她的丈夫是哈三中的主任，叫常玉田，他们在国庆 50 周年的电视里看到了你，心情很激动，通过北大了解到了你的电话，盼望和你说几句话。他们现在住在北京，他们只有一个女儿在国外哪，北京的房子是他们的女儿给他们买的，电话是：69539935。我告诉他们你 12 月底回来，他们说：那时候他们就去珠海了，那里也有一个家，她又告诉了我那里的电话，我已经记在我的电话本上了，他们在北京的家里没有电脑，你无法通过电子邮件与他们联系，我告诉他们我会给你写信说这个事情的。

华华　2001/9/6

老孔:

　　刚才老谢又来咱家了，他说：让你问问你们那里，是否可以做油田的电潜泵的进出口生意，他可以联系山东方面，说是一下就可以赚几百万，他这个人还是老样子，就想赚大钱，还说北京申奥成功了，他想，一定会用一些人的，我说对，我答应给你写信问，我告诉他你在韩国是教中文，你不会说韩语。

　　他说，过两天，他会给你打电话的。

华华　2001/9/8　19：42

老孔:

　　你好!

　　我这学期还是两个班的课，初二年级语文每个班每周是 5 节课，我周三一天没课。我现在到学校后，先是反复擦自己的桌子、柜子什么的，再泡一杯茶，就改作业等等，没什么事情就备课。

　　晚上回家吃饭后，一般是在 7 点，就问一下阿蛮在学校一天的情况，我说第二天的课表，阿蛮自己收拾书包，将所需要的课本放到书包里；我让他早上自己背书包还有自己拿着水瓶，不能让奶奶帮助拿什么，阿蛮这一点能做到。接着就让阿蛮学习语文第二册书，写几个字什么的，完了以后就喝奶、洗脚、刷牙，8 点睡下，（中午他们是 1 点 30 上课，阿蛮回来吃过饭后，没有时间休息。）早上 6 点 40 分在我放的英语磁带声音中苏醒。我发现这个第二册语文书课文都比第一册长。

　　昨天我教阿蛮写字，发现他的拿笔姿势不对，太接近笔尖儿了，怎么说都不行，我就打了他，后来改了，今天早上临走的时候，我还提醒他在学校也要注意拿笔姿势，晚上还要检查他。我现在在周六学习教育学，其中就说到：教育孩子刚开始时，不要告诉他为什么，就要让他必须那样做，形成习惯就知道为什么了。我很同意这个观点。

华华　2001/9/17

老孔：

明天是你的生日。清晨，我去 101 中学习。

为你带来妈妈和阿蛮的祝福，歌声它飞过山山水水。

华华　2001/9/21

老孔：

我看了今天的报纸，今天是鲁迅诞辰 120 周年，今年是中韩建交 9 周年，中国于 9 月 28 日（某人的生日）请韩国的一个爵士乐团在北京演出。

还有 10 月 13—17 日在中国儿童剧院上演韩国金敏基导演的《地铁一号线》，报纸上刊登了余华等人的评论文章。这张报纸我已经放到了书包里，为你保存，也许你会有用。

华华　2001/9/25

老孔：

你好！

每天我回到家里，都问阿蛮在学校一天的情况，他是爱发言的孩子，这方面还没有发现问题，还是多鼓励就是了。

昨天白天志新来过电话，说是他在单位参加一个什么考试，如果考好了，10 月份就可以到北京来学习三个月。

前天老姨从五常来电话，说是把大棚租给了别人，他们改做奶牛了，先买了一头，花了 9 千元，他们家大儿媳妇怀孕了。

华华　2001/9/26

老孔：

你好！

昨天晚上金香梅来电话，她和你们的刘老师联系上了，刘老师在北京的通县住，她们昨天见面了，是你们的化学老师，不是什么你们的班主任，金香梅给康尔绪打了电话，说是等你回来我们大家见见面。

华华　2001/9/27

老孔：

前两天杜丽给家中打电话，妈妈接的，说是要你为他们写一个评论，让我转告你。

我这两周很忙，要写远程网，还有我是两个单元的主备人，所以很忙啊！！！！

2001/10/16

孔：

阿蛮想在学校吃午饭，他说他一看那饭就想都吃光，还有酸奶什么的，让我问问你。他们是和老师一起吃饭，吃完后玩一会，就都趴在桌上睡一会。

2001/10/29　14：13

老孔：

阿蛮每周五、六、日晚上看半个小时电视，我常常提醒妈妈注意看书的光线。

2001/11/20　15：09

老孔：

你好！今天下午5点时，小窦来电话告诉我，会议刚刚结束，你的职称解决了，让我周一去填正式表。

这两天不知道怎么回事，学校的网经常上不去，所以一直没有和你联系，有时好不容易上去了，又不能发信。如果你在周一或者周二看到这封信，晚上给家里来个电话，职称的事情也许还有要问你的。正式表小窦说是12月4日交上去。

178

还有就是家里的我们那间屋子一直暖气不热，我打电话找了物业多次，和他们在电话里吵了起来，他们最后决定今天到咱们家修理，今天上午10点30分修理好了，我一直没有告诉你，我怕你在外面担心，现在好了，就告诉你一声。

你快回来吧，北京的菜实在便宜，大白菜8分一斤，咱们门口的不法小商贩到了晚上是一块钱三大棵啊。黄瓜早市一块五两斤，橘子五块钱七斤。

好了妈妈做好饭了，我就先写到这了。

2001/11/24

老孔：

我的那采访是一个北大的学生在101网站打工对我做的电话采访，你在哪里看到的？

2001/11/25

老孔：

信都收到，你是在济州岛给我用手机发来的信吗？我决定不贷款了。

2001/12/20　10：37

孔：

你好！上午10点多的时候，我们同事的老公来电话，他现在天津，天津下大雪了，高速公路都不让走了。估计你回来的时候就没事儿了。

2001/12/20　12：53

韩国日记(三)

(第三学期)

2001年2月7日星期三　农历辛巳年正月十一

一晃20天没写日记。杂事太多。1月17日上午去三联书店座谈《霸王别姬》，莫言还算谦虚，导演王向明则很自豪。吴晓东是书面发言，叶彤读的。下午去中文系开"十五"规划会，我们几个专业的代表都批评了意见稿。程郁缀让大家写补充建议，我今天写了发给了社科处。

旷新年的事情我终于打了电话。20日全家去了旷新年家，祝贺他们家旷楚乔满月。还去了李今、解志熙、高远东、萧夏林、韩毓海。晚饭后又去解志熙家聊天。

大年初一全家去阿蛮姥姥家。初四去钱理群老师家，张海波、王家平、赵玙夫妇在。初五范智红生了个女儿。1月底王伟华带阿蛮回姥姥家住了两天。最近几天下雪。2月2日是王伟华33岁生日，也是我们结婚十周年。她

180

上午去单位值班。2月3日去张宾处与摩罗商量合作写书事，摩罗给了我那张存折。杨支柱很可爱，说我是新左派，被我斥责一番。骆爽也去了，送了我们书。陈德也在。张宾与胡春霖是老同学。晚饭后与骆爽同车到健翔桥，我又坐小公共回来。2月4日出去给阿蛮照相。5日阿蛮就又开始上幼儿园。陈建祖和张国祯都托王伟华办他们子女的借读事宜，但办好了他们又不来。张天天要出《玛雅王朝》，托我写序言，他们已经收到了。母亲回哈尔滨后，房子问题很多。邻居要我的书，我寄去了4本。在家里看光盘和电视。初五毛嘉来了，我俩出去喝咖啡。毛嘉还买了蛋糕。前天吴涛来，请我出主意帮他写文章。我出个题目叫《大写的校长》。今天还给陈平原的《点石斋画报选》写了书评。王伟华最近迷恋上了"潜水艇"游戏，原因是在我指导下，她成绩提高很快。我还应该提高修养，心平气和。

0：30：00

2001年2月22日星期三　农历辛巳年正月廿六

今天是2月22日。早上送阿蛮，回来又睡一会，杨鸥电话，要求稿子再发一遍。打电话给李政勋，告知明天的约会。收发电邮。柳珊写的《棋缘》很好。郑滨电话。准备给他寄本《空山疯语》去。中午热的昨天的饭菜吃。打电话给民航问讯机票延期。

昨天21日母亲电话，说今天上火车，23日到京。头疼，吴涛非要来谈他的文章，便让他来。在育园居午饭，看了他的稿子，上来又帮他想了小标题。下午睡了一会。姚丹电话说他们人大的张国峰老师要去韩国，想跟我联系。晚上打电话给张海波，约定周五见面。又通知了吴晓东。

20日上午先去北大朱青生老师家，填表。他把一份书稿用电脑发给我，我回来读了感觉很好。去人大出版社买现代文学史，但是书库里没有了。到海淀买书，吃牛肉面，6元。又去北大买书11本，取了信件。回来给商金林老师打电话，问候他的腿伤。打电话给程光炜，请他帮助买书并问了上次他组稿的事情。他说云南那边不敢出我的书。上午在书店看见我和华编的《金庸侠语》出版了，可是我们还不知道。打电话给欧阳哲生，出差了。鄢珉的电邮又找不到。在北大取汇款时遇见吴晓东，他说晚上他和陈晓兰从北大走。我回家，接了阿蛮。华下班，一起打车去西郊宾馆。李政勋和柳浚弼以及吴晓东陈晓兰都在。阿蛮用韩语说"你好"，这是我早上教他的。我告诉李政勋关于我打听的开咖啡馆的费用等。高远东到后，一起去附近的韩国烧烤店。李政勋谈了关于打算开咖啡馆、办刊物、网站等事情。又谈了左派右派之类。饭后打车带吴晓东他们一起回来。

19 日下午去北大取信件，3 点左右张天天和母亲以及 3 个出版者到。谈了一会。一个要考研究生的哈尔滨九中的老师来请我在《47 楼 207》上签名，又问了我关于考研的事。晚上与张天天他们到全聚德吃饭。我说张天天目前最重要的是必须上学，写作是次要的。这孩子听了我的话。编辑给了我稿费。

13 日下午去北大判研究生入学试卷，总体感觉比较差。晚上陈平原请吃饭，饭后又干了一会才完成。把一份汉城地图放在漆永祥信箱里并打电话告诉了他。随后几天都在家。王阳来过电话。社科处小胡电话说有个亲戚考研。任志安电话说他准备评教授。中央电视台"实话实说"栏目电话要做学术体制讨论。湖北的人大代表电话问我对法院垂直管理的态度。毛嘉电话。成都商务早报记者晓兰电话采访关于少年作家。公安大学学生会请讲座，谢绝。

沉着冷静，抓紧落实。

15：23

（3 月初赴德国开会期间日记略去）

2001 年 3 月 17 日星期六　农历辛巳年二月廿三

3 月 12 日是星期一，午饭后华从学校回来送我。司机多要 5 元钱。两个多月的家庭生活使我有些恋恋不舍，但没有流露。飞机迟了近 1 小时，机上服务也不好。两个朝鲜族姑娘夹坐在我两旁，把脑袋凑到我胸前来说话。到韩国后殊无感觉，乘地铁到阿岘，又乘3路汽车。东西太沉，最后一段路是把东西轮流搬运上来的。屋里还算干净，但是很多油腻，冰箱里有烂菜，暖气也冻住了。本来就有点感冒，这下更加重了些。给钟打电话，不在；给李海英打电话，说电话费还没用完。煮了点面条吃，夜里很冷。

3月13日起来很晚，德国的时差好像一直没倒过来。去中文系办公室，助教都换了新的。一个博士生叫金秀珠的态度不错。我看了课表，竟然安排了11次课，而且非常分散。见到了新来的西安外大的董老师和南京大学的孙蓉蓉老师。给钟打电话，他说14点来找我，我就先在408上网。给P打电话，约定5点见面。钟来，让我下午就上课，我说希望取消周四的课。钟给金慧琳打电话，金慧琳现在已经是翻译大学院的教师，说请我们晚上吃饭，钟说晚上让我把课转给毛海燕。我送给钟一瓶"老北京"酒。又打电话给P，改为次日见面。下午的课是现代作家研究，我请金秀珠带我去教室。里面坐着吕和另一个台湾华侨，一会又来了金善卿。我讲了课程的安排和一些关于现代的话题。晚上金慧琳开车请我们到延喜洞一带的中国乡土美食城，董、孙二位来韩半月，苦不堪言，说今天是吃得最好的一顿，她们还把剩下的菜打包拿回。金慧琳先送她们回国际馆去，我上408取下金贞淑老师还给我的被褥，金慧琳和毛海燕又转回来送我到家。暖气还没有好，我一直放水使之恢复。但是有了厚的被褥，便不怕了。

14日周三早上8点便有基本中国语课，我讲了两课。课后去办公室把周四课的点名表给助教金秀妍，让她告诉钟我不能上这个课，我也不好转给别的老师。然后步行去新村超市买了面包甜饼苹果萝卜白菜生菜等，乘3路归来。身体仍虚。午饭吃面条和面包。12点又去上基本中国语课。送了毛海燕两盒北京杏脯。钟打电话来说找不到人上课，我说我的课太多，又没有休息，反正我不上。钟说再考虑。P4点多才到，因为孩子学校有会。我将给她买的几本书给她，她还我工作证。我收到一封韩国老头写的英文信，拥护我在《今晚报》上文章的观点，并问我一些汉语问题。晚上暖气开始还阳。申夏闰打电话，说钟找到一个老师，但是明天请我代上一次。

15日周四去上21班的基本中国语，班上有两个美女，这么冷的天，居然露出半个胸脯。她们是把美色当成展品了。回来后就玩电脑游戏，主要是玩大战变色龙，因为这个游戏必须努力才能胜利。收到夏鸿的信。这天还取了款，交了煤气费。遇到李奎林，她帮我把多取的50万又存回去。韩币汇率又跌了，我决定先不换美元。

周五16日，先上中级汉语，然后去翻译大学院上高级汉语。这个课只有3名二年级的研究生，先来的是以前认识的罗恩姬，又来了裴收炯和洪贤荣。谈了上课安排和翻译的一些问题。归途去参观梨大博物馆，从正门步行回来。吃面条后玩电脑，黄昏睡到夜里，起来做米饭吃，然后泡个热水澡，读《天师道二十四治考》，又玩电脑。凌晨睡，起来已经是今天下午，吟了一首五绝。边吃瓜子边写日记。身体已经复原，每天要干点正经事了。现在去做饭吃。灶王爷保佑！

16：00：37

2001年3月30日星期五　农历辛巳年三月初六

一晃就是十天没写日记。

3月21日是周三，一早去上课，带了麒麟饼吃。课后到银行交费。问了助教改成绩的事，要了新的出席簿。中午课后给孙老师打电话问她和董老师何时没课，我好带她们去购物。给漆永祥打电话，仍不通。

3月22日，在堕落中度过。

3月23日，中午课后打电话给漆永祥，通了，约好周日去他处。又打电话给孙老师，要她们在国际馆门口等我。我上去带她们来看我的住所，并向她们介绍韩国情况。然后带她们去新村超市。她们很高兴。给了董老师代课费，她说正好没有钱了。我说周日去外大，孙老师在那里也有同事，想一起去。

184

3月24日，是周六，在晨昏颠倒中度过。

3月25日，中午起来，一边吃点东西一边给漆永祥和孙老师打电话，联系下午去外大。我让孙步行到阿岘地铁站等我，到外大时漆永祥接我们。孙去她的同事薛老师处。外大的条件比梨大要好得多。后来孙、薛一块过来聊天，又一起下去游览外大一圈。晚上漆永祥请客，请楼下的陈如老师一起，5个人到"一只鸡"吃饭。陈如老师是北大汉语中心退休的，在韩国已经五六年了。饭前我在路边配了钥匙，3千，梨大这边5千。饭后外大的送我和孙上地铁。换车时遇到中国人主动帮忙。我到阿岘下来回家。

3月26日找以前的钥匙找不到，到银行交费人太多。用电邮通知贾宝富来了新老师。

3月27日下午上网时裤子突然坏了，回来换了一套西装。研究生课继续讲鲁迅。吕说次日请孙和我吃饭。课后回来路上买了萝卜，一捆1千5。

3月28日早上发现下了雪，路上非常漂亮，遇见孙说她拍了照。课后回来睡了1小时。午饭后又去上课。下午钱兢电话说周六去那个公司不是录音而是录像，我说那可不行，我是有胡子的，我的胡子是我的标志，不能刮。韩国人真可以，先说录音，谈好价钱后再说录像，这怎么能行。傍晚吕突然到408来找董老师，原来她和孙都没有通知董时间。后来吕到国际馆去找，我们和另外3个研究生先去，在钟路3街。是一家韩国传统风格的饭店，有民族歌唱和弹奏表演。吕和董老师许久找不到这里，我嘲笑她永远迷路，因为去年她带我就迷路多次。孙和董向学生讲很多中国的事，她们都是很直爽的人。王的父亲不让她加入韩国籍，也不让她嫁给韩国人，孙老师有点抱不平，我说你不了解在韩国的华人状况，我是她父亲，我也会这样。现在韩国人都说我是韩国通，因为我对他们的本质看得太深了。孙和董谈得很高兴，快10点了，大家才一起出来。吕听说我是共产党员，半真半假地害怕得要命，我假装凶神恶煞吓唬她。乘105路车，我在阿岘下，路上买了8个苹果，2千元。早

185

上的雪中午就化了，晚上一片温暖，好像根本没下过雪。我说这就是韩国的天气，三寒四暖，跟他们的人一样。

3月29日，又是一天什么也不干，心里觉得，堕落也是幸福。但不是谁堕落都是幸福，像我这样能够体会幸福的人才幸福。

今天30日，研究生课上讨论全球化问题。我说对这个不必忧虑，中国历史上已经多次经历过全球化了。秦始皇强迫各国全球化，结果秦很快灭亡，胜利的是汉文化。下午回来简单吃点面包，就睡觉到现在，起来写日记。已经是月末了，应该过一点严格的生活了。癞蛤蟆保佑！

19：50：25

2001年4月7日星期六　农历辛巳年三月十四

今天中午起，吃昨天的米饭和菜。继续读《女真史》，写了一篇《阿骨打的骨气》。昨天课上讨论环境荷尔蒙问题，涉及同性恋和性能力等，学生很感兴趣。课后交了煤气费7万多。旷新年发来很多关于中美撞机的文章。傍晚回来路遇贺锋，便同归。晚上看从系里借来的录像带《上海之夜》，有点情调，叶倩文很像李继红。前天没课，一天无事。

周二是4月3日，下午辅导了P。去邮局寄信给金大铉，170元。信封是在楼道里看见朴晶雅，请她帮我写的。

周一晚上去新村买了猪肉面包蔬菜。那两天处理李海英的成绩问题和对我的乱收费问题。热水器的修理费用他们要我出，这是不合理的，我拒绝。从三月起，不发工资单，我去行政室要小李打印了一张。

最近思考了很多天下大事，老做隐士似乎有点对不起人民，应该慢慢地干点事情了。洁白的雪花飞满天。

23：11：46

2001年4月13日星期五　农历辛巳年三月二十

现在零点刚过不到半小时。周四一天什么也没干，是下午起来的。读完了《女真史》。很有收获。周三下雨，早上课后回来小睡了一会，

186

中午去上课之前金惠美到408，给我看她的脚，说她的脚趾砸伤了，她说想和我去看赛马。下午一直上网，晚上去新村购物。周二吕没上课，在机场打电话跟我请假。下午辅导P是2点多。周一和周日没什么事。摩罗催稿。唵嘛呢叭咪吽！

00：33：59

2001年4月18日星期三　农历辛巳年三月廿五

上周五中午只上了半堂课，12点半多赶回学馆，与众师生一起赶赴杨平进行研究生预答辩。是在一个山谷的宾馆中，我与钟住7014。下午两个人，晚上四个，次日两个。晚上我和孙、董没参加，我带她们去周围转了一圈，又回去看电视，看了金容沃讲《论语》和美国飞行员回国的新闻。半夜他们结束后，大家吃烤肉喝酒，老师们集中到我和钟的房间，聊天到下半夜两点。我基本没怎么睡。周六上午听郑美莲关于韩少功的论文和崔丽红语言学的论文。中午到市区午饭，下午归。到清凉里解散。我回来3点左右，睡到夜里。起来工作后，凌晨又睡。但是星期天中国教师有活动，我没有开机，所以没有参与。这是周一才知道的。周日夜里写东西到凌晨。周一开始考试。晚上去新村购物。睡得晚。周二P没有来，改在周三。下午研究生课只有金善卿和文炫善，开始讲周作人。晚上正炒菜，罗恩姬电话聊天。看苏雪林的《中国二三十年代作家》，完全是胡说八道加上泼妇骂街和病态宣泄，但还是耐心读下去，了解坏人更重要。为了新中国，前进！

01：12：51

2001年5月8日星期二　农历辛巳年四月十六

5月1日是农历四月初八，佛诞节。不上课。晚上到东大门与漆永祥以及外大的杨老师、徐老师会合，步行到曹溪寺，看了演出，但没有看到游行。9点多便散了。

5月2日给广院发稿，给"太阳风"发稿。辅导P，她邀请我8日

187

参加她先生医院扩大面积的庆祝晚宴。

5月3日晚上理发，好像是个会员制的理发馆，只要了5千。

5月4日问贾宝富去板门店还有没有名额。请助教告诉后勤给我修理水池。

5月5日、6日是周末，写好给摩罗的稿子。

昨天5月7日，催促修理水池。韩国人真不把别人的困难放在心上，大概是自己经历的痛苦太多了，完全麻木了。钟说20日请我们去他家便饭。他说我指责他说这话已经两年了。晚上朱银庆电话约周三见面。李政勋电话要文章提要。

今天金善卿电话请假，吕电话请假。中午的基本中国语18班又被我训斥了一通。我好像关心中国学生一样关心她们，而她们未必知道我心。给摩罗和李政勋发稿。下午提前下课。晚上P迟到，我们到一山时已经快19点半。她丈夫崔竣培的清雅韩医院买下了隔壁的火锅店，是P的爸爸出面买的。现在医院还有崔的师弟做副院长，另外5个护士。今晚主要是家人和牧师，共20人。他们先做祈祷。然后我送了一个小万里长城雕塑作祝贺。然后去南宫中餐馆吃饭。饭后P送我回来。吃饭时罗恩姬电话问问题，金椿姬电话约周四去延大。回来后我又约了漆永祥和刘宁。

周一基本中国语04班有个金侑美，很好。下课时她问"一直"与"继续"的区别。

最近思考问题，觉得还是既要反左，又要反右。宁可都得罪，也不都敷衍。因为这是大问题，亿万人的生死问题。

踏平坎坷成大道。哎呀我要撒尿。

24：32：11

2001年5月14日星期一　农历辛巳年四月廿二

现在是凌晨两点半。最近经常黎明才睡。

5月9日周三，上午打电话给李海英，她已经知道成绩修改成功。

188

刘宁电话说要约申夏闰一起周四来。取了些钱。下午 2：00 到正门见朱银庆和钱兢，一起去吃饭。我上午已经在食堂吃过。

10 日下午起来。3 点打电话给漆永祥，告诉他到阿岘等我。我 4 点到阿岘，领他来住处，吃了点面包和橘子，便去梨大。到 408 坐了会儿，5 点半多去正门。申夏闰先到，刘宁后到。一起去延大金椿姬处。5 人到食堂吃饭。路上我已经给他们指点了延大的 akaraka，学生们惊天动地地呐喊着。我等皆受感染。饭后约 7 点半，我们入场。先挤在前边，又到后边。今年比去年人多，高丽大学来的人也多。看到约 9 点多，去新村喝茶。10 点多散。

11 日研究生课上讨论宗教问题。晚上去新村购物。

12 日下午才起。金椿姬电话，说晚上延大有音乐会。我下午写完了庆祝梨大中文系系庆的小品，晚上便乘 3 路过去。延大旁边一家猪肉拌饭不错。韩秉坤电话，问我关于裴多菲的《自由颂》。7 点半去听延大同门音乐会。韩国国会议长也来了，有两个部长是延大的。延大校长发言说延大永远站在弱者一边。9 点多结束，金椿姬又带我去后门听爵士乐，很不错。金椿姬讲了一些她在韩国读书的事，很不容易。她说中间考试期间回了中国，买了《北大往事》和《北大情书》在看，并很奇怪自己又不是北大人，却读得特兴奋。我送她上了"马儿波斯"——韩国的小公共汽车。她说头有点疼，我回来给她打了个电话，知道已经平安到家。我在阿岘一带散步，啤酒竟然 5 万，不可思议。路上很多醉鬼，包括男女学生，又哭又闹的。

13 日读完了苏雪林的《中国二三十年代作家》这本泼妇骂街之书。整理了电脑。给韩国读者李孝英回信。

上帝安排我呆在韩国两年，一定是有目的的。好像我当中学老师的三年，武功大进。自己觉得学识又有所提高。自己跟自己吹吧。唵嘛呢叭咪吽！

03：05：56

2001 年 5 月 27 日星期日　农历辛巳年闰四月初五

两周未写日记了。似乎长大以来，就一直处于颓废或者自以为颓废之中。

5 月 14 日请助教给我用韩文写了对 18 班的要求。问沈小喜 26 日演出时间。问金慧琳关于韩国牧师的情况。发信给韩国读者李孝英。晚上去超市但因涨价而未买肉。

5 月 15 日是韩国教师节，中午在西门对面的鸡林亭吃饭。晚上买了 30 个鸡蛋，3300 元。16 日买了肉。17 日休息。

5 月 18 日交费。晚上去金钟仁住所吃饭，她的中国朋友尹海燕做的中国菜，还给我带回来一些。归途去租了录像带《火烧红莲寺》。晚上打电话给李政勋问次日开会的事。

5 月 19 日周六，上午去外大开现代文学会，发表的是关于海派以及女性的问题。金明石坐我旁解释了一点。我读了刊物上的汪晖的文章。韩秉坤没有来。李政勋晚上才到。晚饭时全炯俊在旁问我关于《笑傲江湖》等问题。喝酒时谈论北大等。与李政勋、任佑卿等坐地铁回来。归途申夏闰电话告诉我次日集合时间地点。

5 月 20 日下午，去钟家。董爱国做的沙拉，孙蓉蓉做的清蒸带鱼和对虾。钟做的东坡肉。沈小喜带去了"蚂蚁上树"。郑在书终于没有去。两个助教李贤珠和金秀妍在那里帮忙。我带去了一瓶二锅头。钟夫人是医药师，会几句汉语。

5 月 21 日周一，交了水费。22 日，孙蓉蓉、董爱国她们去板门店，我代孙上了一节课，学生还不错。这天的研究生课开始讲冰心。学生告诉我"冰心"的发音在韩国语里是带有侮辱性的骂人话，根据她们的解释，我想大概相当于"傻帽"。23 日下午，3 位要跟我一起演节目的学生丁有美、赵银贞、康昭英来找我一起练习。24 日休息，晚上楼下的贺锋来聊天到后半夜 2 点。25 日高级汉语课上讨论金钟泌希望当总统之事。课后申夏闰带我和董爱国去为中学汉语考试录音。之后董爱国说请我带她和孙再走一次来这里的路。但后来电话又说她们要自己走。我归途借了盘录像带，是香港舒淇主演的《玉蒲团》，真是乱七八糟，跟原著没什么关系，香港人连色情作品都改不好。一旦甘心为奴，灵魂永远糊涂。那舒淇姿色也不过中上，不知为何有许多人迷恋。

26 日 11 点去学馆，赵银贞电话请我去小剧场。我们练习了几遍，我告诉她们几个要注意之处，便回学馆上网。下午 2 点赵银贞电话说老师们都到了。我便去参加。先开会。3 点半才演出。我们的节目掌声频频。演出后是抽奖。孙蓉蓉拿着好几张号，分了一张给毛海燕。孙得了一个 4 等奖，毛得了一个 3 等奖 (15 万元的化妆品)，但是毛又把奖品给了孙。别人还祝贺毛，我说毛一贯是做了好事不留名。然后去经营餐厅吃自助餐。有一位乐黛云的博士生叫陈铉美的，嫁给海南一个中国人，特意赶来参加系庆。她丈夫说只有我的节目中才说了真话，指出了韩国人"喜欢迟到"。全世界都知道这一点，唯独韩国人不明白。饭后我就回来了。田炳锡电话约定周三去檀国大学讲座武侠小说。今天中午起来，玩电脑，读文史知识，看了电视里的"韩国小姐"选美，都一个模子，没一个能够打动人的。煮了面条吃。还有一周的课，这学期就结束了。所谓现代教育，就是愚民教育。如今更加明白吾祖所云：唯上智与下愚不移。

今天以为是端午节，本想请金椿姬吃饭，但打电话她不在。还有很多东西要写。人生如梦，一睡就是百年哪。

20：08：33

2001 年 6 月 8 日星期五　农历辛巳年闰四月十七

现在是 0 点 40，刚刚从田炳锡家回来。6 月 6 日是韩国显忠节，放假，这一天的考试我放在 5 日进行了。6 日睡了大半天，晚上楼下贺锋夫妇来访，聊天到 11 点，送了贺锋《空山疯语》，请他们吃巧克力和西红柿。他们走后，看台湾王童导演的《稻草人》，很不错，是现实主义的东西，很深刻地揭示了日本占领台湾时期的真实。然后睡到 7 日下午，起来洗澡，3 点半出发到鸣鹤，田炳锡接我，随便吃点冷面和包饭，去圣洁大学。路上与沈小喜和助教联系明天接孙玉石老师之事。圣洁大

191

学中文系只有两位教授，都是女的，主任是宾美贞。6点开始讲"当年之事"，这是我第一次公开讲这个问题。田炳锡翻译。到8点结束。3个女学生找我谈话，我嘱咐她们要学好汉语。然后去田炳锡家。林桂玉已经做好了菜。他们的新家很大，也很漂亮。席间讲了一些中国问题。10点半多告辞。出来后两位女教授非要给田炳锡家买礼物。这可能是韩国人的礼节。我与林桂玉说有机会想去济州岛。我与宾老师同乘1号线，到新道林分手。我乘的已是末班车，到阿岘已过夜半。上来后有个妖艳女孩来搭讪，我听不懂，估计是妓女。便跑到路边买了一盆西红柿，提着归来。

5月28、29、30日我用韩文在黑板上通知考试事项，学生皆诧异不已。田炳锡约我30日去檀国大学讲座，后又改为31日。

5月31日是周四，梨花女大115年校庆。中午去珍馆会餐，然后到学馆上网。2点檀国大学学生李德汉来接我去讲座。还是在去年那个教室，讲《武侠小说与中国文化》。之后黄炫国老师和学生们陪我去喝酒，从5点喝到半夜，换了3家酒馆，中间还去了一次卡拉OK。唱歌时田炳锡赶来。我唱了《同桌的你》、《草原之夜》等。汉城女大的洪老师也去了。5月30日田炳锡来梨大请我吃饭，告诉我马相武在汉城女大。我6月1日打了电话给马。黄炫国酒量很大，他在台湾11年，很熟悉中国文化，很会喝茶。他借给我一些光盘和录像带看。檀国的学生也很不错。有个中国朝鲜族的赵海燕，是牡丹江来的，很漂亮，我夸奖了她几句，使她在同学中增加威信。有几个学生后来说"永远忘不了"我。

6月1日罗恩姬请假没上课。助教蔡辰沉问我昨天去檀国大学的事，说我讲得很棒。原来她是檀国毕业的，是同学告诉她的。李政勋通知我次日早上出发。

6月2日4点半起，乘巴士到火车站。李政勋和张志强也到了。6点5分的火车，10点半多到光州。韩秉坤接。午饭后驱车去甫吉岛。很美，有尹道善的庭园和他的《渔父四时词》碑刻。我带了相机，李政勋不爱照相，只和张照了几张。有两个女孩跟我们一起出游。晚上住在"洞天茶亭"，主人是个共产主义者，一起喝酒，谈了一些政治问题。一觉睡到次日 11 点，张已经出去散步了，两个女孩也走了。午饭后去看了"乐书斋"等景点，都很羡慕岛上生活。又与主人喝了会咖啡。离开甫吉岛。在船上遥望多岛海的海面和诸岛，很美。吃了一盒方便面。从莞岛到海南的路上，又去看了茶山草堂。丁茶山先生是韩国朝鲜时代的实学大师。到达光州已经晚上 10 点许。在一家有名的平壤酒店吃了烤肉和冷面。与韩秉坤告辞，去汽车站。又喝了会啤酒，坐半夜 1 点 5 分的汽车回汉城。5 点多到，我与二人分手。归途多见呕吐的酒鬼和残妆的妓女。到家便又睡。这已经是 6 月 4 日。下午去给学生考试。到办公室用电脑时助教金秀珠说她们很忙，被我训斥，后来我考试时，她打电话主动道歉，我就原谅了她。金椿姬电话约晚上吃饭。课后去延世大学，她带我去吃一家素菜，别有风味。然后去奉元寺烧香，别有情调。但心情总有些压抑。归途给王伟华打电话，知道她已经办好了签证。我的老婆越来越会办事了，老婆不是天生的，需要在革命斗争的风雨中百炼成钢。

6 月 5 日考试了 3 个班，许多学生精心化了妆。董老师请我帮助看看她们一位领导的著述是否合适送给梨大。董和孙要在 6 月 8 日搬来相邻的单元住。

这个学期就这样结束了。如是我闻。

01：59：48

2001 年 6 月 17 日星期日　农历辛巳年闰四月廿六

正在吃饭，马上出发回国。昨晚贺锋夫妇请我下去吃饭，请我帮买药。吕电话请我帮她买书。前天 15 日下午漆永祥来梨大，我带他参观了博物馆，又去图书馆帮他复印 1928 年的《东亚日报》，是崔丽红帮助的。钟送给漆永祥一个中文系纪念杯。请我代给孙玉石等老师纪念品。给沈智英补考，申夏闰送漆永祥走。把成绩全部交给助教。晚上本来金钟仁请我去听国乐，但是孙、董要请钟吃饭，请我去帮助包饺子。

到晚上我去国际馆接来钟。饭后我们送钟到国际馆，又散步到阿岘。

14 日请助教帮我办理回签，10：00 沈小喜带我去录音。还是与崔丽红合作。发现那里写着中国国立杂技团演出，庆祝韩中建交 9 周年，免费。我就留下来看，又打电话给董，她也来看。但是节目很一般，原来是山东泰安的杂技团。中间还有韩国人 1 个小时的产品推销，十分讨厌。但韩国人都津津有味地听着。

13 日礼拜三上午金椿姬带我去办理回签，但是我忘了带护照。便去取了机票。回来到延大食堂请她吃饭，又聊了会。下午到 408 上网。12 日一天在家。8 日考试完毕，昨夜读完了《朝鲜文学史》。读书是读书人本色，因为能读书就骄傲，那是可耻的。

如是我闻。

14：38：26

2001 年 6 月 26 日星期二　农历辛巳年五月初六

回家已经 9 天了。今天在家等送来机票。华去给阿蛮开联欢会。午饭后看《两个小八路》和《上甘岭》等。昨天下午骑车去北大，把梨大给温儒敏、张剑福的礼物请小窦转交，孙玉石的放在教研室。遇韩毓海，谈了会儿。向王桂玲借了 100 元钱，去地下书屋买了 10 册书。晚上喝了一瓶啤酒，因为是端午节，吃了粽子。上午去早市买了裤子、凉鞋、汗衫和三本书。

6 月 17 日正常到京。华去机场接。说舅舅明天来看我。晚上给钱理群打电话，要听他老人家的最后一节课，可他说他的课已经结束了，这个可恨的老钱！18 日傍晚与华去给舅舅买礼物，回来时舅舅和艳良已经在。请他们住在这里。次日早饭后我陪他们去颐和园。中午与艳良的同事会合，艳良要与他们一起，我便带舅舅去北大。在门前吃了午饭，游览了北大校园，去了中文系，已经全部迁回五院。又去了风入松书店和太平洋电脑大厦。舅舅越来越像姥爷，听说姥爷身体不大好。晚上艳良没来这里。20 日早饭后我送舅舅去了北京站附近的煤炭部盔甲厂招待所。归途看了一下书店等。早饭时一泼妇抢我们的餐巾纸，华与之争吵，弄得我也被迫卷入，事后觉得没必要。21号以后基本在家里闲呆着。阿蛮有些咳嗽。周六到周二华去监考。我处理一些读者来信。武汉龙泉明电话，请我一定去开会，我周日在小区门口的家政公司订了票。

回国10天，便又胖了起来。好汉一身膘。

16：09：54

2001年7月9日星期一　农历辛巳年五月十九

6月27日上午与吴晓东共去新世界出版社参加"北大学子丛书"策划会。余世存、韩毓海、蔡方华、李方、雷格、余杰、旷新年、杨早、西渡、迟宇宙等都去了。午饭后郑勇带我到他在高粱桥斜街的宿舍休息，送我一本他的《蔡元培影集》。他去开会。我4点多离开，乘地铁到达北京站时，忽发现车票是从北京西站出发，便又去西站。在小马厂调度室斥责司机不停车，他们便派车送我到达。晚乘37次特快，8号中铺，对面下铺一老头不断练功。28日早上出站，发现同车的还有肖鹰、陶东风、张同道、李兴叶等。接我们到武大的珞珈山庄，哈师大的罗振亚在那里读博士。我与张同道合住315。早饭后便开会。开幕式后几个记者采访我，次日见了报。我上午最后一个发言。晚上与何锡章、高旭东等聊天。29日最后一段由陶东风、张荣翼和我主持。中午高旭东喝酒很猛。下午参观磨山，他一路高唱"文革"歌曲，我戏称他为"文革"余孽。张同道和肖鹰这天都走了。晚上何锡章请饭，大讲笑话。饭后苏元、白杨、陶东风和我去洪山广场。我点了"卡布基诺"咖啡，陶东风听成"看不清楚"咖啡。30日一早去木兰山和木兰湖，号称"武汉的后花园"。一些人游泳，50多岁的刘玉凯差点游不回来了。晚上我们5个人要乘38次回京，所以特意给我们提前开饭。车上祝晓风学葛优台词很像。他是天津人，很幽默。7月1日早上陶东风带我到公共汽车站。回来也没听建党80周年大会就休息了。毛嘉打电话来批评我不对，说江泽民的讲话十分重要。我承认了错误。一个党员，孤独时也要战斗。

回来便又忙得一塌糊涂。1号与华去清河购物，晚上新加坡的学生们电话说她们已经到达了。2号周一没有去北大。7月3日上午与华去中关村兑换出国美元。先去中文系报销了差旅费。然后华去上班，我独自回来。7月4日周三，上午去中文系，高丽大学的白永吉、张东天、金明石等来请钱理群做报告，温儒敏和贺桂梅也去了。下午去风入松书店，见到了我的《井底飞天》已经出版了。买了些书和光盘。回北大，在南门口遇到小曹，说起那次不幸，他说被打得很残酷。去他那里喝茶到6点40。我又赶到资源宾馆。新加坡学生们在这里设答谢宴会。李扬、漆永祥、吴晓东、杨海峥、叶文曦、商金林、刘子瑜、刘永强、阎国忠、任秀玲等许多老师都到了。晚上与吴晓东、刘子瑜打车回来。7月6日上午去勺园9号楼623给香港大学的学生讲金庸。先去了资产部盖章。中午在海淀吃了肉夹馍和加州牛肉面。下午去人事部盖章。又买了点书回来。7月7日上午全家去民大。给李少君打电话，他已经离京了。给程光炜打电话，他说云南那边还想伺机再出我的书。午饭时毛嘉电话，约4点在紫竹院见面。我们在湖边谈了一些国家大事，假装忧国忧民。与周舵通了电话。毛嘉已经离婚，请我给他介绍女朋友，说那些跟我合影的就不错，我说你这不是与虎谋皮吗？近6点分手。回民大吃了晚饭。归途仍乘814直接到家。车上阿蛮睡于我腿。7月8日下午与华去海淀、王府井、西单查看摄像机情况。在北师大附近吃了酸辣粉，买了9本书。决定次日买摄像机。7月9日上午二人又去缸瓦市以7千余元购得日本松下DS38数码摄像机一部。遇几个韩国学生在那里买VCD机，我用韩语问候，她们很高兴。她们说是白永吉的学生。我帮助她们讲了价钱。中午仍去昨晚晚饭处，吃了肥肠粉、酸菜粉及夫妻肺片。到家是13点20。华休息后去单位开会。我研究摄像机说明书。陈保亚电话通知明天阅卷时间。还剩10天就又该走了。人生如梦。

与初中同学金香梅、康尔绪联系过，没有时间聚会。给孟繁华打电话，请他告诉出版社给我样书。与摩罗联系过，请他给我稿子。他与任不寐不愉快。任不寐则向我约稿。千头万绪。当挥慧剑矣。

今天是高考最后一天。18年前，我六战六捷，直取北大。当年之豪情，今朝尚存几何？娘希匹！

18：06：03

2001 年 7 月 18 日星期三　农历辛巳年五月廿八

7月10日到17日，在北大阅高考语文试卷。每天6点起床，6点半骑车去。在那里早餐和午餐。他们担心我写文章和接受采访。让我阅最简单的一道选择题。我在第五组。他们还让我翻译了试卷中的文言文，还写了一篇阅卷感想。101中的赵海蓉介绍我认识海淀教师进修学校的董晓平，他希望中午有休息的地方。我从11日起，每天中午带他去中文系我们教研室午休。12日晚到勺园参加香港大学结业宴会。外事办的刘说认识我堂叔孔宪科。13日结束后去老朋友刘军处下围棋，他又回来读博士了。输他两盘。然后去"蜀味浓"吃火锅，喝了三扎啤酒。晚10点听到欢呼，北京申奥成功。我们打车回到北大看庆祝。我对学生的一片狂喜，感觉很不好。又回博士生宿舍，带酒与师弟王家康下围棋，一负一胜。夜里住在刘军宿舍。14日下班后去钱理群处，陪他去邮局领《新语文读本》，我拿回一套。刚才二中老同事吴春瑜电话，说贾作人老师，病得很重。我想起当年在二中时的融合欢洽情景，不禁伤感。写了给朱青生的书评，发去了。《中国青年报》刘县书要求来采访我的藏书，谢绝了。与梁菲电话联系明天见面，给她带东西到韩国。康尔绪很忙，就不能与他和金香梅聚会了。与李永海电话联系了。田炳锡打电话来祝贺申奥成功。杂事太多，记不胜记。阿门！

22：15：47

尝尝野趣

在韩国闹市以汉语高声乱骂，以为无人听懂。

忽有一少女嫣然一笑曰：『您是孔老师吧？我是在这儿的留学生，以前在电视上见过您。』顿时面红耳赤，不亦快哉！

五绝·客韩岁月

薄暮拥花起,
凌晨带醉眠。
他乡无日月,
有梦是新年。

(2001年3月17日周末昼寝,吟于梦中醒来录之)

由"化妆室"想到的

　　韩国现在普遍把厕所叫做"化妆室"。韩国人对于他们的化妆室非常自豪，因为他们的化妆室不但普及率高，使你出门没有找不到出恭场所之忧，而且设施完善，里外清洁，一般只能靠视觉而不是靠嗅觉加以寻觅。以前我们北大的许多韩国留学生都埋怨过中国的厕所，还有一位写成了文章发表，恰好那时中国人自己也在猛烈批判自己的厕所"一难找二难扫好容易找到又下不去脚"，所以当时就对韩国的厕所十分仰慕，宛如癞痢头的阿Q惦记着秀才娘子的宁式床一般。及至亲临韩国，才知原来的期望值太高。韩国的厕所绝对比中国好，此话不假，不过这是平均而言。如果单比高档次的，韩国则不如中国。

　　韩国很少有"豪华级"厕所，大多数厕所只是干净而已。中国的城市厕所现在有了很大改善，但是一方面许多胡同里仍然屹立着传统的粪坑式"砖瓦庙"，所谓"远看像个庙，近看是个窖，里边蹲个龇牙鬼，手里握着大洋票"。另一方面却挥金如土，修建了不少豪华厕所，里面宽敞明亮如宴会厅，大理石地面惊鸿倒影，包厢内冲、洗、擦、烘一律自动，外间有衣帽厅和休息室，沙发电视报刊冷饮俱全，鲜花环簇，香水扑鼻，音响里播放着欢快的室内乐，有的则专门聘请乐师现场演奏。修建这样一座厕所的钱，可以修建50座普通公厕。这样的豪华厕所，不但可以作"化妆室"，作音乐厅都当之无愧。只是这样的厕所，大多数人是不敢问津的，因为里面有殷勤的先生和小姐等着收小费呢。当人家递上热乎乎、香喷喷的小毛巾时，咱们五元十元的哪里拿得出手啊？真是一尿千金啊！

也许是我还没有走遍韩国大地，反正我去过韩国几十个大小城市，百十处名胜古迹，四十多所大学，七八家四星五星级酒店，外加几个企业集团，就从没看到过中国那样的超级厕所。而且，韩国的厕所也并非全都值得自豪，我在仁川海边也遇到了"下不去脚"的厕所，情况紧急，只好屏息而用。市区厕所虽多，但也有些令人不满之处。比如有的男女不分或男女通用，你正在方便，忽有女人打身后过去，十分影响操作情绪。有的厕所没有手纸甚至没有水。还有的商场的简陋厕所有人私自收费，没有任何票据，连手纸也不给。但总的说来，韩国的厕所是令人满意的，达到了现代化的水准，韩国人为此骄傲是应该的。韩国厕所最好的城市是汉城附近的水原，那儿的市长大力建设"化妆室文化"，使水原成为举世闻名的"化妆室"先进城，这位市长也被韩国人民尊称为"化妆室市长"。

但是我对把厕所叫做"化妆室"这件事有点不以为然。我坚持叫"厕所"。有的人跟我辩论，说"厕所"不雅，说韩国的厕所里面不但干净，而且有水有纸有镜子，真的可以化妆。我说我知道很多女人在里面化妆补妆，可以化妆就叫化妆室吗？每个厕所里还有避孕器具自动售货机呢，为什么不叫"避孕室"？厕所主要是干吗的？我们在教室里也可以聊天，为什么不把教室叫聊天室？把厕所叫做化妆室显然并不是从它的功能考虑的，而是由人的心理动机决定的。说穿了，也就是避讳心理。你说叫厕所不雅，但是你不知道，厕所这个词本来也是个"雅"的代称哩。

人类原来跟其他大部分动物一样，走到哪儿倾泄到哪儿，后来据说"文明"了，有些部位不让别人看了（耶和华他老人家为此很生气），有些话不让公开说了，那类倾泄活动也跟皇帝的名字一起要避讳了。可是你知道皇帝的名字是高雅的，所以凡是要避讳的东西，其实都是高雅的。人类有了固定的场所进行那事之后，就开始利用花言巧语来掩盖那事，如同猫狗干完那事总要刨点土埋上一样。人给其他场所取的名字大都老实真诚，比如吃饭的地方就叫饭厅饭堂，睡觉的地方就叫寝室卧室，做饭叫厨房，读书叫书房，会客叫客厅，杀头叫刑场，偏偏到了这件事上，百般虚伪，万般掩饰。"厕所"就是用来掩饰的雅称之一。"厕所"的字面意思为"厕身之所"，即"活动两下的地方"，请问哪里不能活动，非要到那里去活动呢？还有"便所"，意思是"方便之所"，干那事叫"方便一下"，大干叫"大便"，小干叫"小便"。请问那事叫做"方便"，别的事就都不方便吗？那"方便面"怎么解释？我看那事才叫真正的不方便。我再出个主意，那些倾泄物都是从人的身体里派出去的，那个地方干脆叫"派出所"，不也很雅吗？恐怕人家警察不答应呀（中日韩都叫"派出所"）。还有的地方叫"茅房"、"茅楼"，东北把掏粪工人叫做"掏茅楼的"。可是有多少平民百姓就居住在茅房茅楼里呀？《洪湖赤卫队》的主角韩英有句唱词就是"彭霸天，丧天良，霸走田地，强占茅房"。我小时候一直不理解，这个狗地主彭霸天咋这么可恨？他占领人家厕所干什么？后来听到一句俗语，"占着茅坑不拉屎"，这才恍然大悟，原来彭霸天占领人家厕所，是自己不拉屎，也不叫别人拉，阶级敌人真是坏透了，怪不得毛主席让阶级敌人"不须放屁"呢，他们不让咱拉屎，咱们叫他们连屁也不准放，看谁厉害。

中国人在这件事上费尽了心机，比如《资治通鉴》里非把孙权上厕所叫做"更衣"，可是现在很多体育场馆和工作单位都有"更衣室"，足球队还经常在更衣室举行记者招待会呢。那地方还曾经叫做"溷藩"，因为太高雅、太拗口，没能够推广。于是大多数情况下还是使用"厕所"。但是语言像衣服，穿太久了就会捉襟见肘露出真相，所以雅称也会渐渐变成本名。说"厕所"时已经没有掩饰的功能，实际的图景历历在目。这时又从外国引进了一个新的雅称：洗手间。原来外国人跟中国人一样虚伪，非把那事说成别的事不可，真可谓"说不是就不是是也不是"。什么"方便"、"出恭"、"上一号"，都到了图穷匕首见的末日，"洗手"反而成了时髦。想起唐诗里有一句"洗手入厨下"，和武侠小说里常说的"金盆洗手"，不禁令人微笑。我在正人君子面前也每每附庸风雅，说什么"我去洗个手"之类，可是一次在某饭店，服务小姐竟然把我带到了厨房的水龙头前，我只好返璞归真要上厕所。想起一个笑话，有个人打电话给上海测绘研究所，拨通电话后说："我要上测所。"接电话的小姐说："你耍什么流氓！上厕所回你家上去！"这位小姐显然也是把上厕所看做见不得人的事体。现在假如我们学习韩国人，也把厕所叫做"化妆室"（这是很可能实现的），那过不了多久，"化妆室"这个词的文雅色彩也会消失，那时又需要新的雅称来满足我们的虚荣心，而且，把好端端一个"化妆"也给糟蹋了。我们想想，法国宫廷语言中，曾经把"喝茶"叫做"内部洗澡"，这到底是雅还是俗呢？

所以我的态度是，不要计较用词的雅和俗，你以为雅的，可能正是俗，可能正昭示着你的俗或正把你引向俗。不故意追求雅，也不故意追求什么"大雅若俗"，人才能不被语言所迷惑。我除了跟正人君子们在一起时要注意尊重他们虚弱的自尊心之外，是口无遮拦，想啥说啥的。除了最常用的"上厕所"，有时也使用更朴素的动宾短语，以致遭到亲朋好友的多次责难。他们非常不满一个北大文学博士怎能说出那么"粗野"的词语，就像鲁迅《药》里的牢头阿义奇怪革命者夏瑜竟然说出"天下是我们大家的"这么混账的话一样。跟亲近的人是讲不清道理的，我只好蛮横地说："这才是北大人的风采，北大人也像你们这么虚伪，中国还有救么！"

庄子说："道之所在，每下愈况。"对待厕所的态度，也是观察和衡量一个人的世界观的上佳视角。比如我那位小资产阶级的太太，屡次要求跟我去农村的姥爷家住住，说是能够忍受粗茶淡饭。我说粗茶淡饭的没有，人家的伙食比咱家还好，但是那里的厕所您老人家能够屈尊枉驾么？太太问厕所如何？我告诉她位于房后柴堆旁之院角，一米见方，围以疏篱，下掘深坑，坑口垫青砖两块为落脚之处，搭一斜板通入坑中。老北大前辈曾留下一联，正好用在此处，曰："板斜尿流急，坑深屎落迟。"着一"迟"字，境界全出矣！夏天常有金睛巨蝇百头许，在此合奏广东民乐《喜洋洋》，另有蚊子小咬无数，如饥似渴地等待着你，真是"脱衣解带处，茹毛饮血时"。太太说你缺德死了。我说还有冬天，坑口冰封，坑上雪飘，东北的三九天你哪里想象得到？老舍的《骆驼祥子》里你们北京姑娘虎妞那拨人曾喊了一嗓子："喝，屁眼儿都他妈冻裂了！"那说的是你们伟大首都北京，再往北三千里地，还不把你一下子变成速冻木乃伊？要是半夜三更忽然内急，那可惨了，出去后，命大的，落个"寒风吹玉股，冷月照金臀"，虽然是诗情画意，却留下个尿频的病根；命小的，兴许当场就冻在坑上，想喊人，上下嘴唇冻在一起张不开，用手去帮忙，手顺便也冻在嘴上，第二天一看，活生生一个罗丹的《思想者》雕塑啊。

太太听我这么一吓唬，把我骂了一通，再也不提"下乡"的事了。她也知道我是夸张，但资产阶级本性毕竟还是在无产阶级厕所面前现了原形。这样的厕所，叫它"化妆室"又如何？叫它"厕所"，已经是高抬了。最近听说姥爷家那里已经时兴抽水马桶式的新式厕所，大概将来也会有到厕所里化妆的一幕。我只是琢磨着，等"化妆室"也蜕变成"粗野"的言语之后，那时应该管那个地方叫什么呢？也许有一天厕所里是可以吃饭、可以讲课的，那会不会叫"大饭厅"、"大讲堂"呢？想着这两个北大历史上著名场所的称谓，我咧一咧嘴，傻子似的笑了。

206

韩 国 趣 语

1. 机场和空港

　　韩国和日本一样，把机场叫做空港。我在韩国教学生"机场"这个词时，学生问为什么韩国叫"空港"。我说韩国的汉语词汇有的来自中国，有的则来自日本，特别是日本殖民韩国五十年，很多现代词汇就直接用日本的了。不但韩国，连中国的许多现代词汇也来自日本，因为这些词汇本来是西方的，日本人首先翻译了，中国人觉得翻译得不错，就采用了。学生说那为什么日本把air port翻译成空港，中国却翻译成机场。我说日本是岛国，没什么土地，渔业和港口对他们很重要，所以想事情容易联想到海上去，他们觉得飞机起落的地方很像是空中的船出海和返航的港口，所以就叫做"空港"了，而且 port 在英语中本来就是港口的意思，英国也是个岛国，想问题与日本有很相似的地方；而中国是幅员辽阔的大陆国，土地的意识很浓厚，他们觉得飞机起落的地方是一片大广场，农村有"麦场"，学校有"操场"，部队有"靶场"，开会有"会场"，所以飞机们开会的地方就叫"机场"了。学生问那空港和机场哪个好呢？我说都好，比较而言，"空港"带有文学比喻的色彩，听上去美一点，但是显得小了点，而且安全感不够，港口毕竟不是家，有一种忙碌的、匆匆过客的味道，日本有几首流行歌曲就是空港题材的，唱出了现代人的迷惘、孤独和焦虑。而"机场"比较朴实，带有老农民四平八稳的土地气息，听上去没有文学味道，中国的航空业已经很发达了，但是还没有唱"机场"的流行歌曲，不过"机场"听上去给人一种安全感，一种家的亲情。学生问那老师您更喜欢哪一个呢？我说出门时喜欢空港，回家时喜欢机场，比如我回中国时，飞机上广播："再过十分钟，我们就要降落在北京机场。"我听了非常舒服，如果广播的是空港，心理上可能会有微小的差别。所以说词汇概念本身无所谓优劣，关键在于我们的理解和使用，我们应该从人们不同的用词中，去体会丰富的人性、民族性，去体会丰富的美妙人生。

2.先生

韩国和日本一样，称呼老师为"先生"。有的韩国人觉得中国人叫"老师"太随便，不如他们叫"先生"更正规、更尊重。我告诉他们，中国人本来也叫"先生"，日本和韩国是学习中国才叫"先生"的。但"先生"既然是个尊称，就会慢慢扩大使用范围，把不是先生的人也称为"先生"，如同现在把一般的艺人也叫"影星"、"歌星"一样。天长日久，"先生"就成了一个泛称，用来称呼大多数成年男性。为什么与"女士"对应的词不是"男士"而是"先生"呢？奥秘就在这里。于是原来的"先生"就被改称为"老师"。但另外有一些特别德高望重的人，被专称为"先生"，这是用一种仿古的形式表示格外的尊重。比如我的导师一辈，我叫他们"老师"，而我的祖师一辈，我们往往称呼"先生"。但是"老师"成为尊称后，也要慢慢扩大使用范围。语言永远是活的，是运动的。比如电视台的一位主持人是硕士毕业，但她称呼一个只有初中学历的演员为"老师"，这里就是表示一种尊重。再说孔子教导我们，"三人行必有我师"，叫这么一声也没什么。等"老师"这个词用得太普遍了之后，还会有新的词来代替它原来的功能。也许像你们韩国一样，都叫"教授"。比如我在中国的职称并不是教授，但我走到哪里，人家都叫我孔教授。我如果每次都去纠正，反而显得可笑，显得我特别计较这件事。所以我就随人们叫，叫我"教授"、"老师"、"博士"、"先生"、"老孔"、"大哥"、"老弟"、"庆东"都可以。称呼是无所谓的，越是亲近的人，越不在乎称呼，或者称呼越不尊。称呼越尊的人，往往离你越远。我的好朋友叫我"村长"、"恶棍"、"地主"、"流氓"、"歹徒"，我太太叫我"老不死的"、"该死的"、"缺德的"、"老土"，这些我听着都比"先生"舒服。假如哪天我太太突然叫我"先生"，我当场把她揍死！我看韩国的好朋友之间，也是不叫什么"先生"的。他们喜欢叫"哥哥"、"弟弟"。这才是人之真情。我们东北的老百姓，都用血缘关系来称呼人。比如你到哈尔滨一下火车，立刻会听到"大哥大姐洗把脸吧，刚下火车怪累的。""大哥大姐吃点儿饭呗，包子大米粥都是热乎的！"你听了心里热乎乎的，有一种"四海之内皆兄弟"的亲切感。假如换成"先生女士请您清洁脸部皮肤"和"先生女士请您适量用餐"，会立刻觉得冰冷之气扑面而来，当时发作胃绞痛也说不定。称呼可以杀人，一点不是夸张。中国"文革"时的"地富反坏右"和一些国家的反动统治者口中的"暴徒"就是例子。所以，除了需要虚伪一下的场合，咱们还是少"先生"吧。

3.“思无邪”的发音

语言的雅俗色彩是相对的，同样的语词和语音，不同的人听了，会有不同的文化评价，会有不同的接受效果。有一个偶然碰到的例子，似乎可以证明这一点。在梨花女大，有一次和一个台湾籍学生同路聊天。路过一间教室，听见里面一位韩国女教师正在带领学生练习汉语拼音的发音。韩国学生的平舌卷舌问题是发音的重点障碍之一，需要反复练习。只听她们大声喊着："c—ào—cào！cào！cào！cào！"几十个女学生整齐而清脆地一遍又一遍喊下去，令我们海峡两岸的两个中国人听了觉得格外刺耳，又想笑又不好意思笑，因为这个音节是汉语中的一个粗字。过后一想，中国的女大学生绝不可能这么精神抖擞地大喊这个音，原因是人家韩国学生"思无邪"，我们则心有杂念，先气虚了一半也。所以说知识即罪恶，"我思故我烦"也。

4.语言标准

语言究竟应该以语言学家制定的"语法"、"规则"为标准，还是以人民的实际使用情况为标准，这是许多语言学者认识不清或极力回避的问题。他们拿着从西方生吞活剥学来的"语法"、"规则"，胶柱鼓瑟地任意裁剪东方人民活生生的语言实际。二者有不相符合之处时，他们不是说那个语法不完善，规则有缺陷，而且批评人民说错了，指责人民没有按照语法说话。他们披着学者的外衣，凭借现代教育体制，把他们的歪理邪说强行灌输到全社会，给人民的语言运用造成了很多障碍和麻烦，而且还给我们的对外汉语教学造成了相当大的混乱。比如，有人说"救火"这个词是错的，因为按照西方那些笨蛋的逻辑，"火"是不能"救"的，只能"救人"和"救牲口"，而"火"只能"灭"。他们不许人民说"救火"，只能说"灭火"。还有，他们不让人民说"学完习"、"游完泳"、"扫完除"。但是他们却允许港台人说"开开心心"和"我今天有吃饭",因为港台的一切都是先进的,语言也必定是最规范的汉语。他们只许人民说"我来到北京了",不许说"我来到了北京"。还规定"西瓜"必须重声读,"黄瓜"则一定要轻声读。鲁迅说"孔乙己大约的确死了",他们说这是病句,因为"大约"就不能"的确","的确"就不能"大约"。他们通过铺天盖地的考试,特别是高考,来实行这种野蛮的语言法西斯主义。比如"干啥"的"啥",词典上规定是第四声,但北京周围、东北和河北的代表普通话标准音的广大地区都念第二声,如果念第四声的话,就成了山东话、河南话或西北话。可是考试时就必须写第四声。还有"一二三"的"二",字典上的注音是"er",但实际在普通话里大家都读"ar"。这说明当初负责给这个字注音的那个人是受了方言影响,比如我祖籍沂蒙山区就念"er"。那么错了这么多年,为什么不能改过来?为什么还要反而迫害人民?还有"朝鲜"的"鲜",从老百姓到播音员,大家都读第三声,字典几次改版,却一直注音第一声。我对韩国朋友说,这真是我们对你们的不尊重,中国没有人关注这件事,你们应该去抗议。我上高中时,为了在高考中拼音部分绝对拿满分,专门研究了许多这类字典注音与日常发音不同的例子,经常把同学考倒,在各种考试和专门的拼音竞赛上百战百胜。但现在我认识到,同学们没有什么错,我掌握这类"回字有四种写法"的知识也没什么可炫耀。语言的规则存在于语言的实际运用中,语言学者没有改变人民说话方式的权利。现在我们的学者权威们,还在今天修改一个读音,明天规定一个用法,仿佛文字是他们家里生产出来的一般。这些自己说着一口南腔北调的普通话的语言学家,经常打着"维护祖国语言纯洁"的旗号,殊不知,破坏祖国语言纯洁的恰恰就是他们这些从不了解人民语言使用实际的无知的专家,他们是汉语内部的最讨厌的蛀虫。好在语言不是专家所能左右的,不是"王八的屁股——规定"所能拘束住的。刘三姐唱得好:"山歌都是心中出,哪有船装水载来?"与人民为敌的语言学者终将被历史淘汰,沉舟侧畔千帆过,人间响彻自由说。

沉默的宣传员

　　走在街头，常常有人把一张什么纸塞进你的手里。那纸上无非是一些广告，酒店茶馆开张，电脑电视降价，服装鞋帽展销以及滋阴壮阳的春药。拿到的人看上两眼——有时看也不看，就随手丢在路上、垃圾筒里或路边的自行车筐里。而发放的人并不在乎，继续一张一张地向行人手里塞着。他们沉默着，"塞纸"是他们的工作，塞一天纸，可以得到 10 块钱左右的报酬。他们对自己的"宣传"工作谈不上什么热情，对宣传结果也并无多大的信心和期待，他们基本不说话或者只是没精打采地重复着几句废话。他们不论在街头还是在老板那里，都是最不受重视的人。在全世界的闹市街头，在中国、韩国、日本、美国、英国、法国、巴西、澳大利亚……成千上万张没有表情的面孔，既陌生又熟悉，为了糊口，毫无

212

热情地宣传着那些自己并不关心的内容。这就是我们这个时代的宣传员的特色,这是一个失语的宣传时代。

　　我想起自己小时候当宣传员的情景。那时学校经常组织我们到街头去宣传,我们高举着猎猎飘扬的红旗,排着队,唱着歌,来到十字街头。值班的交通警察给我们敬礼,路边的居民给我们送水。我们好像过节或游园一样地兴奋,手持喇叭,蹦蹦跳跳,个子矮的就站到桌子上。先敲一阵锣鼓,营造气氛并引起注意。然后我们像朗诵课文一般地喊着:"同志们,听我言,我是交通安全宣传员。过马路,别着急,一急就会出问题。红灯停,绿灯行,乱闯红灯可不行。抓革命,促生产,交通运输要发展。安全第一保正点,狠狠打击帝修反,帝、修、反!"过些天,编了一套新词儿又来了。"同志们,听我言,我是文明卫生宣传员。勤洗澡,勤理发,勤换衣服和鞋袜。人民城市像花园,不能随地乱吐痰。苍蝇蚊子要杀净,不许到处传染病。搞好卫生闹革命,干干净净迎国庆,迎、国、庆!"一个人喊着,其他人就把传单塞给过往的行人。行人一般是看上几眼,就小心地叠好,放进衣袋。有些没有急事的人,也会停下来观看一阵,有时帮我们敲锣打鼓。在这样的宣传中,宣传员是十分投入的,他们相信自己的宣传内容,相信自己的宣传效果。他们激动而来,自豪而去,他们觉得这个世界是活生生的,是跟他们自己的热情贡献、热情参与密不可分的。但是他们并不知道,这样的宣传,有时表演的性质要大于实际的效果。对自己所相信的宣传内容,他们并没有多么深刻的理解。比如不闯红灯跟打击帝修反有什么关系,苍蝇蚊子为什么不能跟我们一起迎国庆,在他们大多数的心里,是想都不想的。那可以说是一个宣传的表演时代,不论中国的红小兵还是美国的披头士。当然,表演得非常真诚,演员和观众都沉浸在一片幸福的艺术祥云之中……

　　我于是又想到更远的宣传时代。那时的宣传员,没有锣鼓,没有红旗,也没人给敬礼和送水。在熙熙攘攘的闹市街头,突然一个穿长衫戴围巾的男青年或是一个白衣黑裙的女青年,站到高处,振臂一呼:"同胞们,国家要亡了!我们不能再醉生梦死了。起来呀,用我们的血肉拯救民族危亡。爱国无罪，燃烧起你们的热情，中华民族是永远不会屈服的……"他们的宣传经常没有完成，就传来警笛声、马蹄声、警车声甚至是枪声。他们呼喊出最后一个高昂的句子，一挥手，传单像燕山雪花一般飞入人群。有人迅速地抓了一张或几张便走，有人抓到后拼命地看几眼，丢下再走，有的则掉头就跑，唯恐避之不及。那宣传员迅速地消失在人流里，偶尔跑得不及时，则被带进了铁窗，带上了刑场。他们的宣传没有报酬，有的是生活的飘荡和生命的危险。因为他们宣传的不是别人的东西，也不是他们需要去相信和理解的东西——那就是从他们自己心里长出来的东西，用不着去"相信"和"理解"。他们不会失语，即使他们闭上了口，他们的声音也久久地烙在听众的胸膛里。那些没拿传单的人，在夜里，心跳着，一遍一遍地回想他们的音容；那些拿了传单的人，把他们的声音扩散到更大的人群中。他们不是表演，他们只是做着自己认为应该做的事，但他们的行动构成了人类历史中最精彩的艺术。那是一个宣传的伟大时代。

伟大的宣传员们都已离开人世或即将离开人世。表演的宣传员们则大多已然丧失热情或正在深刻反省自己的表演。于是我们这个时代，只有那些沉默的宣传员，行尸走肉一般，向你的手里塞着纸、塞着纸。他们的动作是"给予"，表情却仿佛是"乞求"。让我们怜悯这些乞求者吧，于是，我常常认真地接过他们的纸，正像我常常认真地听一切报告、开一切会。

发型自由化运动

很多年轻朋友恐怕以为资本主义社会，尤其是韩国这样的实现了所谓"民主化"的社会，人民的生活方式是一切"自由"吧。我也是一个热爱自由的人，这里就给各位介绍一个跟自由有关的问题——韩国的"发型自由化运动"。

韩国的一份报纸上有文章说：发型限制是我们社会的弊端之一，它是注定要消失的。发型限制的不合理性在于，这种限制本身就是对人权的侵害。韩国宪法上规定了国民的身体自由与表现自由，而且联合国制定的、韩国也加入的《儿童青少年权利条约》以及韩国教育基本法第 12 条也同样规定了学生的人权。但实际上在大部分学校里，小剪刀不是作为文具使用，而是作为蹂躏人权的工具使用（指强行用剪刀给学生剪发）。头发也明明是身体的一部分，不能被他人强制侵害。

原来在韩国的中小学校里，学生是没有选择发型的自由的。学生必须像穿校服一样，留着统一的发型。如果有违反者，那么就如同中国的"文革"时期一样，执法者的剪刀就要挥舞过来，删繁就简了。最近，韩国的学生越来越"不听话"，想在自己的"太岁头上"动动土，于是，就掀起了一场"发型自由化"运动。

头发问题，其实从来就是政治问题。在咱中国，清兵入关时，通牒汉族男人：留头不留发，留发不留头。辛亥革命后，剪不剪辫子，也是拥护民主共和与否的一个标志。80年代初，长头发的男青年被认为是小流氓。后来，则成为真假艺术家的符号。而在韩国，发型限制在历史上的反动性早已被广泛地讨论过。发型限制是日本殖民地与军事独裁的残留物，这是明确的事实。在那段岁月里，学校不是体验人生及学习真理的场所，而是成为准备战争的兵站基地。现有数百万青少年仍然作为其历史残留的受害者而存在，一些文化界人士说，我们的社会应该对此感到惭愧。

然而韩国社会上也存在着反对发型自由化的舆论。所以要求自由的一方强调说，发型自由化运动不是一种单纯的时髦要求，而是一种保护自己人权的意志，也是要实现学校民主化的力量的表现。这个现象反映了教育第一主体的觉醒意识而应得到肯定的评价。

许多学生呼吁政府应改变以往的对于保护学生人权和学校民主化的被动态度，在有关发型的全面自由化、学生参与学校运行委员会以及现行教育的正常化等问题上，按照整体性、民主性的次序与学生、教师、父母等教育主体进行对话协商，最后落实到政策上，从而发挥出以培养适应时代变化的创造性人才为基础的教育保障的作用。

我就这个问题，与一些韩国的教授和大学生、研究生进行了探讨。他们中的多数认为，韩国的限制发型，是军事一体化的产物，成人们糊涂地认为："学生除了学习之外所有的欲望和权利，都是可以延迟的。"规定全部700万中学生头发的长短或发型要一律的这种发型限制，是明白无误地违背宪法的。只是大面积地违法，反而仿佛成了合法。

　　我由此深入理解了韩国的大学生为什么那么喜欢染发和变换发型，这是因为他们第一次有权利支配自己身体的一部分。我想，对未成年人的监护和干预的范围，应该是经过学术研讨的。不能以加强管理为借口而伤害已经觉醒的心灵。罪犯的人权尚且得到尊重，学生的基本权利更应受到尊重和保护，这应该是一种教育的基本原则。中国现在事事讲究与国际接轨，我希望这件事，是个例外吧。

韩国的中秋节

　　中国的中秋节已经越来越淡化了。法律上中秋节并不放假，只是因为中秋节经常恰好毗邻国庆节，所以人民沾国家的光，顺便多休息几天。可是在韩国，中秋节是仅次于春节的第二大节，重视程度要胜过中国十倍。身在韩国，才感到八月十五的月亮是那么圆。

　　刚到阴历八月初，节日气象就开始蔓延。商场换上盛装，商品开始涨价。我问学生，最近有什么重要节日吗？答曰：阴历八月十五是中秋节，又叫秋夕或者仲秋节，跟春节一样是韩民族最重视的节日。因为中秋节是收获的季节而且是一年当中月色最明亮的一天，所以是富裕和高兴的节日……

　　我说这我都知道，那么到底是怎么个重视法呢？学生说到时候您就明白了。

中秋节前夕，每个车站都一片混乱。飞机票火车票早就订购一空。由于韩国四分之一的人口居住在汉城，而其中大部分人要回外地老家去省亲祭祖，所以大小道路上车辆充塞。平时几小时的路程，此时往往要十几小时。

中秋节这天，所有家庭都要祭祀祖先，给祖先扫墓，然后全家人一起吃刚收获的各种果实和五谷，最有代表性的中秋节食品是松饼（蒸糕），形状多为半月形，里面可放芝麻、豆沙等，跟糕饼的味道很协调，这种松饼被看做是韩国各种米糕的代表。其实平常也能吃到，不过中秋节时各家各户自己做的，更有意思而已。

中秋节代表性的游戏有摔跤和羌羌水越来舞。摔跤是男人的游戏，在村子里选择宽敞的地方或者在沙地里进行。每次摔跤比赛，都有众人围坐，欣赏力士们的勇气和技术，胜者称为"无敌大力士"。我在电视里多次观看了这种介于"摔跤"和"相扑"之间的比赛，觉得很有意思。

羌羌水越来舞是女子喜欢的节拍很优美的一种舞蹈。圆月升起时，身穿韩服的女子们，围成一圈儿跳舞，伴随着"羌羌水越来"的副歌，因而叫做"羌羌水越来舞"。由于中秋节放假很长，我约了在清州大学访学的老朋友、苏州大学的陈子平博士来汉城乐。可是他从清州来到汉城后，我们才发现，汉城几乎变为了一座空城。我带他去我事先看好的几家著名饭店吃饭，却家家关门。我们只好随便在一家小店吃了烤肉。最后我们决定还是离开汉城，到南部的益山去过节。那里有一大群中国朋友，我们度过了一个非常难忘的小假期。可是回来的时候，我的车下午出发，半夜才到汉城，因为路上全是返回汉城的车辆。我不禁发出担忧，假如敌人在中秋节进攻韩国，岂不是举国乱成一团、一触即溃吗？后来我又知道，十月一日，是韩国的建军节，因为1950年这一天，韩军越过了三八线北进。我在电视上看到韩国影视明星到部队去劳军表演，更增添了我的担忧。不过我也知道，人家韩国政府自有安排，三八线上一定是枕戈待旦的。

韩国的节日特别多，中国的节日、西方的节日、韩国自己的节日，都要过，而且大多数要放假。但很多节日只是流于表演，只有春节、中秋节这样源远流长的传统节日，才真正铭刻在他们的灵魂深处。是的，像情人节、愚人节一类的伪节日，与一个民族有什么干连呢？只有那当空的明月，照澈万古，永远滋润着我们东方人的心灵。

不亦快哉之韩国卷

　　伟大的文学家金圣叹发明了一种伟大的文体"不亦快哉"，把各种貌似可乐实则可叹之事罗列到一起，每件事都以"不亦快哉"四字结尾。读来让俗人大笑，雅士含悲。其中我最喜欢的一快是"生得癞疮一二，闭门以热水澡之，不亦快哉！"真是写尽人间之乐趣、豪杰之风度与生活之妙谛，令人欲哭欲笑又哭笑不得，此十七字胜过多少大师千言万语！后世多有模仿者，不过佳句甚罕。我也每每起效颦之思，但写完与圣叹老人家一比，实在愧煞。虽然比他不过，可毕竟是自家的笤帚疙瘩舍不得丢，好似孔乙己的大钱，虽只九文，也觍颜排出，聊混一碗热酒耳。正是：今朝有酒今朝醉，明日没钱便偷书，不亦快哉！是为序。

　　01. 饱食终日，读读金圣叹的"不亦快哉"，不亦快哉！

02．闭门于斗室，正苦苦炮制"不亦快哉"，忽闻河东狮吼曰："吃饭了！今儿有红烧肉。"遂破门而出，不亦快哉！

03．报载一夫妻睡至夜半，妻忽大呼曰："快跑！我丈夫回来了。"其夫乃翻身纵起，赤体破窗而出，不亦快哉！

04．骑车与美女相撞，抢先高呻低吟，做痛不欲生科，赚她殷勤搀扶，软语道歉，再宽宏大量，放她愧疚而去，不亦快哉！

05．街头公厕难觅，则直奔豪华之五星大酒店，大厅内必有指示清晰之高级洗手间，且出入皆有侍者鞠躬迎送，令人心旷神怡。以达官贵人下榻之五星酒店为厕所，真乃"粪土今朝万户侯"也，不亦快哉！

06．某中央领导之千金托人转告，明年要报考吾之研究生，答复她六个字："俺卖艺不卖身！"不亦快哉！

07．上公车后忽然发现忘带钱包，乃放声背诵李白之《蜀道难》，"噫吁戏！危乎高哉……"售票员以为狂人，遂不查吾票，不亦快哉！

08．三五好友共去一女同学家拜年，敲门时模仿其丈夫之上海口音，女同学不察，乃隔门大骂其夫，良久开门，众哄堂大笑，不亦快哉！

09．电话串线，偶然听到某道貌岸然之教授正密谈龌龊隐私，不亦快哉！

10．席间啤酒瓶爆炸，不但无一人受伤，而且饭庄经理宣布三十道菜全部免费，每人另赠洋酒一瓶，不亦快哉！

11．到医院陪护病人，小憩于走廊上一简易床，不觉入睡。忽被三五护士迅速推入太平间，乃高声疾呼，护士大骇，皆作鸟兽散，不亦快哉！

12．某坏人多年钻营，终于入党，群众愤愤不平，吾安慰众人曰："此乃好事，这下群众队伍更纯洁了。"遂相安无事，不亦快哉！

13．公车上遇诈骗团伙卖力表演，只默默欣赏，不入其圈套。彼等唇焦舌燥，恨吾入骨，又终不敢发作，黔驴技穷而分批下车散去。吾得免费观察生活一场，不亦快哉！

14. 连日无课无会无饭局，乃在家猛吃大葱大蒜大萝卜，不亦快哉！

15. 叫错情人名字，乃掩饰曰："我给你起个外号。"不亦快哉！

16. 在摩肩接踵之韩国闹市以汉语高声乱骂，以为无人听懂。忽有旁边一少女嫣然一笑曰："您是孔老师吧？我是在这儿的留学生，以前在电视上见过您。"顿时面红耳赤，不亦快哉！

17. 独在韩国，脱离反动右派之白色文化恐怖，每日得以自由大唱样板戏和古今中外千万首革命歌曲，不亦快哉！

18. 夫妻分居数月，乃恢复情书往来，十载夫妻再做小儿女科，不亦快哉！

19. 韩国饮食缺油少肉，身段日趋苗条，一扫大腹便便之伪资本家蠢态，有望还我无产阶级之本色英姿，不亦快哉！

20. 梨花女大学生，大多不遵守课堂纪律，吾不懂韩语，无法训斥，只好以课本教案等文具当场殴打。隔三岔五公然殴打如花少女而理直气壮，不亦快哉！

21. 在韩国每每参加多学科之中国学会议，得以尽窥邻近学科之欺世盗名之表演，倍增吾热爱文学专业之信念，不亦快哉！

22. 面对大海痛吃生鱼片，不亦快哉！

23. 以吾不到业余二段之水平，居然得与李昌镐对弈一局，不亦快哉！

24. 在韩国痛骂日本人，不亦快哉！

25. 下雨天听巴赫读金庸喝毛尖，不亦快哉！

26. 网上看到坏人骂我，语无伦次，嫉恨恐惧之态毕露，不亦快哉！

27. 韩国某大报每日赠吾报纸，希望吾慷慨订购。吾探得此报立场乃大财阀之喉舌，反对南北统一，遂以汉字正告之：吾乃中共党员，不看贵报。彼尴尬而去，不亦快哉！

28. 电脑遭病毒袭击而瘫痪，幸遇高人妙手回春，一字未失，不亦快哉！

29. 盛夏酷暑逛大街，烈日当头，口干舌燥，忽有饮料公司之广告

223

小姐沿途发送清凉饮料，让您白喝她还说谢谢，不亦快哉！

30．十二年未见之好友，竟在韩国相聚，共度中秋，不亦快哉！

31．炒中国菜，满楼飘香，韩国群童在门外哇哇乱叫，其父母边训斥边流口水，由门镜窥视此情此景，不亦快哉！

32．在韩国居然遇到热爱吾文章之读者追索签名，不亦快哉！

33．思念娇儿，在街头抱起一韩国幼儿逗弄，其年轻之母亲张手来接，幼儿紧揽吾颈，连呼"阿爸"而不去，不亦快哉！

34．观看并参与韩国革命活动，感受当年白求恩之心情，不亦快哉！

35．在韩国监考汉语托福，不亦快哉！

36．梦中想念中国之馒头大饼猪头肉，醒来不禁大笑，不亦快哉！

37．毛嘉那斯经常从英国打电话来，自做"天涯若比邻"之情，贩卖"日不落帝国"之私。吾困坐于三韩半岛之内，犹得欺辱笑骂毛嘉那斯于万里之外，不亦快哉！

38．谢绝韩国人请客，告诉他有事就说，我一定帮你，不亦快哉！

39．请得意学生吃饭，看他们吃得干干净净，不亦快哉！

40．读旷新年怒发冲冠之近作，不亦快哉！

41．重读器宇轩昂之"九评"，不亦快哉！

42．读邓小平同志给毛泽东同志的信，不亦快哉！

43．在韩国战争纪念馆高唱《奇袭白虎团》，"决不让美李匪帮一人逃窜"，不亦快哉！

44．教韩国学生唱《中国人民志愿军军歌》，不亦快哉！

45．与在韩中国教师彻夜打牌，不亦快哉！

46．幻想回国之日，全家到机场接我，母亲手捧馒头大饼，老婆高举烤鸭烧鸡，儿子怀抱打开了盖儿的二锅头，不亦快哉！

47．网上看到好几个著名的"孔庆东"，有沈阳"老边饺子"第四代掌门，有青海电力专家，有湖北农业专家，还有山东莱芜的警官。这么多孔庆东闹神州，不亦快哉！

48．在韩国遇到俄国莫斯科大学教授，以俄语交谈，互称"同志"，不亦快哉!

49. 痛斥酒后忘形、夜郎自大、不学无术之韩国著名教授,不亦快哉!

50. 看日本与韩国学者争论徐福究竟先到的哪一国,不亦快哉!

51. 看芮乃伟横扫韩国棋坛,不亦快哉!

52. 指点韩国学生夺得汉语大赛头奖,不亦快哉!

53. 在韩国书店赫然发现自家大作,不亦快哉!

54. 旗帜鲜明反对台独,使台独分子不敢公开散布其主张,不亦快哉!

55. 以《圣经》典故驳斥基督徒,令其信念动摇,不亦快哉!

56. 身居大男子主义横行之韩国,不用给女人让路、让座、开门、打伞、提包、挂衣、倒茶、斟酒,一吐在中国积压多年之阴气,不亦快哉!

57. 好友极力推荐一篇妙文,一看正是洒家大作,乃痛斥那厮有眼不识泰山,不亦快哉!

58. 老婆网上来信曰"忽见陌头杨柳色",答复她"却话巴山夜雨时",不亦快哉!

59. 在韩国多次购得精巧之物,赞叹之余蓦然发现"made in China",不亦快哉!

60. 身居国外,可以自由卖弄在国内不敢卖弄之文字学、音韵学知识,不亦快哉!

61. 将韩币兑换美元寄回国内,次日韩币大贬,不亦快哉!

62. 给韩国人讲解韩国国旗之含义,不亦快哉!

63. 与三五韩国教授深夜痛饮,大醉出门,列队撒尿于灯红酒绿之街头,行人熟视无睹,警察毫不干涉,不亦快哉!

64. 拾得钱包交给警察,告诉他吾乃中国人,不亦快哉!

65. 深夜贪读,睡眠不足,早起匆匆洗漱,抓起教材,头昏脑涨开门欲奔教室,忽想起今天是礼拜日,不亦快哉!

66. 隆冬将至，找出棉衣，衣袋里发现 100 元钱，不亦快哉！

67. 稿债如山，还不胜还，索性一字不写，大玩电脑游戏，不亦快哉！

68. 韩币万元合人民币不到百元，在韩国每日花钱成千上万，大有挥金如土之慨，不亦快哉！

69. 在韩国寂寞无聊时，随便拨一电话号码，以中文胡言乱语数句，对方莫名其妙，愤然挂机，不亦快哉！

70. 发现他人引用、挪用、模仿、剽窃洒家著述，不亦快哉！

71. 见老婆不爱锻炼身体，便于夜半假装梦话曰："别着急，我老婆身体不好，中年必定早夭，那时你便来找我。"老婆听后，从次日起发愤锻炼，不亦快哉！

72. 在韩国街头频频遇到韩国人向我问路，不亦快哉！

73. 晚上做一锅米饭，吃掉一半，半夜再吃一顿蛋炒饭，其余次日早上以沸水冲成泡饭，一饭三吃，不亦快哉！

74. 自以为认识韩国字，在闹市指一招牌读曰："烤鸭"，韩国朋友纠正说那是"旷野"，彼此大笑，不亦快哉！

75. 不理睬韩国教规，上课不系领带，自称"强项令"，不亦快哉！

76. 韩国女子，最重化妆，许多人从第一次化妆后，终身不以素面见人。闻一对初恋情侣到海边游泳，上岸后男子再也找不到女子，不亦快哉！

77. 韩国许多女子化妆前后，判若两人。据说一对新婚夫妇蜜月旅行，夜宿旅馆。新郎出去买点东西，新娘在房间沐浴。新郎返回，推门见新娘曰："对不起，我走错了。"人面不知何处去，不亦快哉！

78. 在韩国钻研"韩战"史，成为准"韩战"专家，不亦快哉！

79. 看韩国学生翻译中国白话小说，把色情描写处皆误译为风景描写，不亦快哉！

80. 韩国与中国时差一小时。等于去韩国少过一小时，回中国多过一小时，体会如此时间"顺差"，不亦快哉！

81. 在韩国各处指点中文错别字，不亦快哉！

82. 韩国商贩以为我是菲律宾人，故意刁难。告诉他我是中国人后，慌忙道歉，观其窘态，不亦快哉！

83. 韩国海关，翻箱倒包，刁难中国人。以韩语告知我乃梨花女大教授，立刻笑容可掬，乃昂然而过，不亦快哉！

84. 韩国男人多不负责为家庭购物。白日逛巨型商场，只有我一个男人，引起全场奇怪注目，不亦快哉！

85. 到商场欲买饼干，恰遇一韩国少妇购物，拉我做模特，为其丈夫试衣，事后送我一袋饼干，不亦快哉！

86. 入豪华酒楼，侍者递上菜单。乃傲然问曰："你们这儿有二尺长的大龙虾吗？"侍者赧然答曰没有。于是鼻息长出，做恨铁不成钢科，缓缓曰："哼，连二尺长的大龙虾都没有，那算了，就来一盘土豆丝吧。"侍者满面困惑而去，不亦快哉！

87. 韩国饮食清汤寡水，加之出门多走山路，等于身处减肥天国，不满百日即掉肉10斤，自觉身轻如狼，不亦快哉！

88. 身居女子大学，满目梨花，数十日后便对性别感觉迟钝，不用修行而自然达到"无色"境界，不亦快哉！

89. 远离老婆，想啥时吃饭便啥时吃，想啥时睡觉便啥时睡，不亦快哉！

90. 在电视上看韩国艺人演唱唐诗宋词，不亦快哉！

91. 参加韩国旅游团，团中只我一个"老外"，借语言不通而不买导游一路推荐之各种商品，不亦快哉！

92. 独立海边高崖，四野无人，波涛茫茫，忽然悲从中来，乃号啕大哭一场，不亦快哉！

93. 学生要求提前下课，以捶背一百下为贿赂，不亦快哉！

94. 韩国图书馆宽敞明净而读者寥寥无几，尤其大片中文书籍任我一人享用，乃独霸大厅狂嚼痛饮，仿佛老虎闯入羊羔幼儿园，不亦快哉！

95. 看韩国华侨小学国文教材，见课文中每每有"先总统蒋公教导我们说"，不亦快哉！

96. 在韩国参观世界最大基督教堂，见那著名牧师布道后，命数千教徒站起，为众人发功治病，令我哭笑不得，不亦快哉！

97. 在公园观看韩国象棋，发现他们的象不是走"田"而是走"用"，不亦快哉！

98. 与韩国人一起大骂中国之沙尘暴，不亦快哉！

99. 看我儿阿蛮与众多驻韩美军合影，不亦快哉！

100.穿越整个西海，坐船回国，浪漫潇洒一昼夜，不亦快哉！

韩 国 家 书

（下篇：韩国→中国）

王：

　　知道了。你一定要注意身体。春天来了，要妈注意抽筋。阿蛮给我剥的榛子吃完了，很好吃。带来的别的东西也在吃。我刚刚适应下来，正在调整。潜水艇已经打到 115 万多分，零头的零头你也达不到，我打算永远不打了。课很多，我拒绝了一门，还有 10 个 75 分钟。今天没有水，不知道是不是邻居捣鬼，我就跑到 408 来上网。新来了两个老师，住国际馆。去年的金老师走了，把被子还给了我。见了朴恩京，问她过得好吗？她说过着脱皮的生活，我问什么意思，她说就是头发上面的皮掉下来。感冒已经好了，就这些。

2001/3/18星期天下午

老王：

你好！我这里春花初绽，老夫每天拈花惹草，也就不想老婆了。家里带来的东西样样还都没吃完。韩国人还是经常欺负老夫，比如乱收费之类，我还是要在这里"战严韩"。韩币几乎日日在跌，我再观察几个礼拜，反正已经亏了，大不了算支援韩国建设了。

告诉江苏黄桥中学高三学生，我今年在韩国，《47楼207》可以与北大书屋联系。告诉吉林延边大学河红联，我今年在韩国，可以用电脑联系，给之邮址。

你都七老八十的了，就别老花花花花的啦！周一到周三，是俺最忙的。替我多吃两口猪头肉吧。

阿华：

过节好！

2001/5/4

xiexie！

袜子我会留心，因为情人们都纷纷索要。顺便也该给结发情人买点。我周五没课，打算利用周末进行"走遍汉城"计划。所以一般周末也不写信了。上周五去了个水产市场，5千元买了6条鱼，都一尺多长，请孙董吃了3条，很鲜。电脑还是请李政勋帮我修好了。

你一要注意阿蛮的安全和学习，二要照顾母亲，三是管理好我那小市民的太太。记住，无事就是幸福。

孔庆东

九一八前夕，辛苦了！

2001/9/18

蚊香还能点三四次，但是蚊子恐怕还要捣乱十来天。鱼油已经吃完

230

一瓶，还有两瓶。咸鸭蛋还有一个。周一理了发，9千元。

2001/9/20

我今年的生日过得很好。跟漆永祥一起去了蚕室运动场，就是去年我和你一起去过的。在那里看了高丽大学与延世大学的比赛。然后我自己又去了乐天世界后面的那个表演场，终于看到了表演。而且那天是百济文化节，有各国民俗演出。第一个就是中国的京剧。我在场外买了一盘肘子，一边吃一边看。星期天又自己去了水原看华城。职称的事你给温儒敏老师打电话问问吧。

2001/9/24

谢谢。刚才朴恩京送给我一盒子大梨，还洗出来了暑假的一些照片。你又没提醒我电脑改日期。告诉阿蛮上课要积极发言。

2001/9/25午

为使贤妻良母乖儿度过一个愉快的节日，刚才汇去壹美元。请注意查收。祝硬硬朗朗的。

2001/9/26

9·11事件是对美国有利的，美国趁机扩大霸权，包围中国，刺激经济，凝聚国民。

这几天叶文曦要到汉城来，我让他住在我这里。金椿姬回中国去过节，所以把别人带来的月饼送了我，我就有月饼吃了。我们5个梨大的中国人准备聚餐。漆永祥的房子是200多号。昨天大使馆组织活动，漆永祥得了一等奖录音机，我说都是你儿子带来的好运。我们梨大的一个也没中奖。

从明天开始，我不一定来学校上网了。你有急事就打电话。

2001/9/28

231

写什么评论，内容是什么？我不知道啊。

大米、挂面、炸酱、肉松已经全部吃完，开始吃韩国了。

注意保护阿蛮的牙齿，刷牙不要太过分。

因为登记了以后也可以不要，所以登记了再说吧。离铁道有多少米远？到现场听的噪音大不大？温儒敏老师选蓝旗营的房子时，是故意要的朝西朝北的方向。夏天有空调，西晒不要紧，冬天反而是优点。最重要的是噪音问题。反正我们现在的房子就不好，楼下噪音也很多。孩子大了，楼层可以高一点。我想我们也不一定在那里住一辈子吧。等你老了再给你盖个猪圈住住就可以了。我明天要去光州和全州开会，可能要下周再谈了。我明天一早要去庆州。霜降过了，注意防寒。

2001/10/25

Re：阿蛮吃午饭

这涉及一些其他问题。

1. 学校伙食的营养、卫生问题。小孩都觉得外面的饭好吃，没有鉴别能力。

2. 在学校能否好好吃饭问题。会不会草草吃了就去玩儿？

3. 伙食费用问题。有没有老师的诱导因素在里面？

4. 中午的休息问题。在学校吃饭以后，是否有足够的回家午休时间？

5. 中午回家，可以跟奶奶接触，有问题及时解决，也免得奶奶一天孤单。

6. 中午不回家，会不会学坏？现在就不回家，是不是早了点？

7. 我们家近，这是一个优点，不要轻易放弃。许多人是想回家吃饭而不能。

所以请你仔细调查思考，并与阿蛮和奶奶商量。决定不了，就等我回去再说吧。

2001/10/30

好，知道了。

立冬了，注意防寒。暖气若有问题要早解决。

知道了。

注意保护阿蛮的视力，养成良好的阅读姿势。少看电视。

也告诉奶奶保护视力。家里暖气好吧？

小华老婆：

你好！我恰好今晚来学馆发信，收到了你的信。我们明天一早跟李钟振老师去雪岳山，周一晚上回来。我大概周二上电脑，也许周一晚上给你打电话。我最近有点嘴馋，买了一些东西吃，花了一些钱。现在最好吃的就是唯一剩下的中国的那瓶辣酱。但怎么吃也挡不住瘦，快要恢复我当年的英俊风采了。

2001/11/24晚

这是娘的咋回事儿？说的是俺娃他娘吗？

朴实无华的年轻教师王伟华

用王伟华老师自己的话来说，她只是一名普通的初中语文教师。而据我了解，曾在北京理工大学附属中学任过教的她，后转入101实验中学（上地）工作至今，一直是该校人才济济的教师队伍中年轻骨干力量之一。

王老师很年轻，刚三十出头。这个年龄段的老师一般总是积累了一些独到的教育经验的，却又因为看到了身边更多比自己年长的在教育岗位上做出了更优秀成绩的教师，所以每每让他们谈谈自己的时候不免要谦虚推让一番。

王老师说自己的确实不多，就在这为数不多的话里，有一句是关于101中学这个大环境对自己发展的影响。她说周围都是兢兢业业吃苦耐劳的优秀教师，就是这片肥沃的教育土壤，促使她逐渐养成"吃苦在前，

233

享受在后"的老黄牛精神，不断地对自己提出高目标、严要求。

说自己的成绩时话不多的王老师，一提到中学语文教学的问题就忍不住滔滔不绝起来。

针对初中语文教学目前在应试向素质教育过渡阶段出现的种种浮躁现象，她提出最根本的一点便是应该潜移默化地培养孩子学习国文的自觉性。

她说，课堂听讲固然十分重要，课下的工夫更是要舍得花。课下除了预复习课堂所讲内容外，可以尽可能多看一些课外书。不爱看书的学生需要耐心地引导和启发，爱看书的学生则需要鼓励和爱护。

语文成绩的提高不是可以靠考前突击或大量地做题来实现的。只有在学习的初级阶段打下坚实的底子，培养起较高的文学素养，才能在将来学习的高级阶段更快更好更轻松地实现质的飞跃。

对此，王老师认为在校教师担任开发启蒙引导的角色，而在家家长们则也应该充分地理解课外阅读的重要性，为孩子营造一个自由支配的阅读空间。

在 101 网校王老师负责出一部分题目，对于中学语文题目她也有自己的看法。她认为，题目应该鲜明地分出初级、中级和高级的层次，也就是题目要有明确的针对性，让学生可以根据自己的情况选择做什么样的题目，并且在真正搞懂题目之后清楚地感觉到自己确实解决了问题有了收获。

记得孔老夫子曾提出"因材施教"的教育宗旨，那么王老师的出题风格则可以称为"因人择题"了。至于这种风格到底有没有效、能不能被广大师生接受，只有等你尝试了才能品出个一二。

撰稿人：楼丽萍

我不能提前回去，一切你看着办。没事儿。

告诉他们，韩国给外国人工资全世界最低，食宿条件又差，对中国人又不大友好，生气的事情很多，老旷的脾气到这里是有些不合适的。

因为你死得晚，所以你住的时间最长。

我已经订了 25 日的船票，26 日到天津，大概当天可以回到北京。

我还没有拿到船票。大概是 12 月 25 日下午从仁川出发，26 日下午到达，到达以后我见机行事吧，可能是坐汽车。回到北京再给你打电话吧。

2001/12/10

知道了，给您添麻烦了。我 17 日下午要陪钱老师去南部，18 或 19 日回汉城。他 20 日回京。我 20 日一早要去济州岛，22 日晚回来。东西很多，包不够，所以不想再买什么了。

2001/12/16下午

贷款的事情我也说不明白。因为要考虑到以后人民币会贬值。你根据具体情况决定吧。贷款不贷款都可以，没什么了不起。

我刚刚陪钱老师从光州回来，他去外大住。我明天一早就要去济州岛，而钱老师明天回北京。请你明天晚上或者什么合适的时候给钱家打电话问候一下。他新家的电话是 82928478。我要回去吃饭了。

Wo yijing daoda Jizhoudao.Xianzai zhengzai jichang deng che.Zheli you diannao.Zhu ni yukuai！

Kqd 2001/12/20 08：50

就按你说的办吧。

我这几天都排满了。今天下午跟朴恩京一家去看教堂的演出，她说晚上请我吃饭，但我说都排满了。她说："对不起，我终于失去了你。"田炳锡送给我一个旅行包。我 25 日 13 点的船，26 日下午到达天津。

请你给戴锦华老师或者张剑福老师打个电话，告诉他们说，梨花大学已经同意戴锦华老师明年只来工作半年，请北大中文系赶快用传真发给他们一个说明，然后梨花大学再发邀请书过去。

我已经办理完了杂事，明天上午就出发了。跟这里恋恋不舍。

2001/12/24 15：10

韩国日记(四)

(第四学期)

2001 年 7 月 24 日星期二　农历辛巳年六月初四

　　7 月 19 日下午与华去北大,在教研室休息一会,16 点到东门见梁菲及其女儿。她托我带光盘到韩国。然后与华去清河超市购物。回到小区门前约定了一辆面的。

　　7 月 20 日早上岳父岳母来送行。我们 10 点多下去,那辆面的已经等在那里。司机是附近的农民,一路说了不少侵害农民利益的事情。飞机迟起半个多小时。到仁川乘 601 至梨大,换 3 路回来。一路很累。贺锋夫妇迎接我们。晚饭后全家下去拜望贺锋夫妇。小何正在做面膜。给了他们药物和花生米。打电话给 J,田炳锡,都不在,只有李政勋在。夜里下了雨。

　　几天来阴雨连绵。21 日上午与华去梨大,系里无人。到银行交费。下午全家去新村购物。22 日雨大,一天未出门，只有她们几个出去散了步。23 日下午去了梨大，带阿蛮去了办公室，借了录像带，又去见了钟，送他茶叶木耳等礼物，谈了他去中国的事情。给田炳锡打电话，不料他遇到了天大的不幸，他妻子林桂玉前几天因车祸身亡。我很为师弟悲伤，林桂玉是个非常好的人，想起来音容笑貌宛在。傍晚我们去新村购物。晚上给阿蛮看《花木兰》的录像。蚊子很多，我又大显神威。

今天星期二，许多宫殿休息，加上下雨，上午没有出去。中午 J 电话，说下午来送计划，便等在家里。3 点她带两个女儿来了，原来她前些天送大女儿去加拿大了。

几天来没有工作，要抓紧了。安拉保佑！

17：19：37

2001 年 8 月 2 日星期四　农历辛巳年六月十三

7 月 25 日上午带华和阿蛮去梨大，10 点多 J 到后门接她们去活动。本来是去教堂，但是活动结束了，她们就去了一山的湖水公园和乐天商场。下午 J 送她们回来。

7 月 26 日下午全家到新村乘火车去白马。崔医生带先知和辛巴接我们，然后开车去乐天世界。玩了木马、密林探险船、单轨列车，到"阿里郎"晚饭后，观看"幻想行列"游行表演。我和华去玩高空降落，兴奋得大叫。排队时与后面的西江大学中文系学生交谈。崔和母亲带孩子玩了地下列车、旋转飞机等另外几种。会合后带孩子们去玩了儿童汽车。又去玩了快速滑艇，最后我自己玩了 360 度翻转的大圆圈。有一些项目是 55 岁以上禁止玩的，但是母亲的身体没有问题。阿蛮非常高兴，但是回来的路上在车里睡着了。

7 月 27 日在家休息，与华经北门去了梨大和新村，晚上抬席梦思床垫。28 日去南大门，买了海苔、人参茶和筷子等，回来见贺锋夫妇已经开会归来。晚上将摄像机连到电视上，图像很不稳定。29 日起日夜下雨，难以出门。30 日晚上贺锋夫妇来访。7 月 31 日去了明洞，在

237

中国大使馆和华侨小学、明洞教堂等处照相，华和母亲买了一些项链发卡等，接到钟和李海英的电话。归途冒雨在阿岘买了些菜。8月1日下午与华去梨大，请助教蔡辰沅帮我确认了回程机票，请华去银行交了水费。打电话给J联系今天的活动，通知她图书馆催我还书。田炳锡电话问我金庸地点。晚上回来发现阿蛮弄坏了录像带，批评了他。这几天重读了琼瑶的《窗外》、《月朦胧鸟朦胧》、《雁儿在林梢》、《冰儿》，继续读《中国的瓷器》。看了话剧录像《红色的天空》，还可以。阿蛮吃饭和活动都很不错。

今天中午起来，是难得的晴天。下午准备去白马。日记已经50页了，电脑速度有些慢。昨夜删除了许多文件。下次另建一个日记文件。

打鱼的人经得起雨暴风狂。

13：45：00

2001年8月3日星期五　农历辛巳年六月十四晴

昨天和今天与J一家出去玩，竟然都是晴天。J说她在家里祈祷了。昨天下午仍到新村乘火车到白马。跟J一家去了鳌头山统一展望台，看了汉语介绍录像，观望了北方那边。这边的介绍仍带有歧视侮蔑。晚饭是在"金铁1080"，意思是从10岁到80岁都可以来吃。我心想9岁和90岁就不能吃了。晚饭后进湖水公园散步，然后崔送我们回来。夜里整理电脑直到3点才睡。今天12点多起。下午全家先到中文系。我请助教蔡辰沅帮我问问煤气收费情况。4点半J一家到达后门，我们去了南山。看了魔鬼岛、地球村民俗博物馆、立体映像和展望台。晚饭是在大林亭。归途J说星期天的活动取消了，因为她要去教堂，而崔要去参加婚礼。回来后给民大打电话，小伟在，没什么事情。

该抓紧写文章了。多少事，不着急。一百年很长，莫争朝夕。

23：40：00

2001 年 8 月 7 日星期二　农历辛巳年六月十八　立秋　雨

8 月 4 日在家休息。8 月 5 日全家去仁寺洞。塔洞公园关闭。街头为孩子们送气球造型，给了阿蛮一个米老鼠。去了曹溪寺、普信阁。第一银行门前有为残障人义演。归途到新村购物。晚上李政勋约次日吃饭。夜里写文章。

8 月 6 日晚到新村，李政勋请我们在"星期五"吃饭。谈了中国的一些问题。归途阿蛮在一公寓前与孩子们玩跷跷板等，有一个中国孩子，住在楼上，父亲是导游。夜里仍写文章，4 点多才睡。

今天下雨。下午 2 点多才起，只吃了晚饭。与阿蛮玩，让阿蛮与华比赛。让所有的日子都过去吧，我欢送你们。

21：29：00

2001 年 8 月 13 日星期一　农历辛巳年六月廿四　雨

昨晚贺锋夫妇来聊天，想与我们共同出去游玩。今天下午雨停，我和华叫上他们一起去 408。贺锋帮我重新下载了南极星软件。我带他们去延世大学游览，又去新村购物。归来后又下雨。

8 月 9 日傍晚与 J 一家去德寿宫，那里的美术馆的女馆长是 J 的高中同学。阿蛮肚子痛，我带他上了厕所，就好了。辛巴闹得厉害，崔管教了她。我们很快出来。崔带二女儿去学芭蕾舞。我们和 J 在梨大后门的"四季"餐厅吃饭。然后华带母亲和阿蛮步行回来，我去 408 上网。8 月 10 日未出门，写完了文章。

8 月 11 日早上到梨大正门等 J。我们一起去了儿童大公园，看了动物、植物、科技馆等。辛巴摔破了膝盖。回来路上阿蛮忘了看到了什么，回答问题态度不好，晚上我狠揍了他，不许他吃饭。打他时心中颇不忍，但一个更高的声音告诉我必须这样做。他抠指甲和乱摸乱动的毛病仍然严重，这是心理问题，别人都管不了他，只有我对他恩威并施了。昨晚有个叫金炫志的在门上用英文和韩文留了条，要求学中文。今天给她打了电话。昨天看了《败家仔》录像带，没看完，带子又坏了。今天到中文系还了带子。

8月8日全家去了九老工团，给母亲买了件背心。到超市买了食品。路上阿蛮掉了一颗门牙，我让保存起来．这是纪念。昨天田炳锡又打来了电话。

这个暑假主要陪家人游玩，等他们走后再计划下面的事情吧。春来草自青。

23：57：00

2001 年 8 月 16 日星期四　农历辛巳年六月廿七　晴

8月14日下午全家与贺锋夫妇同去了奥林匹克公园。回来时我直接去梨大，因为上午申正浩电话请我发文章过去。我到21点多才回来。

8月15日下雨，休息。晚上打电话给J，她说牙疼，不能参加活动。

今天上午金慧琳电话告诉我研究所课程的情况。午饭后全家去了宗庙和昌庆宫。老人很多。宗庙广场上许多老人在下棋和练习书法。比较累，回来泡了热水澡。打电话给吕，告诉她给她买书的情况。她说月底可以帮助我们联系到去济州岛的房间，我说下星期一我的家人就回中国了，就不麻烦了。这两天看完了带来的《中国青年报》。明天上午准备去战争纪念馆。今夜要早点睡。蚊子仍然多多，双手沾满韩国蚊子的鲜血——其实是我自己的鲜血。三伏就要过去了，秋天来了，再一次独立韩秋。安拉保佑！

22：55：08

2001 年 8 月 19 日星期日　农历辛巳年七月初一　晴

8月17日星期五上午全家去了战争纪念馆，每周五10点有仪仗队表演，可是没什么可看的，还不如中国任何一所学校的运动会。一过中午很热，我们就回来了。午饭后小睡，然后与华去梨大，打印了文章，复印了材料，收到了会议通知，向助教要了课表。华去银行为我交了电

240

费。处理网上信件，20点多才回来。

8月18日上午钟电话说请我们吃晚饭。午饭后全家去了景福宫及其民俗博物馆。近17点回来。休息一下。18点半到梨大正门。有个学生跟我打招呼。钟来，请我们到"兄弟"餐厅吃烤牛排骨。这是一家大约30多年的餐厅。饭后告别，我们去超市购物，散步回来。晚上睡得很晚，但是华很早就睡了，我批评了她。这几天每晚与阿蛮做游戏，阿蛮很高兴，智慧也比较闪光。

今天没有出门，整理他们回国的东西。阿蛮介绍房间，我给他摄像。中午给民大打电话告知明天回去。晚上10点J来送了些礼物，说她大女儿昨天已经从加拿大回来。华帮我录入一些材料。一个月就这样过去了。人生如梦，莲子心中苦，梨儿肠内酸。

23：13：09

2001年8月20日星期一　农历辛巳年七月初二　晴

一早阿蛮来叫我起。早饭后出发是9点。一路顺车，结果10点多就到了仁川机场。机场大巴司机多收了我的钱，不给找。托运后带她们逛机场大厅。阿蛮吃了两个带去的胡饼。他们进去时，小姐说阿蛮也要交空港利用券，我就去再买了一张。在韩国，是没有儿童的地位的。他们登机前，华给我打了电话。我一直等到近14点，确认起飞后才离开。直接回梨大，又困又饿，买了紫菜包饭吃。上网到19点多。归途在国际馆下坡时，遇贺锋去机房接妻子。回来煮面条吃，打电话给家里，他们平安到达。我的正常工作即将开始了。阿弥陀佛！

22：05

2001年8月31日星期五　农历辛巳年七月十三

6：20起，赶到巴士总站，与金兑妍、全炯俊同行，途中吃乌冬，我请他们吃果丹皮，全说译王蒙小说时不知"果丹皮"一词为何，周围中国人也不知，今天才知道。到大邱后，金遇锡接到庆山，开会，中间

241

出去吃拌饭，二外一哈市人于淼在彼。认识了孔庆信，很好的中国人。夜宿岭南大国际馆。

2001 年 9 月 3 日星期一　农历辛巳年七月十六

10 点多去学馆，办公室取点名簿和高级汉语教材。中午课后金钟仁约 9 号聚会，下午上网，晚上做米饭炒菜，这是 8 月 20 日以来首次。

2001 年 9 月 5 日星期三　农历辛巳年七月十八

早上 9 点多起，梦见又生一子。想念父亲和师长，炒鸡蛋吃，基本中国语教了十多个词，田炳锡电话，下午通译课早去了一次，收到《老照片》发来照片，电脑还没修好，10 天了。

2001 年 9 月 6 日星期四　农历辛巳年七月十九

夜至晨奇梦不断，10 点多起，未餐即去上课，直到晚上才回来吃面条，一边下棋。华 E-mail 说初三班主任刘凤珍电话找我，下午王智裕说不能选我的课，因同名课以前选过。吕承娟说明午请吃饭，读些书，给了吕《宋词三百首》和冰心文集。

2001 年 9 月 7 日星期五　农历辛巳年七月廿

昨夜董电话请过去聊天，便送董和孙《空山疯语》，贺锋夫妇亦在，共聊政治，我讲了"文革"等问题，他们尤其孙说很受启发。今午与董去 408，吕承娟请去吃名家包肉，吕问聘中国教师工薪，我说 150 万以上，她说太高，下午上网，晚回来 Tel 刘凤珍、漆永祥。约明去漆处，是小杨接的，写了十大罪状一文，下了棋。

2001 年 9 月 9 日星期日　农历辛巳年七月廿三

近家遇贺锋，很愉快的一天。中午起，吃面包、黄瓜等。读韩国古文、下棋，5 点多洗澡，去金钟仁处，送她《韩语外来语词典》，那有韩柳美和5个北大韩语专业来庆熙大学的四年级生，3男2女，晚饭后又去新村吃冰激凌，归来仍下棋。

本周中国足球队1:1平卡塔尔。已经2胜1平，以后是主场，这次出线机会最大。电脑还没有消息，要计划好时间，读书、写作、思考。上帝保佑！

2001年9月11日星期二　农历辛巳年七月廿四

上午课后回来吃饭小睡。田炳锡电话改聚会到下周，下午课后把煤气单给助教，漆永祥约周一来借书，回来读书作文。夜看电视，知美国被飞机攻击，Tel孙、漆和华，华说汉城有霍乱，看TV到夜2点，要清醒。

2001年9月12日星期三　农历辛巳年七月廿五

课后正门等田炳锡，带录像带VCD给黄炫国。上午到408看网上消息，中午课后继续看，下午通译课改为讨论美国事件，学生们很愚昧，启蒙有效果，回408贴了两个帖子，晚上归途孙电话，便去国际馆与他们4人同看TV。10点多归来，煮面吃，又看了TV，帝国主义一片恐慌。

2001年9月13日星期四　农历辛巳年七月廿六

12:30课后会餐，改12:15美馆。郑在书最后才到。孙提电脑事，董提TV事，董与我争论语言问题，又直言不逊，我当场谅之，因外人在。郑与我说审查译文之事，下午会话课后接研究生课，讲民族国家问题，上网，归来吃面，Tel董不在，她归来后来找我，我晓之以理，达到沟通，又给其讲韩国事很多，她走后又下棋。

2001年9月14日星期五　农历辛巳年七月廿七

今中午起，未吃饭，带饭去死六臣公园，在鹭梁津下地铁，人很少，一些老人下象棋、围棋，我皆观之，眺望汉江亦好，在阁碑及墓地皆瞻仰，又去水产市场，5千元买6尾，归来携3鱼往孙董处，她们说明天再吃，今晚吃的饺子，又聊到10点。计划明天去塞南特殉教地。阿门。

2001年9月15日星期六　农历辛巳年七月廿八

仍中午起，带饭出门。乘地铁至龙山，步行到塞南特殉教地，没有说明书，是天主教堂，拍照后走另一条路到龙山和元晓电子商街，发现了周六跳蚤市场，但东西不多，回来后不到6点，去孙董处吃昨天买的鱼，然后与董和贺锋夫妇去国际馆看足球，但因不转播，便上网，知道2：0胜乌队。

2001年9月16日星期日　农历辛巳年七月廿九

今天11点起，因昨夜泡澡洗衣，故身爽心怡。稍看TV，入厕，于12:30带饭出发，乘2号地铁到合井，去切头山殉教圣地，但路标不清楚，问了三次路才找到，人不少，很多孩子，照了两张相，参观了墓地和博物馆，教育形式很像中国的革命先烈事迹，出来后又在附近找到汉城外国人墓地公园，看了墓地后在山坡的小亭子里吃了面包、炸鱼和黄瓜，然后在椅子上写这日记。

1866年是教徒所称的"丙寅大迫害"年，但韩国史书上却载有丙寅洋扰，即，宗教杀害是与西方入侵同时的，朝鲜国王明确说基督教是"邪学"，但今天邪学胜利，便成了殉教，何为正邪？金庸小说值得深思。今天美帝以基督教压迫和欺骗世人，问题很多，殉教者中很多良善，但也有歹徒和政治阴谋家，日记先写到这里，这里是杨花津一带，我还想去看望远亭。

15：04：00

离外国人墓地，去找望远亭，问人皆不知，只好按图索骥，走到附近，问那儿的交警和住民，竟都不知，结果还是我自己走了100多米，便发现了。可见韩国人多无文物意识，宣传与实际甚远，且亭与井同音，只看韩文，他们更不明白。

此亭位于江边，沿江草地叫望远亭市民公园，其实只是荒草，车声震耳，无法游玩，亭建于 15 世纪，初名喜雨亭，后名望远，国王曾于此观水战，今匾额仍题喜雨亭。

今天的游览计划胜利结束，该轻松返程了。今天只余一件事：理发。

15：57：00于望远亭

又记：韩国重视文物管理，然古迹大多为新建，从学术上说已丧失价值，且重建亦不认真，木材多开裂、变形，不知何日方悟也。

16：03

此亭 1989 年竣工，时汉城市长名为高建，所以重视建筑。

离望远亭后，一直步行，经合井，想理发或洗澡，未找到合适处，经极东放送公司到毕加索街，入弘益大学逛一圈，操场很大，很多学生在打篮球，美术气氛很浓，在门前一小公园内先看了同性恋美术展，出来走到新村，逛两个超市，李政勋电话，约给我电脑，他晚上还有课。7 点半多，我赶到惠化站见他，两人吃了汉堡可乐，他带我去一个俱乐部，是"放弃教授的博士"的读书会，高美淑和朴太浩主持，柳浚弼也在，我很受启发，在那里聊了一晚上，柳开车送我回来，回来摆弄了电脑，就过了半夜，今天未理发，明天的事情很多，今天在弘益站附近一家旧书店买了本金富轼的《三国史记》，4 千元，原价 3 千 5。

上帝，保佑！

25点多了

2001 年 9 月 17 日星期一　农历辛巳年八月初一　晴

昨夜看了 VCD 李安的《推手》，很不错。比《卧虎藏龙》要好。三四点才睡。起来是 11 点半，匆匆吃了几片面包和肘花，去上 12 点半

245

的课。课前给漆永祥打电话，约 4 点 20 去正门接他们。课后复印了大韩民国临时政府的文件和韩国的小说。助教请金善卿给我解释了煤气费的事。郑在书说周五一起审查翻译。金钟仁到 408 请教问题，顺便告诉她问问北大同学何时有空去李政勋处。到银行交了电费，顺便去看了游泳池的情况。便去正门接了漆永祥一家，先带漆永祥去图书馆，我还了书，带他去借了三册《清实录》。出来遇贺锋。带漆永祥一家去 408，给漆园吃喝小食品，带他去厕所。孙老师在。然后送漆永祥一家到正门。我归途理发，9 千元。回来煮肘花面条吃。最近状态不错，要继续保持，上帝保佑！

22：02

2001 年 9 月 19 日星期三　农历辛巳年八月初三　晴

　　昨天上午课后回来吃饭睡觉。张剑福老师电话请钟赶快跟北大联系，我下午就给沈小喜打了电话。田炳锡电话约定 4 点半或 5 点见。下午课后一直等到 6 点。田炳锡来接我，共去檀国大学附近的紫金城中国饭店。黄炫国和张老师以及 5 个学生已经在那里。我喝女儿红，他们喝真露，是 10 万元的套餐。饭后又去喝了啤酒。大家都很高兴。路上与田炳锡谈了他妻子林桂玉的事，真是太不幸了。田炳锡与我一起乘地铁归，他到龙山下车，但是他告诉我错了，结果我又返回去，到达乙支路三街时已经 24 点，地铁停运，我便走回来。两三点才睡。

　　今天起来微微有些头疼。去上课路上 J 电话约定星期二见面。课后回来午饭及休息。金椿姬电话说她明天陪同学去济州岛。下午通译课主持学生辩论"减负"之利弊。然后上网。晚上刘宁电话，约定周六去看高延战。今晚煮了三根茄子就米饭吃，佐以辣椒油和炸酱，很香。但是没有写文章。今天郑勇催稿。思考天下大事太多，个人的事都视如芥蒂了。米烂了。

0：52：00

2001年9月22日星期六 农历辛巳年八月初六 晴

现在是0点1刻，我已经满37周岁了。鲁迅37岁时发表了《狂人日记》，毛泽东37岁时领导着中华苏维埃共和国。我37岁时苟且偷生。

9月20日一天都是课，下午讲了鸦片战争、太平天国、洋务运动、甲午战争。晚上刘宁电话约定周六去看高延战。我通知了漆永祥。

21日中午起，郑在书电话留言说今天的约会改到周一。我午饭后便去了国立显忠院，那里有11万墓碑。看了写真馆和遗物馆。出来后闲逛，从铜雀经梨水到舍堂。在市场买了些菜。到家时近8点，炒木樨西红柿，又煮了茄子，做了米饭。给刘宁和漆永祥打电话，敲定明天的时间。做饭时董爱国来给我明天的舞蹈票，我说明天不能去了。蚊子依然比较猖獗。要抓紧时间。岂容妖魔舞翩跹！

0：28：52

2001年9月23日星期日 农历辛巳年八月初七 秋分 晴

现在是0点12分，生日刚刚结束。上午10点多起，11点半多到地铁站时漆永祥电话，他已经到了。不留心坐反了，多坐了八、九站，到达运动场时12点35。打电话与刘宁联系。见了面，张东天也去了。便在高丽大学的队伍里一起看。结果橄榄球和足球高大都输了。高大的情绪太急躁了。合影了一会便分手。这时是4点多。我便又去了汉城民俗表演场。路上叶文曦电话，原来他告诉我的电话错了。到达表演场后，正好有鼓舞和四物表演。我先在场外的摊子上买了一盘猪爪吃，一个卖面条的妇女给了我一点泡菜。结束后又接着有国际民俗表演，来自中国、俄罗斯、乌兹别克斯坦、墨西哥、埃及等国的演员表演一些小节目。第一个是中国的京剧表演，核心节目是猴戏。结束后将近9点。回来用猪爪煮面条吃了。准备明天去水原。妖魔鬼怪快躲开。

24：24：00

247

2001 年 9 月 24 日星期一　农历辛巳年八月初八　晴

　　现在是 0 点 3 刻,刚刚泡了澡洗了衣服剪了指甲。星期天 10 点多起,犹豫了一会,还是决定去水原,共产党员在没有监督的情况下,就是对自己也要守信用,昨天说去,今天没有特别的情况,就应该去。虽然左脚趾磨出了一个水泡,但是估计走个几十里还是能够坚持的。于是就以不到 2 小时的时间,到达了 1 号地铁的终点站水原。来回用了两张剩余地铁票根,这样大概能够节省一些车费。下车后在观光咨询所要了地图,就步行去八达门,然后开始顺时针游览华城。一共用了大约 3 小时,整整转了一圈将近 6 公里,然后又去了城内的华宁殿和行宫。这样就看遍了所有 41 个景点。不愧是联合国指定的文化遗产,很有特色。虽然不如中国山西平遥古城早,但还是各有千秋。在永洞市场买了蘑菇和豆腐,又顺便去了普文寺和药水庵,灌了一瓶药水。随便穿行城内的街巷,安静幽僻,感觉很好。想起宋真荣在水原大学,但那个大学不在水原城里,而在另外一个华城郡。归途到新村买了面包和白菜,乘 3 路汽车回来。晚饭是稀饭和面包、豆腐、白菜、蘑菇等。看了连续剧《太祖王建》第 156 集,又读了一会《三国史志》。在水原时,叶文曦电话问图章事和漆永祥电话。又一周开始了。于是有了光。

01：07：00

2001 年 9 月 26 日星期三　农历辛巳年八月初十　晴

　　现在是 01：20。星期二上午课后任祉炫和两个学生带着摄像机在教室门口找我,要采访我关于中国加入世贸组织的看法。便在学馆前面的长椅上谈了几句。然后我去国际馆等 J,可是她迟到了半个多小时。将近 12 点才到。她送我一盒子大梨作为中秋礼物,并开车陪我送回来。然后又回国际馆,我告诉她论文后面的写法。然后去珍馆吃饭。下午课后一直上网,去行政室打印了工资单。晚上回来吃萝卜豆腐黄瓜西红柿等。研究白天下载的黑龙江大事记。苏恩希说下周四请我们几个吃饭。

昨夜写了一点《解析批斗会》，争取这周写完。天若有情天亦老。

01：30：33

2001 年 9 月 28 日星期五　农历辛巳年八月十二　晴

现在是 0：09。星期三上午课后 J 到学馆给我书，并送我回来。我做饭吃后小休。下午通译课上组织辩论奥运对中国是否有利。晚上打电话通知漆永祥次日星期四有活动。又打电话给金椿姬，她说送我月饼，因为她中秋回国。晚上研究哈尔滨历史。星期四 27 日上午吃了方便面就去上课。课后通知助教下午的课停止一次。便去成均馆大学。带领众人参观了博物馆和文庙，又看了四物表演和跆拳道表演。晚会组织得不好，漆永祥中了一等奖录音机，刘宁中了去安东的参观券。梨大的都没中奖。晚餐时旁边有几个山东女生，请我签名。晚上看了《JSA》，这是我第二次看，感觉还是不错。董孙她们商定 30 日晚联欢。看电影时叶文曦电话，约定他过两天来汉城。要计划学习、计划工作。安拉保佑！

0：24：21

2001 年 10 月 3 日星期三　农历辛巳年八月十七　晴

现在是 0：31。10 月 1 日下午与叶文曦去了景福宫、民俗博物馆、青瓦台。叶文曦错按了胶卷的倒卷按钮。又去买了胶卷回青瓦台照相。然后去吃了冰激凌，接着又去了社稷公园、独立门、西大门刑务所历史馆（放假未开）。然后坐 8 路小公共到梨大后门。去了延世大学。从其正门出去到新村，我请叶文曦吃了烤牛肉。散步回来。下一盘围棋，我赢了。路上苏恩希电话，仍约定周四吃饭。我建议叶文曦次日上午去战争纪念馆，下午与我一起去看漆永祥。叶文曦给其学生打电话，约定在战争纪念馆见面。我给他写了路线说明。

10 月 2 日叶文曦不到 8 点就起了。早饭是方便面和面包。9 点多我送他出去到路口。回来小睡。郑在书电话说中午的约会推迟半个小时。

249

我洗了澡。到408，拿上梁菲送给他们的光盘，下去，他们正好也到了后门。郑在书带着夫人和女儿。我就坐李在敦的车。到奥林匹克饭店吃自助餐。郑在书夫人很年轻，女儿刚上一年级。吃饭时讨论行健、中国西部开发等问题。叶文曦从仁寺洞打来电话，约定4点见面。李在敦送我回梨大，说以后找我喝酒。我到学馆上网，有张天天的贺卡。打电话给漆永样，告诉他我们5点到。4点叶文曦电话，我到正门与他会合，共去漆永祥处。叶文曦带了酒和给漆园的玩具，我带了两个大梨。吃饭、看电视和聊天。经济学院的崔老师晚上也过去聊天。到10点我们离开。回来看了会电视，叶文曦休息。他不好意思多占我时间，我说没关系，反正我也爱逛。我计划明天带他去汝矣岛。现在要上厕所。革命人永远是年轻。

1：12：00

2001年10月6日星期六　农历辛巳年八月廿　晴

睡到12点半，看来昨天是累了。烧开水泡昨晚的米饭吃。然后去南山。先去了龙山图书馆，又去南山图书馆，在李退溪像前照相。又去小动物园，喷水池，在植物园门口看"案内"图。安重根纪念馆修建不开，便在外面照相，并抄录其狱中名言。旁边是科学教育研究馆，进去玩了一圈，很好。又去看了反共青年运动纪念碑，也不开。旁边有赵芝薰诗碑。再去看金九先生像，在白凡广场。白凡是其字。在那里曹淑子打电话给我，说还没有决定什么时候去。我说我已经安排好了明天去。她说晚上再给我打电话。一个基督徒过来向我传教，啰嗦了半天。我又去找到金庾信像，也照了相。然后去南大门市场，买了蒜、袜子。到明洞买了两个豆包。到乙支路入口坐地铁到新村，买了挂面和面包。小姐多收了我30元，我也没计较。坐3路车回来。吃豆包，面发黏，不好吃。21点半，曹淑子电话说明天出发。我打电话给孙老师，请星期一代我一节课。今天把南山一带几乎都走遍了，效率真高。天下事难不倒共产党员。

22：21：00

2001 年 10 月 9 日星期二　农历辛巳年八月廿三　雨

上午课后打伞回来吃饭，又睡到 13 点多。下午又去，通译课学生打电话请求明天课提前 2 小时，我同意。送给孙蓉蓉老师安东假面节纪念章。网上回信。傍晚冒雨回来。做米饭，猪肉烧茄子。磨剪子来锵菜刀。

22：10：00

2001 年 10 月 10 日星期三　农历辛巳年八月廿四　雨

10 点多起，吃了昨晚的剩饭。11 点上基本中国语。课后上网。1 点 10 分上通译课，辩论环保与发展。我让她们下次改为采访形式讨论妇女干得好还是嫁得好的问题。晚上回来吃面包和水饭，贺锋夫妇来聊天到 10 点多。准备了一下明天的研究生课，关于中国共产党的内容。阿门！

24：59：41

2001 年 10 月 12 日星期五　农历辛巳年八月廿六　晴

现在是 0 点 51。11 日上午是中级汉语。课后吃了带去的面包和西红柿。金善卿去 408 问我一些《素问》里的句子如何翻译。她说下午有急事不能上课。下午的研究生课讲了国民党和共产党的问题。然后上网直到晚上。打电话给金椿姬，约 26 号去雪岳山。从办公室借了录像带《追梦人》，晚上边吃面条边看，挺感人的。计划明天去梨花庄，那是李承晚的故居。刚才有点想念儿子，想给他写封信，留给他长大以后看。我这个人还他妈的挺伤感的。儿啊，你要比爸爸有出息啊。一本正经。

0：58：09

2001 年 10 月 13 日星期六　农历辛巳年八月廿七　晴

现在是 01：31。刚才煮栗子吃，切开时不小心切到了左手中指甲，渗出了一点血，包上了创可贴。白天是 13 点半才起，吃了片面包便去梨花庄，在外面又吃了几片面包和半个大梨。看完梨花庄步行到东大门，在观光案内所选了几张地图，又去奖忠坛公园，那里有座水标桥，正好今天 15 点有活动，可惜我去晚了。又进了东国大学，看了正觉院，里面有僧人在给学生讲课。又看了图书馆运动场等。从另外一门出来，又绕回奖忠洞体育馆，找到了猪蹄风味街，但看见与别处也差不多。已经很晚，比较饿，又去南大门，在途中一个市场买了 9 个洋葱，1 千元。到南大门夜市，在一家有名小店吃了顿泡菜火锅，5 千元。离了南大门，遇到几个山东人，正商量要去赌场。一路步行回来，对汉城的路基本上没有问题了。又买了 2 千元的香蕉。回来换手机电池，发现沈小喜来过电话，打电话给她，是钟问北大怎样安排他，我说我不知道。泡热水澡，洗衣服，剪指甲，煮栗子，写日记。安重根说：一日不读书，口中生荆棘。

02：03：51

2001 年 10 月 14 日星期日　农历辛巳年八月廿八　晴

现在是 02：52。14 日午后才起。电话录音，金椿姬说她父亲昨天去世了，她要回国，不能陪我们去玩了。我带上面包、西红柿和栗子，坐地铁到蚕室。先去了石村洞百济古墓，又去芳荑洞百济古墓，路上打电话给金椿姬慰问，还买了一个胶卷。又去了梧琴公园，里面有居慎氏的墓和柳氏的墓。然后步行去文井洞时装街，不太大。再前行去可乐洞农副市场。在那里买了蘑菇、茄子、萝卜、大葱、土豆、凉粉、香瓜等，几乎背不动。坐地铁回来。刚洗好米，贺锋叫我下去看电视，中国对卡塔尔足球。我便拿了面包和泡菜下去，边吃边看。中国早就决心向卡塔尔报仇，果然 3：0 大胜。不过卡塔尔今天很多主力没有来。接着又看

252

了一个中国电影《木刻人的新娘》。回来已经半夜12点多。便做了米饭，煮了萝卜和蘑菇吃。计划明天去巴黎公园。毛主席走遍祖国大地，锦绣河山更加壮丽。

03：06：08

10月15日星期一　农历辛巳年八月廿九　阴

现在是0:02。已是深秋蚊尚多，咬上一口就特痒。14日仍是中午起。叶文曦电话，请我们去鸟致院玩。下午仍带了面包和香瓜，坐地铁到木洞。著名的木洞时装街没什么。到了巴黎公园，也不好看，水池很脏。旁边有个法眼精舍，转了一圈，照相数张。归途路过木洞运动场。一商场门前有演出。从梧木桥站坐地铁回来。地铁站里休息处有书可看，可惜都是韩文。我找了本《论语》看了一会原文。顺便休息一下。回到家门前看见董老师和贺锋，原来他们去爬附近的鞍山了。晚上吃了米饭和鱼。半夜饿了，又吃了面条。打电话给华，她说明天去问房子问题。晚上给曹琳写信，告诉他崔致远《乡乐杂咏》原文。学而时习之，真他妈快活。

0：14：12

2001年10月15日星期一　农历辛巳年八月廿九　阴

现在是23：14。11点半多才起。带饭去考试。鲁贞银电话说星期六她送我到火车站，而她要参加婚礼，所以不能陪我一起去全州开会。下午一直上网，收到国家领导人与大歌星的照片，一定是阶级敌人干的，真不像话。17点去梨大游泳池游泳，2500元。水很好，但是池子太小，深池只有3个泳道，每个泳道里都有八九个姑娘，浅池子宽一点，但人也更多。男的只有五六个。几乎每游几米。就与姑娘肌肤相亲，不是我碰了人家的玉腿，就是人家踹了我的熊腰；只好草草游了几百米就出来，以后再也不去了。这梨大根本不是革命群众生活的地方。回到408，吃了面包。继续上网到22点。回来煮面条，放了腊肠、鸡蛋、白菜、黄

253

瓜、面酱、香醋、泡菜，吃得非常香甜。要扫除一切害人虫，全无敌。

23：27：13

2001年10月17日星期三　农历辛巳年九月初一　晴

16日8点半起，上午课后回来休息，午饭后小睡。漆永祥电话说他们下周要去济州岛，但是我们梨大不停课，所以我不能去。下午课后去西江大学。从后门入，前门出。图书馆还比较好看。这样，西大门区的四所主要大学我全部去过了。然后去新村买了挂面和肉、饼。到408上网，怎么也上不去。打电话给沈小喜，请给更换新电脑。回来后正做饭，董孙来，说韩国邻居诬陷我们乱倒垃圾。我根本就不用这个垃圾站。聊天一会，她们走，我接着做饭。米饭、鱼、茄子、凉粉。沈小喜电话，约我明天早上去帮忙录音。今晚清洗煤气灶，效果颇好。我若做家务，非常优秀。屈才了。大风浪你要禁得起。

0：35：11

2001年10月19日星期五　农历辛巳年九月初三　晴

现在是0：37。18日上午去给学生考试，穿了西装领带。将近结束时一位英语教师率学生闯入要考试，我阻止之。语言不通，她们叫来行政人员。我让她们去找中文系助教。蔡辰沅来，她们已经粗暴占领教室，开始考试，我坚持要她们退出，因为她们破坏了我的考试。她们只好悻悻退走。这些资本主义的人的礼貌全是假的，到真正有事时，自私的本性暴露无遗，粗野的一面立刻呈现。下午研究生课讲30年代的中国，长征等。发了打印的材料。晚上蔡辰沅与一个男生来408要为我们更换电脑，但是没有成功，反而更慢。将近9点董老师下课后在楼下叫我，请我去吃了肯德基，一起回来。那肯德基很不好吃，比中国的差多了，我怀疑是陈货。下午与申正浩联系，他让我明天18点半以前到达。我与鲁贞银联系，她说改为明天中午的火车。晚上回来打开电视，看到白元淡在KBS演播室谈中国问题，我立刻打电话给她，问她在谈什么，

254

她说是一个美国人写了一本现代中国。昨天泡澡时翻看了一本夜郎研究的书。这两年看了不少杂书，视野更开阔了。对马列主义也理解得更透彻了。世上无难事，只怕有心人。呜呼。

0：56：02

2001 年 10 月 22 日星期一　农历辛巳年九月初六　晴

今天 11 点半起床。仍然西装领带地去上课，崔丽红说我好像新郎。电脑仍然罢工。我便到办公室去用电脑直到将近 5 点。给沈小喜打电话，请他们尽快给换新的电脑。董问我《达坂城的姑娘》一歌中为什么唱"带着你的妹妹"来嫁给我，告之这是原始婚俗遗存。判了几份试卷。回来比较早，做米饭，煮肉和蘑菇、茄子、白菜吃。研究如何去旅游庆州。对韩国越来越有感情了。阿里郎。

22：53：05

2001 年 10 月 25 日星期四　农历辛巳年九月初七　晴

24 日上午 10 点起。11 点基本中国语课，学生撒娇要求早下课，许之。回来吃饭及午休。下午 2 点多去打印及复印上课材料。叶文曦说已经到汉城，先逛街。我去上通译课，学生辩论是否应该惩罚第三者问题。布置下次辩论愚公移山问题，发了材料。课后遇金恩惠，一起走到正门。叶文曦在那里。我带他去奉元寺，然后到梨大后门的意大利餐厅吃比萨饼，叶文曦请客。然后从阿岘回来。吃水果、看电视、聊天，讨论韩国语言发展问题。明天要早起，便睡了。先写这个日记。记得最早知道世界上有日记这回事，是看《门合日记》。门合是个解放军英雄人物，现在的人都不知道他了。风流总被雨打风吹去。

01：25：43

2001 年 10 月 27 日星期六　农历辛巳年九月初九　雨

早上 8：00 起，浓睡不消残酒。早饭后，李宇哲来，他父子加上我

255

与赵出去，李开车。去了大陵苑、太宗武烈王陵、西岳古墓群、瞻星台、鸡林、月城、石冰库、雁鸭池。中午到徐罗伐大学吃饭。饭后略看一下下午要开的运动会，又见了鲁，因赵下午要参加，由李一人陪我去石窟庵、佛国寺，感觉甚好，很有艺术特性，归途下雨。一位北京二外来徐罗伐大学的安老师 Tel 李，说他太太在北京二中。认识我，但他有事，不能来见我了。回到徐大，与赵一起去一家"森博"饭店，吃特色的包菜饭，这家饭店还是个小型收藏博物馆，赵的另一师弟夫妇也在，后又去了两对夫妇。今天较早回来，孩子们在写字，我指导他们。后去参观赵的书房，李告辞，带儿子走了。我们继续聊，又跟孩子们在网上找我的照片，赵提议早睡，便整理、写日记。今早用赵家的电脑收发了 E-mail，一天未带手机出门，这是第一次住在韩国人家里，赵家很和谐温暖，君子之家。明天要去南山，早睡！

21：55：00

2001 年 10 月 28 日星期日　农历辛巳年九月初十　雨

早 7 点多起，洗漱、看书、昨夜亦看了多篇文章，赵起后陪我步行去金庚信墓，还有其子，雨下了一夜，基本上已停。回去吃早饭。然后喝茶，到 10 点多赵妻李氏的朋友朴女士来，她开车……晚上的车票很难买，好容易买到了半夜的。他们要替我买，我给了他们钱。庆州不愧是千年古都，人和城都给我留下了好印象。晚上与赵一家的聊天也非常愉快。我说今后有机会还想再来……

2001 年 11 月 7 日星期三　农历辛巳年九月廿二　立冬　晴

今天是十月革命 84 周年。网上没有纪念文字。

多日未写日记。10 月 26 日 27 日在庆州写在笔记本上了。28 日半夜上车后写了几句就关灯了。29 日凌晨到达汉城，转到 5 点多乘地铁回来。睡了一上午，然后去上课。31 日通译课组织学生辩论愚公移山，然后给她们讲了《论语》的《学而》章。周四 11 月 1 日，给研究生讲完抗日战争，给张剑福老师发伊妹儿告诉他韩国几所大学的要人情况。计划去雪岳山，但是发现一天不能往返。上个周末便没有离开汉城。周五就在寓所休息，张剑福因为电脑没有收到，电话问我情况。周六11月3日下午与金椿姬去了幸州山城，下来时喝了葛根汁，太浓。她下午5点还有约会，我便去新村买了一堆面包挂面什么的，归途又买了30个鸡蛋，才2千元，很久没有这么便宜了。周日11月4日下午与金钟仁去了高阳市参加她朋友的婚礼，很没意思，只有半个多小时的枯燥仪式。饭后她陪我去明洞的金融博物馆，可是没开，她便陪我去了附近的报纸博物馆。然后又去了教保书店，看见行健的《灵山》译本2册。金钟仁说金钟美老师要她们写此书的感想。我说此书不好。金钟仁说她想当警察。归途到她那里，她给我两个大梨。晚上回来有些头疼，便吃药。贺锋夫妇来访，聊到深夜。这周408室换了新的电脑，但是问题仍然很多。收到金贞淑老师从英国写来的信，不知是什么城市，回了信。

本周决心独自去雪岳山。在网上收获很少。今天下午的课提前两个小时上，是学生昨天要求的。她们讨论《论语》。晚上7点以前就回来了，做饭。决心明天夜里去雪岳山。上帝保佑！没有共产党员上不了的山头。

23：59：53

2001年11月10日星期六　农历辛巳年九月廿六　晴

进行了一次失败的旅游。周四8日中午课后学生黄寅净拿着一听饮料来找我聊天。去办公室复印上课材料。下午讲解放战争。张剑福电话问漆永祥电话。晚上回来做饭吃。9点多出发去束草。可是一出门遇见董老师在夜色中疲劳地下课回来，走了一段又发觉忘了带手机。这分明是上帝警告我"信息欠缺，前途阴暗"。我却一意孤行，回来拿上手机又去。到高速巴士总站坐了23：30的巴士，中间在束沙休息，我下车吃了一碗乌冬面。没想到周五凌晨3：30就到达了束草。巴士站和咨询处都关着门，无处可去。走到海边浴场，却关着大门。便回头向市中心走。

257

差不多到了市厅，便回来。不料下起雨来，幸亏我带了伞，并一路避雨。但还是把鞋子湿透了。回到高速巴士站，已经将近7点，开门了。但发现去雪岳山的汽车不在这里。雨下得越来越大，没有停的迹象，即使去了雪岳山，也无法好好游览，又很困，加上不知怎么去乘车。而且又遇到一个精神不正常的妇女，巫婆似的。我觉得这是上帝在最后警告我，应该悬崖勒马。于是果断决定返程。买了8：50的票回到东汉城。在巴士站和地铁站内外转了一大圈，买了一个大发糕，1500元。坐2号线去了钟阁的观光公社，拿了些材料，又向中文小姐咨询了一下。回来已是傍晚，便脱光大睡。晚上起来大吃一顿发糕猪爪洋葱萝卜之类。张剑福电话又问漆永祥电话，并催梨大发邀请函。我给漆永祥、沈小喜打了电话。看了一些材料。夜里又睡，直到今天中午。下午煮面条吃，又玩电脑。便到了现在。这次旅行失败，教训是准备不周，信息不全，心情不佳。不过夜里游览了束草市容，上午在车中观看了许久雨中的东海风景，也算有收获。当休息以后再说。韬光养晦吧。

18：05：21

2001年11月12日星期一　农历辛巳年九月廿七　晴

星期天中午起来，下午在电脑上修改以前的文章，就这样荒废过去了。也算自得其乐。呜呼，妈妈的。

00：39：49

2001年11月25日星期日　农历辛巳年十月十一

多日未写日记。现在是凌晨2点多，一会稍睡，6点起来要去雪岳山。19日星期一时，钟从中国回来，到408看我们。我说还没有去过雪岳山，他说是他的责任。然后定于明后两天带我和孙董三人共去。这周忙于写关于北京贵族气的论文，哪也没去。周五写了一夜，直到周六近午才写好。周六晚上又看看。董老师来问要不要给钟汽油费，我说这不是侮辱人家吗，董就跟我分辩，说这是美国规矩。我指出美国人的思想是只想自己心安理得，不考虑别人的善意和友情。然后我去学馆给闵丙三发文章。收到华信，说通过了我的职称。我说真没意思。回来吃饭洗澡，就过了半夜了。

上周五16日晚，与金椿姬去吃西餐烤肉，不错。昨夜还用洗衣机洗了好多衣服。这两周讲完了"韩战"，很有收获。周二20日晚上去看学生的"中文人之夜"，却不说中文。孙老师朗诵了辛弃疾的词。这两周因为写文章，读了些北京文学。借了五大本《老舍全集》，读得很有收获。特别是《骆驼祥子》，真是百读不厌。

要注意身体。安拉保佑！

02：31：40

2001年11月26日星期一　农历辛巳年十月十二　晴

25日凌晨3点多才睡。6点半孙老师敲门叫我。我急忙起来洗漱穿戴，8分钟后出去。坐地铁到达道谷才7点40，打电话给钟，他出来接我们。他夫人儿子帮忙拿东西。大概8：15开车出发，路上我吃面包和包饭。经过洪川从麟蹄进入雪岳山，在弥矢岭附近吃午饭，黄鲐鱼定食。中午到达预约的大明公寓式旅馆，住620套间。窗户正对着蔚山岩。稍息后去雪岳山东入口。可是因为风大而索道关闭，我们便自己爬，经过卧仙台、飞仙台，到达弥勒峰的雪岳洞。钟爬山很快。我照顾两位老太太经常在后。一路高歌，听到的韩国人说："这几个中国人真高兴。"因为去主峰大青峰的路关闭，所以到雪岳洞就返回了。到束草海边去吃生鱼片。孙董不大能吃。然后去洛山海边看夜潮，很壮观。21点多回到旅馆。我下去买了4瓶啤酒和小吃，董买了水果，大家聊天。半夜就寝。

今天7点多起。大家吃面包和包饭等。出去照相，然后钟拉我们去了禾岩寺。而后钟想带我们去江陵，但别人都不大热情。我一直帮钟看路。接近海边时我们便向北去，结果去了花津浦，看了金日成、李基鹏、李承晚三人的别墅。大家感觉非常好。然后继续向北，到达韩国的最北边，高城统一展望台。一路海水美丽无边。看了对面北方的金刚山，又下来看了录像。这时已经过午，到附近小店吃了饭，便回程。钟不认识路，我拿着地图帮他指路。将近 3 点到达百潭寺，可是据说要乘班车，还要步行 30 分钟。他们便都不想去。于是便回汉城。一路都是驻军各部队。接近汉城的河南市时，堵车许久。入汉城后又堵车。钟有些心烦了。我这两天讲了若干笑话。晚 7 点，钟送我们到地铁宣陵站，告别。我们到家不到 8 点。孙董都有些累。我整理东西，煮面条吃。打电话给华，她说了职称和房子的事。今天路上漆永祥和李海英打电话给我。漆永祥明天要来还书。明天又开始新的战斗。感谢圣母。哇哇。

23：17：30

2001 年 11 月 28 日星期三　农历辛巳年十月十四　晴

昨天取了钱，上午课后给李海英电话费。她说帮我问问济州岛的旅游。她说下学期要休学，因为已经怀孕了。毛海燕给我仁川去天津的航班表。我下载了华发来的职称表，中午回来填写。下午去发回去。收到金贞淑来信。下午课后漆永祥来还借《清实录》，我也还了借书，他夫人孩子已经回国了。晚上在电脑上继续给华发送表格要求的内容，并电话联系。金善卿来 408 帮助我们点炉子，后来我们又关了。归途去阿岘买了肉馅、橘子和三个猪蹄，回来后喝烧酒吃米饭猪蹄。11 点又打电话联系一次。夜里读完了蒋纬国写的《蒋委员长如何战胜日本》，真是无耻透顶，国民党后继无人，亡党必矣。

今天一天没吃饭，很饿。上午基本中国语用韩文在黑板通知考试事宜，学生皆惊喜不已。打印了工资表。傍晚张剑福电话，又问漆永祥电话。他说系里尚未决定明年派谁来韩。钟电话说周五陪我们去蔚山。晚上回来吃完昨天的米饭，就着猪蹄。要扫除一切害人虫，全无敌。

21：49：36

2001 年 11 月 29 日星期四　农历辛巳年十月十五　阴雨

早上做了怪梦，10 点半才起，匆忙去上课。路上闵丙三电话，请我周六与外大老师一起去江南大学开会，然后漆永祥电话，说周六与我一起去。课后上网，突然发现裤子后面裂开了。以书包遮掩，回来缝补，匆忙吃片面包，又去上高级口语课。后半节给学生讲怎样做人的道理。这样教养课就全部结束了，下周口试。下午的研究生课金善卿请假，我讲了17年，学生很感兴趣。下午钟说明天去的是瑞山，不是蔚山。傍晚与孙老师一起回来。回来后孙又电话，说钟通知明天7点到达蚕室。做米饭，炒土豆白菜肉。这两天胃不大舒服，吃了藿香正气丸。贺锋来稍聊一会。今夜不能睡得太迟，明天6点就要出发也。乖乖。

23：11：19

2001 年 11 月 30 日星期五　农历辛巳年十月十六　晴

5点40起。孙老师敲了几下门。我下去，董老师还未准备好。6点近10分才出发。但早上地铁很快，7点到达了乐天。钟随后也到。我们是跟新源旅行社去，车费三餐加温泉一共才22000元。先到西海大桥，休息，吃烤鱿鱼。然后去牙山的一个鹿场，听讲课，尝鹿肉，要大家买鹿茸。中午到修德寺旁边午餐，但是没来得及去修德寺，我抓紧跑到了寺门照了一张相。2点上车，2点20到洗心泉温泉。我洗了大小温泉和淋浴，又去了土耳其桑拿浴和芬兰浴。外边还有个露天泳池，我跑出去进去一下就出来了，太冷。最后称了体重，74公斤多，比我暑假在中国减了10斤。3点50去瑞山的两个地区。浅水湾候鸟区今天候鸟不多。落日也被乌云遮住。最后去"看月岛"，景色不错。看月庵里三条大白狗直追着咬我。我作一联：看月岛岛看月，洗心泉泉洗心。车上有一个80岁老头，跟我们学汉语，人不错。旁边另有一个70多岁的壮老头。不断唱歌讲话，有点心理问题。他是"韩战"时的老兵。傍晚李政勋电话，我告诉他提纲已经写完。张剑福电话，让钟发传真告诉行程安排等。归途在新道林分手。回来又吃点剩余米饭，修改了提纲。准备明天一早去发信。所以今天还是不能太迟睡。万岁。

23：22：45

2001 年 12 月 2 日星期日　农历辛巳年十月十八　雨

12 月 1 日早 7 点半起。到学馆给李政勋发提纲，又打印今天会议的文章。然后去邮局给金贞淑老师发信。9 点 10 分乘地铁去漆永祥处。在那里给朴宰雨老师打电话，知道了严家炎老师等是 13 日来。然后与崔建华老师等一起出发，外大的很多师生都去今天的会议，还有梨大的金慧琳老师。到达龙仁的江南大学，是 12 点多。直接去食堂吃午饭。下午开幕式后分 4 组发表。我们汉语文化组第一个是盛双霞讲北京的胡同和四合院，漆永祥请她讲快点。第二个是社科院的李敦球讲北京明代的西方人。我是最后第三个讲北京文学的贵族气，已经 4 点 40。这时不少人来听。我用了半个小时讲得很有效果，复旦大学的杨竟人老师给我讨论。之后皆曰精彩。金慧琳带一女特别问我关于老舍与王朔的比较问题。然后到"民俗花园"吃烤肉。金泰成说我讲的使他特别有启发，说他已经是我的"迷"。外边有点雨，不过会议恰好发了伞作纪念品。归途我在蚕室下，乘地铁回。漆永祥电话告诉我自由旅行社的电话。孙老师敲门问我有没有多余的被子，她有客人来。一天又过去了，很有意义的一天。今天我比上帝过得好。

00：29：43

2001 年 12 月 2 日星期日　农历辛巳年十月十八　雨

将近中午起。给金椿姬打电话多次，不在。给毛海燕打电话，请帮助我订船票。给旅行社打电话，问济州岛旅行事。午饭吃面条和面包。下午去了庆熙宫，只有新修复的弘化门和崇敬殿，里面还有一个汉城美术馆。这样，韩国的所谓五大宫殿，我就都去过了。然后又去了农业博物馆，附近有很多防暴警察。晚上电视说今天有民众示威。归途步行。到阿岘市场买了挂面、香肠、白菜、土豆。叶文曦电话说他 15 日回国，想从我这里走。晚上没干什么。得休闲时且休闲。哈哈。

23：34：04

262

2001 年 12 月 5 日星期三　农历辛巳年十月廿一日

现在是凌晨 1 点 35。回来就已经半夜了。在水蹦研究室的演讲很令人激动。台湾新竹大学的陈光兴也去了，他是个很客气的学者。我觉得我的演讲越来越有力量，真正打击着阶级敌人。晚上 6 点与李政勋在惠化见面，然后直接到研究室与大家一起吃"大锅饭"。7 点开始讲，讲了两个小时，李政勋翻译时有两次笑得不能翻译下去。休息后又提问和讨论。关于民族问题也深深刺激了听众。这样的演讲效果真是太大了。10 点半结束后，剩下十多人喝酒继续闲聊。直到将近 12 点才分手。

星期二的白天上下午都口试中级汉语。中午回来休息了一会。下午助教让我和孙写"辞职报告"，我便写了一份文绉绉的暗含玄机的东西，给大家看。毛海燕说已经为我预订了船票。傍晚我打电话给几个旅行社，问去济州岛的事。但愿如意吧。革命，是幸福的。

01：58：10

2001 年 12 月 6 日星期四　农历辛巳年十月廿二日

5 日上午旅行社电话说一个人不好安排，而且很贵。下午又问了一家旅行社，一样。知道他们并不爱国，资本主义就是这样的。中午带了胡饼和香肠，没有回来。上午口试了基本中国语，下午讲《论语》和"仁"的问题。给李雅禀划《古文观止》和《唐诗三百首》的重点。打电话给郑在书，关于工资单的问题，他说可以帮我问问。今天忘了带手机出门。给赵诚焕和郭京春发了信，华的信说了房号的问题。这些事情无足挂齿，上帝自有安排。汪汪汪。

03：01：20

2001 年 12 月 6 日星期四　农历辛巳年十月廿二日　昙

今天上午口试完了最后一班，回来休息。下午给博士生们讲最后一课，"文革"。金善卿说第一次知道"文革"还有那么多的经济成就。

李海英的丈夫和李海英电话,说帮我定好了去济州岛的旅行社,是 16 号的。课前申夏闰陪着辽宁大学的李铁根来 408,他今年在庆山大学,我们在大邱见过。他明年来梨大任教。晚上漆永祥电话说明天来还书。收到郭京春和薛毅等人电邮,对我所讲"文革"感兴趣。道通天地有形外。

23：59：32

2001 年 12 月 11 日星期二　农历辛巳年十月廿七日

周六晚上在"芳菲园"聚餐,毛海燕和崔丽红都带着儿子——李伟绩和蔡周亨。饭后到延禧洞附近的歌厅去唱歌,那里有中文歌。李伟绩唱得很多,嗓子很好。我也唱了很多,《糊涂的爱》、《同桌的你》、《冰山上的雪莲》、《喀秋莎》、《新鸳鸯蝴蝶梦》、《智斗》、《迟到》、《三套车》等,多次获得 100 分。差不多到了 11 点,出来分手。毛海燕当晚住在崔丽红家。我和孙董二位坐出租车到延大门前,只用了基本费。然后我们下车,我带二人欣赏新村夜色,步行而归。凌晨才睡。

周日中午起来,打电话给金椿姬,约定晚上请她吃饭。傍晚先去学馆上网,6 点到梨大后门等她,一起去吃了西餐。然后去"蓝鸟"酒吧听音乐。当晚的乐队是三个俄国人,我们很高兴。我用俄语点了《莫斯科郊外的晚上》。10 点多送金椿姬上车,我回来仍睡得很晚。

周一中午起来,给风衣缝扣子。然后去学馆,在助教处拿了工资证明。到网上看看。孙董去监考。傍晚去新村,买了面包和乌冬面条。归途遇见文慧兰,跳跃着拍拍我,又摸我的礼帽。我问她考得如何,她说不错。回来吃肉馅面条和面包。上周买的柿子吃完了。今天又研读了很多《圣经》。上帝这狗日的!

02：42：46

2001 年 12 月 13 日星期四　农历辛巳年十月廿九日　晴

昨天上午本来应该去帮助沈小喜录音,但是因为闹表慢了 1 个半钟

264

头，结果改为下午。这是最后一次与崔丽红合作录音。沈小喜说北大三位老师 16 号要住到梨大。我给李海英打电话，请她帮我改变了去济州岛的时间，改为 20 日。分手后我去给通译研究生上最后一节课，让她们辩论美是主观的还是客观的。下课后她们恋恋不舍，约我今天中午吃饭。晚上田炳锡电话问北大三位老师来的事情。我打电话给朴宰雨，总不通。董老师来访，问我房租问题怎么办。我劝她待人不要太直，要以对方的方式来对待对方。

今天上午朴宰雨电话说北大老师下午到。中午去与学生聚会，一直到下午 4 点多。送给她们 6 人每人一张明信片，当场分别题词：郑重其事，恩泽其人，珠玉其心（郑恩珠）；老子姓李，其道至允，惟忠且贞，返朴还淳（李允贞）；李家有女，既善且婀，善婀善婀，其奈人何（李善婀）；金使人富，延使人寿，信使人义，三宝之名也（金延信）；桃李无言，大雅无端，万禀无法，至美五天（李雅禀）。后来喝咖啡时，又给几个人测了字。傍晚到学馆去看看，没什么事，便与孙老师一起回来。晚上读完了最近发表在《收获》上的长篇小说《西去的骑手》，前半部非常好，后半有些概念化。漆永祥、田炳锡、叶文曦都来过电话。金椿姬电话问词语问题。革命不是请客吃饭。

24：18：40

2001 年 12 月 14 日星期五　农历辛巳年十月卅　晴

早上坐地铁到汉阳大学，这是第一次去该大学。找到人文大楼，随后他们就到了。严家炎、钱理群、温儒敏、王晓明、张慧敏、唐小兵、代田智明、尾崎文昭、孟金蓉等。下午钱理群发言时，比较热闹，我也提了问题。傍晚漆永祥去，我找了个学生到门口去接他。温老师告诉我学部已经批准。我问明年谁来梨大接替我，他说还没有决定。晚饭后我陪钱老师温老师跟吉贞杏去她家，在汉江饭店附近，很大。她父母和哥哥姐夫陪我们坐。9 点半告辞，吉贞杏和哥哥先送老师回汉江饭店，又送我到地铁江边站，还送了我礼物。开会时写了几句箴言自勉："德须大于才，才须大于功，功须大于名，名须大于利。"哇呀呀！

2001 年 12 月 16 日星期日　农历辛巳年十一月初二　晴

昨天 10 点多到达汉阳大学。下午给沈小喜打电话，联系后几天之事。会上接到李家文夫人电话，请我下午去吃饺子，辞谢之。打电话给毛海燕，请帮我拿船票。晚上喝酒时决定由我陪钱理群去南部。全炯俊告诉我他与韩国专业 9 段下棋，授 3 子，胜了。他还拿出了业余 5 段证书。我说争取 10 年后赢他。张慧敏坐我旁边，她说去采访鸭子的事，我很感兴趣，请教了一些问题。与唐小兵讨论了"文革"美术等问题。正好白在旁边，便严肃地讲了要从全局出发，理解中国的生活等问题。饭后又去喝酒。与王晓明讨论立场问题等。11 点半多散伙，我坐延世大学他们的车回来。顺便告诉李宝暻，她文章中把阿 Q 说的"孙子才画的很圆的圆圈"理解错了，那不是他自己的孙子，而是骂人的话。回来已经是后半夜，给华打电话，知道她已经挑了房号，3 号楼的 1001 号。

今天上午起来，下去问贺锋昨天的事，他说昨天喝了茅台，看了电视。董也在那里。回来又睡到下午。起来去学馆，整理了学生成绩，收发了信件。晚上回来给沈小喜打电话，知道钱理群等已经住进梨大，又给钱理群打电话，联系明天事。煮了面条吃。心事浩茫连广宇，黑了咕咚便睡觉。

2001 年 12 月 19 日星期三　农历辛巳年十一月初五　晴

17 日星期一早上 9 点去真馆陪北大老师们早餐，然后又陪他们参观校园、图书馆，看了中国书、旧期刊和善本室。严家炎老师建议他们订购中国现代文学研究丛刊。11 点多他们又去博物馆，我去学馆交成绩等，把护照和钱给毛海燕，请她为我买船票。12 点到家政馆，郑在书、申夏闰陪北大老师吃饭，吉贞杏也在。将近结束时鲁贞银来。将近14点鲁贞银开车带我们去国际馆取了钱理群的东西，送我和钱理群到地铁站。然后她陪严家炎去逛街。温儒敏则去高丽大学讲座。

我和钱理群到达东汉城高速巴士站时已经14点50，我当即买了15点去光阳的票上车。与严英旭、韩秉坤电话联系。19点30到达光阳，金董事长和南基省接我们，到一著名狗肉店。严英旭等陆续到达，带着中国的五加皮酒和北京醇酒。他们已经请过许多中国名人到那里吃过狗肉。的确很好吃。然后去一家"好好好"歌厅唱歌，钱老师说第一次到这样的地方，要是别的老师，早逃跑了。我唱了三支歌，跳了几支舞。老钱不唱也不跳。后来金河林也从光州赶去。大家都很开心。但担心钱老师路上比较累，12点我们就回南先生的旅店休息。我洗个澡就睡了。

18日星期二早饭后去位于智异山的双溪寺，又去了云鸟楼，钱理群兴致勃勃地照了许多相，忽然发现胶卷永远照不完。结果是没安胶卷。这回我又有笑话钱老师的素材了。午饭时韩秉坤来接。与光阳的朋友们告别，韩秉坤、金河林陪我们去光州。我路上与梨大联系，决定推迟我的欢送会，19日再回汉城，应该陪钱老师到底。金河林的夫人是记者，电话采访钱理群。我们去了新旧两处5·18墓地。金河林的夫人赶去给钱理群照相。然后他们夫妇告别。我们去韩秉坤家。晚上与一位姓朴的经济学家一起吃生鱼片。然后又请来一位民主劳动党的研修院长黄先生一起喝酒。谈得十分融洽。晚上住在韩秉坤家。我和钱理群住上下床，我住上边。钱理群鼾声依旧恐怖。

今天8点多起来。翻看了一会高行健的作品和《格瓦拉》。早餐后，韩秉坤带我们去潇洒园，我们都去过。又去了附近的环碧堂和息影亭。午饭在高丽亚屋吃拌饭。赶到光州火车站时离开车不到10分钟了。我请韩秉坤与外大的朴南用联系，好接钱理群去外大。13点50开车，18点22到汉城。路上申正浩电话，说与人竞争工作，所以不好到光阳去等。田炳锡已经电话说，18日陪严家炎参观了韩国的现代文学馆

267

等。到汉城时外大的学生来接。我就直接到梨大。晚上回来到孙老师处取了毛海燕代我买的船票。准备了明天去济州岛的东西。要发扬我军不怕疲劳、连续作战的光荣传统，坚决打好在韩国的最后一战！宜将剩勇追穷寇，回家就吃红烧肉。

23：22：10

2001 年 12 月 24 日星期一　农历辛巳年十一月初十　晴

现在是 0 点多。9 日 9 点多起，没来得及送孙老师。整理行囊，做了米饭，炒了猪肉土豆白菜，放了很多调料，吃得很香。沈小喜电话说明天聚会并希望当面与我会谈。我先去学馆上网。13 点 J 电话，她先生到梨大后门接我，去附近的教堂，观看圣诞演出。他们一家五口共同演出了。我给沈小喜打电话，延迟会见到 15 点。J 要请我吃饭，但是我已经安排满了。她先生送我回学馆。我请沈小喜来学馆，进行了建设性的会谈。我指出梨事上的种种缺点，沈小喜承认，然后愉快地告别。我回来与金泰成联系，约 18 点见面。出门前贺锋来叫我，他们与董老师一起包饺子吃。我说不能勃口了。到梨大门口，金泰成与林大根在那里，一起去吃了烤肉，又去喝了啤酒，谈得很愉快。回来直接到董老师处，说明天要把留给以后北大老师的东西寄放在她那里。又聊了一会。回来玩了一会电脑。

22 日 8 点多起，早饭后冒雨出去。打车去了旧济州，看了观德亭、济州牧衙遗址、济州城、五贤坛、三姓穴。步行到新旧济州之间，打车回旅店。这时是 11 点 20。整理，又看了一会中央 4 台。11 点半下去，司机来接。一路又接了别人。到机场。导游给了我们机票。12 点 55 起飞，14 点 5 分到金浦。打电话给田炳锡，约晚上聚会。李政勋电话约 24 日聚会。在机场大厅用了一下电脑，一位小姐给了我一张汉城地图。坐地铁到梨大。上网后田炳锡电话说已经来梨大。我到门口接他。他送我一个旅行箱。先寄放在门卫室，然后我们去钟阁咖啡屋。他与一个经常去中国的书商见面。那人 10 年来共去中国 84 次，带中国书回来卖。然后我们去檀国大学附近，黄炫国老师请吃生鱼片，又去喝啤酒，吃烤鸡，聊天甚欢。田炳锡送我回到梨大门卫室取包，一个门卫说老家是黑龙江的。我回来后，想去跟孙老师告别，可是孙还没有回来。我便跟董老师聊天一会，又给沈小喜打电话约定今天的事。忙来无事不从容，睡着东窗月朦胧。阿嚏！

01：03：28

2001 年 12 月 25 日星期二　　农历辛巳年十一月十一

今天圣诞节，我回国。

昨上午 Tel 李海英，到银行给她汇款 4 万 5 千元，又向国内汇兑了美元，然后去学馆，收到王智裕的贺卡和文炫善的赠书，去 408，托毛海燕为我办理以后的汇兑，12 点与董老师下楼去参加中文系送我的午宴。与学馆门前的猫告别。

李在敦开车，申夏闰同车，到延禧洞一带的韩食馆，郑、沈已在，饭后送我一小表，郑开车送我回学馆处理电脑等。回寓所，5 点到梨大正门，等田炳锡，门口有演唱，田来托我给严家炎带礼物，我给田两本韩文书，在附近喝咖啡，等李政勋。18 点李到，共去附近吃烤五花肉，新村一片喧闹，恐怕有一百万人。回去收拾东西，10 点多把很多东西送董老师处。因为中午宴会时，张剑福、戴锦华电话，戴要求只来梨大半年，下午梨大同意，我把东西留给戴，何燕也过去聊了会儿。下午我还在马路上被一女子叫，我料她是董孙常说的马淑香，果然。与董聊会儿，回去收拾东西，实在装不下，抛弃好多，直到凌晨近 3 点才睡。不到 6 点起来，把被褥等送董老师处，她 6 点半走，我回来又休息一会，8 点 3 刻把东西搬下去，金椿姬电话说她们要吃早饭，还没出发。我又歇会儿，敲门与贺锋何燕告别，下到路口坐椅子上晒太阳。椿姬与友人到，路上给我讲昨天看的韩国音乐剧。不到 10 点半到仁川港，办了托运等手续，毛海燕忽然领儿子伟绩到，我把钥匙转交毛，又送伟绩脸谱吉祥物。近 11 点半上船，在经济舱 301—16 号，条件不错。Tel

269

家里，母亲接，转了几圈，照了相，开船时又 Tel 椿姬。船上多是买卖人，或以为我是打工的，问我干了几年了，吃了带的米饭炒菜。下午睡了几个小时，起来去厅里，遇见一个天津姑娘，很美丽，嫁给韩国人，现在韩国神学校学习，自称要去中国当宣教员，让上帝拯救中国，23 岁，愚昧已达膏肓，除了《圣经》几乎什么书也不读，视美国为天国。我与她争论基督教问题，大窘迫之，几乎破裂，将她几次逼进死角，借此深入了解此类人心理，其实脆弱不堪。后转话题，一起散步，去甲板看海等，后她回舱，我去洗澡，晚饭吃了昨夜煮的鸡肉和土豆，一妇女借我的船票去买烟，我要回船票，到晚上电话已经不通，我上船后已经 Tel 海英撤电话，出去到厅里自己摆了会儿围棋，又到甲板上看夜海，恶浪恐怖，颇壮胆气。回来写日记，两年的客韩岁月结束了，不知是否更成熟了，要为人类的解放事业更加勇猛精进。

北京时间20：22：00